mtb

Zum Buch:

»Ich will dich! Heute Abend.«
Jack Grant, ihr attraktiver Boss, ist für Gemma Picton absolut tabu. Er ist wild, verlockend, gefährlich … aber letztendlich ihr Chef. Doch als die Überstunden im Büro plötzlich zu sündigen Lektionen der Leidenschaft werden, kann Gemma einfach nicht widerstehen. Auch wenn sie damit ihre Karriere in große Gefahr bringt. Denn wenn etwas so heiß ist, lohnt es sich vielleicht, sich daran zu verbrennen …

»Die Leserin wird in eine Welt von Lust und Leidenschaft entführt.«

The Daily Mail

Zur Autorin:

Clare Connelly liebt Liebesromane – von Jane Austen bis E L James. Nachdem sie lange erfolgreich Selfpublisherin war, ging 2017 ihr Traum in Erfüllung, als ihr erstes Buch bei einem Verlag erschien. Seitdem ist sie nicht mehr zu stoppen. Clare liest und schreibt leidenschaftlich gerne und lebt in einem kleinen Bungalow am Meer mit ihrem Traumehemann, zwei kleinen Kindern und einem fleißigen Team von MacBooks.

Clare Connelly

Off Limits – Du bist tabu

Roman

Aus dem Englischen von
Rainer Nolden

mtb

MIRA® TASCHENBUCH

FSC
MIX
Papier
FSC® C014496

1. Auflage: April 2019
Neuausgabe

Originaltitel: »Off Limits«
erschienen bei: Harlequin Enterprises Ltd., Toronto
in der Reihe: DARE

Published by arrangement with
HARLEQUIN ENTERPRISES II B.V./SARL

Umschlaggestaltung: zero-media.net, München
Umschlagabbildung: FinePic / München, Just dance / Shutterstock
Lektorat: Maya Gause
Satz: GGP Media GmbH, Pößneck
Printed in Germany
Dieses Buch wurde auf FSC®-zertifiziertem Papier gedruckt.
ISBN 978-3-7457-0003-9

www.mira-taschenbuch.de

Prolog

»In zehn Minuten ruft der Premierminister an.«

Jack nickt nur flüchtig. Er scheint überhaupt nicht beeindruckt. Aber Jack Grant war schon immer für eine Überraschung gut. Als investmentfreudiger Selfmade-Millionär und Menschfreund mit sagenhaftem Sexappeal ist er ebenso rücksichtslos wie respektlos gegenüber Autoritäten. Herrlich rebellisch!

Und es ist kaum zu glauben: Jack liegt nackt, wie Gott ihn geschaffen hat, in seinem Bett und verschwendet keinen einzigen Gedanken daran, dass er schon vor einer Stunde an seinem Schreibtisch hätte sitzen sollen. Ich genieße den Anblick seines muskulösen Rückens und stelle mir vor, wie es unter der Bettdecke weitergeht. Kann man's mir verdenken, dass ich Lust auf ihn kriege? Mir wird so heiß, dass ich mir am liebsten die Bluse vom Leib reißen möchte, vom lockenden Kitzeln zwischen meinen Schenkeln ganz zu schweigen …

»Worum geht's denn?«

Seine Stimme klingt gedehnt, als er sich zu mir umdreht und mich mit seinen funkelnden grünen Augen aufmerksam mustert. Sein Akzent ist unverkennbar irisch, und er klingt wie Colin Farrell nach einer alkohol- und nikotinreichen Nacht: sonor, heiser und kehlig.

Genervt verdrehe ich die Augen. »Um die jüngste Folge von *Großbritannien sucht den Superbäcker.*«

Seit sechs Monaten sind wir in Verhandlungen über den Erwerb eines großen kommunalen Grundstücks. Die Verträge stehen kurz vor der Unterzeichnung, und wegen des großen Medieninteresses hat sich nun auch der Premierminister in die Angelegenheit eingemischt.

»Was *glaubst* du wohl?«

Sein Lachen klingt wie dumpfes Donnergrollen in seiner Brust. »Nun ja, jeder Mann braucht schließlich ein gutes Rezept für Pfannkuchen.«

»Sag bloß, du hast eins?«

»Aber sicher.«

Sein Grinsen ist ebenso charmant wie teuflisch, und ich verstehe, wieso es ihm so leichtfällt, Frauen ins Bett zu kriegen. Selbst wenn sie noch nicht einen einzigen Blick auf seinen Körper geworfen oder gar etwas über Jacks Reichtum und Einfluss erfahren haben.

»Neun Minuten«, blaffe ich.

Das Grinsen wird breiter, und mein Herz schlägt schneller. Ich versuche es zu ignorieren. *Blödes Herz.*

»Hast du schon den Flug nach Sydney gebucht?«

»Ja.«

Als er meinen ungehaltenen Tonfall wahrnimmt, hebt er eine Augenbraue. Wie um mich zu provozieren, räkelt er sich ungeniert im Bett, streckt die Arme über den Kopf und präsentiert mir seinen fantastischen Körper.

»Was ist mit Amber?«

Ich will nicht penetrant erscheinen, aber ich finde, dass man ein gewisses Maß an Kooperationsbereitschaft zeigen sollte, wenn der Premierminister anruft. Jack scheint anderer Meinung zu sein.

»Ist alles erledigt.«

Lucys Schwester, Jacks Schwägerin, nimmt ein Sabbatical von ihrem Job als Bankmanagerin, um sich um den Start-up der Stiftung zu kümmern. Sie ist immens qualifiziert und – aus persönlichen Gründen – ungemein motiviert.

»Die Gehaltsfrage ist geklärt. Sie wird wie besprochen in der Nähe von Edinburgh eingesetzt.«

Er nickt, macht aber keine Anstalten, sich zu bewegen.

»Ernsthaft, Jack. Noch acht Minuten. Steh endlich auf.«

»Auweia. Bist du heute Morgen mit dem falschen Fuß aufgestanden?«

Mit dem Finger fährt er sich über die Brust und lenkt meine Aufmerksamkeit auf sein wohlgeformtes Sixpack. Mein Mund ist staubtrocken.

»Nein.«

»Du bist noch schlechter gelaunt als sonst«, neckt er mich, und ich presse die Lippen zusammen.

Dabei hat er ja recht. Heute Morgen habe ich *die Einladung* bekommen, die ich jedes Jahr erhalte und in der ich gebeten werde, den Hochzeitstag meiner Eltern mitzufeiern.

Entsetzlich!

Es ist das gesellschaftliche Ereignis, das ich am allerwenigsten mag – und das mich jedes Mal daran erinnert, wer ich wirklich bin. Einmal jährlich werde ich von meinen Eltern auf das familiäre Mutterschiff beordert, und jedes Mal wird mir meine Herkunft wieder deutlich vor Augen geführt: Egal, was ich tue, beruflich oder privat, ich werde immer Gemma Picton sein. *Lady* Gemma Picton.

Entsetzlich!!

»Setz dich. Erzähl mir, was dir auf dem Herzen liegt.«

Auffordernd klopft er mit der flachen Hand auf die Matratze, und erneut verdrehe ich die Augen. Hoffentlich merkt er nicht, wie sehr ich in Versuchung gerate. Allein bei der Vorstellung, diesem elektrischen Knistern, das zwischen uns existiert, nachzugeben … Doch Jack ist für mich absolut tabu – der Stoff, aus dem nur meine Fantasien sind.

»Nicht so wichtig.«

»Na, komm schon …«

»Es ist wirklich nichts Besonderes. Etwas Privates«, antworte ich ausweichend, und er zuckt nur mit den Schultern.

Aber in seinen Augen liegt Neugier. Eine Neugier, die ich besser ignorieren sollte. Vermischt mit Begehren. Lust. Verlangen. *Gier.*

Wir kennen unsere Grenzen und tun gut daran, sie nicht zu überschreiten.

Jack schiebt die Bettdecke beiseite und entblößt die Tätowierung, die sich um seine Hüften bis hinunter zu seinen Beinen schlängelt. Sie stechen zu lassen, muss höllisch wehgetan haben – vor allem auf der empfindlichen Haut auf der Innenseite seiner Oberschenkel, ganz in der Nähe seines Schwanzes.

Einmal habe ich ihn gefragt, warum er sich das Tattoo hat machen lassen. Seine Antwort? »Damals hielt ich es für eine gute Idee.«

Es macht ihm nichts aus, dass ich ihn nackt sehe. Es ist nicht das erste Mal, und es wird auch sicher nicht das letzte Mal sein. Manchmal frage ich mich, ob er mich provozieren will und auf eine Reaktion wartet. Das wäre natürlich ein klassischer Fall von sexueller Belästigung am Arbeitsplatz.

Nur werde ich nicht belästigt.

Es amüsiert mich eher. Und es törnt mich auch ein bisschen an.

Seit zwei Jahren arbeite ich für Jack, und seitdem habe ich ihn ungefähr einmal pro Woche nackt gesehen. Das bedeutet durchschnittlich hundert Mal Anstarren, und er ist es wirklich wert, angestarrt zu werden. Ich glaube übrigens nicht, dass er immer so war. Denn vorher gab es *sie*.

Lucy.

Seine Frau.

Zwei Monate nach ihrem Tod habe ich angefangen, für ihn zu arbeiten, und seitdem verhält er sich eben so. Düster und grüblerisch und begehrenswert und sexy, völlig durch den Wind, melancholisch und trauernd und faszinierend.

Nach Lucys Tod hat er angefangen, mit allem zu schlafen, was einen Rock trägt. Ebenso mit den Whiskyorgien nach dem Sex. Es ist eine Art lustvoller Selbstgeißelung.

Egal also, wie gern ich auch seinen nackten Arsch betrachte – ich weiß, dass er nur zum Ansehen ist und nicht zum Anfassen. Wie damals, als Grandma mich zum Shoppen in ihr Lieblingsgeschäft in Portmeirion mitgenommen hat, wo ich das mit Obst- und Blumenmustern kunstvoll bemalte Porzellan bewundern, aber auf keinen Fall berühren durfte.

Denn eine Berührung könnte zum Zerbrechen führen – und, ja, Jack zu berühren könnte in der Tat dazu führen, dass ich zerbreche.

»Gefällt dir, was du siehst?«

Seine Stimme klingt wieder gedehnt – diesen Tonfall beherrscht er wirklich perfekt. Die Worte tropfen aus seinem Mund wie flüssige Schokolade.

»Nö.« Ich werfe ihm ein zuckersüßes Lächeln zu. »Sieben Minuten.«

Mit dem Lächeln auf den Lippen mache ich auf dem Absatz kehrt und bemühe mich, das heiße und feuchte Gefühl zwischen meinen Beinen zu ignorieren.

Gemma starrt mich an, und ich bin drauf und dran, mit dem Ruf »Ich Tarzan, du Jane« über sie herzufallen. Ich möchte sie an den Hüften packen und zu mir herunterziehen. Kein Vorspiel. Kein Petting. Sondern sofort ganz tief in sie eindringen …

In meiner Fantasie trägt sie kein Höschen, und ihren Verstand hat sie an der Garderobe gelassen – denn die echte Gemma würde mir tausend Gründe nennen, warum sie keinen Sex mit mir haben will, obwohl sie bereits in meinen Armen stöhnt.

Vergangene Nacht hat es Spaß gemacht. Jedenfalls anfangs. Leider hat die Frau, die ich mit nach Hause genommen habe – Rebecca? Rowena? –, zu viel geredet.

Sie wollte es auf die romantische Tour.

Ich wollte vögeln.

Also habe ich ihr das Geld fürs Taxi in die Hand gedrückt und sie hinauskomplimentiert.

Und jetzt habe ich einen enormen Ständer sowie eine Assistentin – sie hasst es, wenn ich sie so nenne, deshalb mache ich es so oft wie möglich, obwohl sie genau genommen meine juristische Beraterin ist –, die permanent in meinen sexuellen Fantasien herumgeistert. Wann hat das bloß begonnen?

Ich zermartere mir den Schädel, während ich versuche, mich an den Punkt zu erinnern, als ich angefangen habe, sie nicht nur zu beobachten, sondern ständig an sie zu denken. An den Moment, an dem ich sie nicht nur gleichgültig in ihrem Businesskostüm zur Kenntnis genommen, sondern darüber nachgedacht habe, wie lange ich wohl brauchen würde, es ihr vom Körper zu reißen.

Ich glaube nicht, dass es ein bestimmter Tag war, als von jetzt auf gleich ein Schalter umgelegt wurde. Nein, ich glaube, es begann mit diesem Blick, als sie in Spanien zu mir in den Hubschrauber gestiegen ist. Mit einem Lachen beim Abendessen. Mit ihrem Summen, als sie aus einem Fenster schaute und ihr offenbar tausend Gedanken durch den Kopf schossen.

Dann war da auch noch dieser komplette Stromausfall, als wir in meinem Büro festsaßen. Beim Feueralarm wurden sämtliche Türen automatisch verschlossen, und wir steckten auch schon eine Stunde lang im Aufzug fest. Im schwachen Schein der Notbeleuchtung schimmerten ihre unendlich langen Beine wie

Seide. Als die Tür endlich aufgestemmt wurde, stand ich kurz davor, sie auf den Teppichboden zu werfen und zu vögeln, bis sie den Verstand verlieren würde.

Ja, das könnte der Moment gewesen sein, in dem mir klar wurde, dass ich ziemlich in der Klemme stecke.

Ich habe keinerlei Interesse an einer Beziehung. Aber ich will sie vögeln. Und ich glaube, sie will es auch. Ich habe den interessierten Blick ihrer karamellfarbenen Augen auf meinem Hintern bemerkt, als sie glaubte, ich würde es nicht mitbekommen.

Deswegen bin ich neuerdings sehr wachsam, wann immer sie in meiner Nähe ist.

1. Kapitel

Sie könnte genauso gut nackt sein. Das knallrote Kleid mit den hauchdünnen Trägern sitzt hauteng und ist sehr tief ausgeschnitten. Außerdem ist es ziemlich kurz. Nicht unanständig kurz, aber, *Himmel*, ihre Beine sind lang und glatt, und bei diesem Kleid ist es mir unmöglich, wegzuschauen.

Gemma ist schärfer als all die anderen Frauen hier – und das will etwas heißen angesichts der Tatsache, dass sich für diese Auftaktveranstaltung der größte Teil des Londoner Jetsets versammelt hat. Models, Schauspielerinnen, Sportlerinnen und viele Frauen, die wegen des Geldes geheiratet haben und nun hart daran arbeiten, den Erwartungen ihrer Ehemänner gerecht zu werden.

Und dann ist da noch Gemma.

Ihr blondes Haar hat sie zu einem Ballerinaknoten zusammengebunden, sie schaut ernst drein, und ihre Haut ist wie blasse Seide, die sich unglaublich zart anfühlen muss.

Offenbar hat sie etwas Witziges gesagt, denn der Kerl, der bei ihr steht, beugt sich näher zu ihr hinüber und lacht. Ist er ihr Date? Stirnrunzelnd schaue ich genauer hin. Hat sie etwa ihren Lover mitgebracht? Sollte sie nicht, rein technisch gesehen, als *meine* Begleitung hier sein?

Sie in Gesellschaft eines anderen Kerls zu sehen, bringt mich gefährlich aus der Fassung. Wie ein Blitz überfällt mich die Eifersucht und schnürt mir die Kehle zu.

Ich nehme zwei Champagnergläser vom Tablett eines Kellners und bahne mir einen Weg durch den Saal. Einige Gäste versuchen, mich anzusprechen, aber ich habe keine Zeit für sie. Meine Aufmerksamkeit ist auf Gemma gerichtet.

»Jack …«

Sie zieht einen Schmollmund, als ich näher komme, und mustert mich mit diesem Blick, für den sie ein Patent zu haben scheint. Wie schafft ein Mensch es nur, so verächtlich zu schauen und gleichzeitig den Hauch eines Lächelns zu zeigen?

Ich reiche ihr ein Glas Champagner, und unsere Finger berühren sich kurz. Sofort stelle ich mir vor, dass sie eine andere Stelle meines Körpers anfasst.

»Erinnerst du dich an Wolf DuChamp?«, fragt sie mich. »Er kümmert sich um unsere New Yorker Finanzen.«

Ich erinnere mich an den albernen Namen, jedoch nicht an seinen Träger. Was ist schon bemerkenswert an einem blonden, gut aussehenden Jungen, dem man den Abschluss an einer Elite-Uni schon von Weitem ansehen kann?

»Aber sicher.« Ich strecke meine Hand aus, denn ich weiß, dass ich Haltung bewahren muss, auch wenn ein Teil von mir am liebsten sofort über Gemma herfallen würde.

»Schön, Sie wiederzusehen, Sir.«

Gemmas Lippen zittern unmerklich. Sie weiß, dass ich es hasse, ›Sir‹ genannt zu werden. Unversehens stelle ich mir vor, dass *sie* es zu mir sagt, während sie vor mir kniet, mich in den Mund nimmt und dabei nach oben schaut, bis sich unsere Blicke treffen. Okay, es gibt also doch Situationen, in denen ich mich an die Anrede gewöhnen könnte …

Was zum Teufel denke ich da? Fantasien sind zwar eine feine Sache, aber Gemma zu vögeln ist ein Ding der Unmöglichkeit. Eher könnte ich mir diese Tätowierung von der Haut kratzen.

»Ich habe Gem gerade das Software-Update erklärt, mit dem wir uns zurzeit beschäftigen.«

Will er mich provozieren? Zum einen, indem er von *Software* redet, während mir gerade so schöne Bilder von *Hardware* durch den Kopf gehen; zum anderen, indem er Gemma »Gem« nennt, als wären sie die dicksten Freunde, die sich seit dem Kindergarten kennen.

»Ich erkläre es dir gleich im Schnelldurchgang«, verspricht sie mir schmunzelnd. Sie spürt meine Ungeduld, doch vermutlich nicht die Ursache dafür.

»Es wird unsere Arbeit viel effizienter machen«, fügt Wolf hinzu.

Gem wendet sich ein wenig von mir ab, um mir die Chance zu geben, mich zu verdrücken.

»Ich werde prüfen, inwieweit es umsetzbar ist. Aber das dürfte kein allzu großes Problem sein. Wir müssen allerdings unbedingt dafür sorgen, dass die Systeme während der Datenübertragung geschützt sind. Es geht schließlich um den sensibelsten Arbeitsbereich, mit dem Sie es da zu tun haben. Ein Datenleck wäre eine Katastrophe.«

»Das habe ich mir auch schon überlegt«, erwidert Wolf, und ich habe das Gefühl, überflüssig zu sein.

Auf der anderen Seite des Raumes versucht eine Blondine mit einem wahnsinnigen Vorbau und unendlich langen Beinen meine Aufmerksamkeit zu erregen.

Ich will Gemma, aber ich kann sie nicht haben. Glücklicherweise gehöre ich nicht zu den Typen, die in Selbstmitleid versinken. Auch andere Mütter haben schöne Töchter.

Für mich gelten zwei Regeln beim Vögeln.

Erstens: Keine Verantwortung.

Zweitens: Keine Rothaarigen.

Verantwortung war für Lucy.

Und Lucy war rothaarig.

Ich erstarre zur Salzsäule. Vor mir erscheint Lucys Phantombild. Sie runzelt missbilligend die Stirn. Ehe wir uns kennenlernten, habe ich nichts anbrennen lassen, es allerdings nie so bunt getrieben wie jetzt. Inzwischen ist mir alles egal. Nur dieses anklagende Stirnrunzeln vertrage ich nicht. Selbst jetzt, da sie tot ist, möchte ich Lucy nicht verärgern.

Was hast du erwartet, Luce? Du hast eine riesengroße Lücke hinterlassen, die ich füllen muss.

Mach mir keine Vorwürfe, höre ich ihre tadelnde Stimme. *Es ist dein Leben. Deine Entscheidung.*

Klar.

Unwillkürlich wandert mein Blick zurück zu Gemma. Jetzt hat sie den Kopf geneigt, und Wolf tippt mit seinen Fingern irgendetwas in sein Handy. Sie nickt und lächelt und legt eine Hand auf seinen Arm. Ich spüre einen Kloß im Magen und versuche, ihn zu ignorieren.

Unverzüglich steuere ich auf die Blondine zu, als wäre sie die einzige Frau im Raum.

»Ich bin Jack Grant.«

Ihre Lippen sind knallrot geschminkt. »Ich weiß, wer Sie sind.«

»Dann sind Sie im Vorteil.«

Sie lächelt verschmitzt. »Nach allem, was ich über Sie gehört habe, bringt es nichts, Ihnen meinen Namen zu nennen. Morgen erinnern Sie sich sowieso nicht mehr daran, stimmt's?«

Ich lache. Ihre Aufrichtigkeit gefällt mir. »Nein …« Ich beuge mich näher zu ihr hinüber, sodass meine Lippen nur noch ein paar Millimeter von ihrem Ohr entfernt sind. Mein Atem streift ihr Haar, und ich bemerke eine Gänsehaut in ihrem Nacken. »Aber an mich werden Sie sich für den Rest Ihres Lebens erinnern.«

Ihr Lachen klingt rau. Unter normalen Umständen fände ich sie unglaublich sexy, aber in diesem Moment ist sie gerade so akzeptabel. Wenn ich ehrlich bin, langweilt sie mich sogar. Der Flirt macht mich nicht an. Ich habe ein *Was soll's?*-Gefühl.

»Wir werden sehen …«

»Kann ich Ihnen etwas zu trinken besorgen?«

»Sie könnten mich von Ihrem Glas trinken lassen«, schnurrt sie mit einem Blick auf meinen Champagnerkelch.

Mir war gar nicht bewusst, dass ich ihn immer noch in der Hand halte. Automatisch reiche ich ihn ihr und schaue ihr dabei zu, wie sie die Lippen ans Glas legt und den Kopf nach hinten kippt. Die Flüssigkeit ist von honiggoldener Farbe. Sie gibt mir das Glas zurück, und ich nehme ebenfalls einen Schluck.

»Verschwinden wir von hier«, schlägt sie mit einem kehligen Lachen zwischen den Wörtern vor.

Ich nicke und lege eine Hand auf ihren Rücken.

Gemma und Lucy geistern mir nun gleichzeitig durch den Kopf – eine faszinierende Vorstellung. Ein ganz neues Erlebnis. Würden sie sich gegen mich verbünden? Würden sie sich überhaupt mögen?

Lucy war warmherzig und lieb. Sie hat mich immer angesehen, als sei ich ihr Retter, und vermutlich war ich das auch. Ich habe sie aus ihrem alten Leben und von ihrem Freund befreit, der sie wie den letzten Dreck behandelt hat, und ich habe alle ihre Träume erfüllt.

Aber das Schicksal ist ein Arschloch und hatte für Lucy nichts Gutes in petto. Eine Zeit lang konnte sie ihr Leben mit mir genießen – doch dann erwischte es sie voll. Man kann die Vorsehung nicht überlisten, nicht wahr?

Gemma ist ihr überhaupt nicht ähnlich. Sie wirkt knallhart, ist aber in Wirklichkeit butterweich. Sie ist intelligent – viel intelligenter als ich – und weiß genau, was sie will. Und sie ist sexy. Keine Ahnung, wie ich darauf komme, aber ich weiß es. In meiner Nähe gibt sie sich absolut kühl – als hätte sie noch nie auch nur etwas von einem Orgasmus gehört, geschweige denn einen erlebt. Das macht sie für mich nur noch begehrenswerter. Ich will ihr beweisen, was für eine Lügnerin sie ist. Ich will, dass sie einen Höhepunkt nach dem anderen hat, bis sie nicht mehr weiß, was »kühl« überhaupt bedeutet.

»Jack.«

Sie erwischt mich in dem Augenblick, als ich den

Raum verlassen will. Ihr Blick bleibt kurz an der Blondine haften, die sie jedoch nur flüchtig zur Kenntnis nimmt. Sie ist ein einziger Eisblock. Ich möchte Gemma gegen die Wand drücken und bis zur Besinnungslosigkeit küssen. Hier und jetzt.

»In zwanzig Minuten sollst du deine Rede halten.«

Hoppla. Selbst für meine Verhältnisse ist das ein ziemlicher Schnitzer. Normalerweise achte ich darauf, dass mir nichts in die Quere kommt, wenn es ums Geschäft geht – nicht einmal mein Sexleben.

»Bis dahin sind wir zurück.«

Die blonde Sexbombe an meiner Seite überrascht uns beide. Ihre Worte sind eindeutig zweideutig.

Verdammt! Ich kann mich nicht daran erinnern, wann ich das letzte Mal einen Quickie im Auto hatte. Schlägt sie das gerade tatsächlich vor?

Gemma konzentriert sich auf ihr Handy. Ihre Selbstgefälligkeit stinkt mir gewaltig.

»Okay. Du kannst dich kurz fassen. Kurz von den Zielen berichten, die die Stiftung zu erreichen hofft, ein Dank an die Geschäftspartner und bla, bla, bla …«

»Bla, bla, bla?« Ein Grinsen breitet sich langsam auf meinem Gesicht aus, und ich mustere sie herausfordernd. *Vergiss deine Kälte und deine Selbstgefälligkeit,* warnt sie dieser Blick.

Doch Gemma schaut die Blondine nur kurz an und lächelt flüchtig. »Viel Spaß.«

Natürlich liefert Jack eine ordentliche Rede ab. Kein Haar auf seinem Kopf liegt unordentlich. Der Smoking sitzt tadellos, das weiße Hemd faltenlos. Die Fliege klebt wie angeleimt an ihrem Platz. Wortgewandt erzählt er von der Stiftung, streut hier und da ein paar Anekdoten ein, damit seine Zuhörer auch etwas zu lachen haben.

Im Gegensatz zu mir. Ich mache mir Gedanken über die Blondine.

Nein. Meine Gedanken kreisen um Jack – und das sollten sie besser nicht tun. Ich darf mich nicht davon beeinflussen lassen! Ich habe mir für diesen Job den Arsch aufgerissen, um mein Arbeitspensum zu schaffen. Der Umstand, dass mein Boss ein unwahrscheinlich scharfer Typ ist, darf mir jetzt einfach nicht in die Quere kommen.

Ich konzentriere mich lieber auf Wolf.

Er unterhält sich inzwischen mit jemand anderem – zweifellos über diese verdammte Software. Seine Miene ist ernst, und das bringt mich zum Schmunzeln. Denn Wolf ist eigentlich immer ernst.

Achtung! Achtung! Achtung!, blinkt eine Warnlampe in meinem Kopf. Eigentlich stehe ich nicht auf ernste Typen, und wenn ich weiterhin mit Wolf flirte, sieht er wahrscheinlich schon rosarote Wolken und Hochzeitstorten und hört Kirchenglocken läuten.

Meine Güte! Etwas Schlimmeres kann ich mir kaum vorstellen.

Allein bei der Vorstellung, dass ich eine Braut in Weiß bin und Wolf vor dem Altar auf mich wartet, bleibt mir die Luft weg. Bestimmt will er auch Kinder haben. Mindestens drei. Und er erwartet von mir, dass ich eine Vollzeit-Helikopter-Mum bin. Er würde mich mit seinen treuen Hundeaugen traurig und enttäuscht anschauen, wenn ich ihm vorschlagen würde, ein Kindermädchen zu engagieren.

Vielleicht könnte ich wie Marissa Mayer ein Kinderzimmer im Büro einrichten lassen? Dort wäre dann auch der Arbeitsplatz der Nanny, und ich könnte eine von den hyperaktiven Pinterest-Mums werden. Wolf müsste gar nicht mitbekommen, dass ich eine Hilfe eingestellt habe.

Aber Jack würde es mitkriegen. Ihm würde das nicht gefallen. Ein schreiendes Baby, wenn wir über die Tarife unserer China-Importe diskutieren? Vermutlich würde er zuallererst das Kindermädchen verführen, und dann müsste ich sie entweder feuern oder umbringen.

Okay, wer handelt jetzt gerade übereilt?

Wolf hat gemerkt, dass ich ihn anschaue, und er ist so offen, dass ich quasi seine Gedanken lesen kann. Ich muss diese Gelegenheit vorüberziehen lassen. Er ist nicht der Richtige, und wenn ihm erst einmal klar wird, dass ich Jack nicht verlassen und zu ihm nach Manhattan ziehen würde, wird die Zusammenarbeit mit ihm die Hölle sein.

Ich schaue in eine andere Richtung.

Jack steht direkt vor mir.

Die Band hat zu spielen begonnen. Weil ich so sehr mit meinen Vorstellungen über eine gemeinsame Zukunft mit Wolf DuChamp beschäftigt war, habe ich es gar nicht bemerkt.

»Hat dir die Rede gefallen?«

»Willst du jetzt etwa Komplimente hören?« Ich schlürfe Champagner aus meinem Glas und freue mich darüber, wie schnell ich die Fassung wiedergewinne. »Was ist los? War sie nicht angemessen beeindruckt?«

Er funkelt mich an. Hui, ist der sauer! Sollte ich etwa den Nagel auf den Kopf getroffen haben?

»Fragst du dich etwa, ob ich es schaffe, eine Frau in fünfzehn Minuten zu befriedigen?«

Er kommt mir nur ein winziges bisschen näher, aber es reicht, um einen Funken in meinem Unterleib zu entzünden. Wut. Verärgerung. Hitze. Begierde.

Mist!

»Ob du's glaubst oder nicht, ich habe keinen Gedanken an deine Schlafzimmerfähigkeiten verschwendet«, lüge ich und konzentriere mich wieder auf die anderen Menschen im Raum. Londons Schickeria wirbelt um uns herum, und ich würde am liebsten mit ihr fortgewirbelt werden.

»Schwindlerin«, sagt er so leise, dass ich glaube, ihn missverstanden zu haben.

Wir dürfen es nicht so weit kommen lassen. Er weiß es – ich weiß es. Jede Faser meines Körpers verzehrt sich nach ihm, aber noch hat mein Verstand das Sagen. Ich möchte mir meine Karriere nicht vermasseln. Doch es geht um mehr. Ich *liebe* Jack. Nicht in dieser Hinsicht. Ich meine, ich liebe es, mit ihm zu arbeiten. Selbst wenn er sich von seiner schlechtesten Seite zeigt – er ist zu einer der größten Konstanten in meinem Leben geworden. Wie blöd wäre es von mir, das aufs Spiel zu setzen?

Ich stelle mir kurz vor, wir hätten eine Affäre, und sie endet, weil Jack nichts Langfristiges anfängt – und dann sehe ich ihn nie wieder …

Allein die Vorstellung macht mich krank.

Ich will lieber nicht darüber nachdenken.

Ich möchte es gar nicht erst riskieren.

»Die Rede war gut.« Ich bringe das Gespräch zurück auf sicheres Terrain und versuche, meine verzweifelten Gedanken in eine Kiste zu packen, die ich nie wieder öffnen werde.

»Sag mir mal eines, Gemma«, setzt er an, und der Klang seiner Stimme kommt mir immer noch bedrohlich vor.

Jack hält sich nicht an die Spielregeln – er flirtet mit mir.

Ich versuche, so geschäftsmäßig wie möglich zu klingen. »Oh, ich weiß nicht, ob du wirklich hören willst, was ich zu sagen habe. Vielleicht gefällt es dir ja nicht …«

Sein Blick ist bohrend. Ich fühle mich, als könnte er durch meine Fassade hindurchschauen.

»Was läuft da zwischen dir und diesem Kerl aus New York?«

Von wem redet er? Ach ja. »Du meinst Wolf?«

Seine Lippen verziehen sich zu einem spöttischen Grinsen. Ob er weiß, wie verdammt sexy er damit wirkt?

»Welche Eltern nennen ihr Kind nach einem *Tier*? Vor allem, wenn er überhaupt nicht wie ein Wolf aussieht.«

»Ich glaube, das haben sie bei seiner Geburt noch nicht gewusst«, antworte ich. Trotzdem muss ich grinsen. Er hat recht. Wolf sieht gut aus, aber auf eine sehr unschuldige und saubere Art.

»Ist er im Bett ein Wolf?«

Die Frage trifft mich völlig unerwartet. Das ist vollkommen neues Territorium für uns. So intim, dass ich nicht einmal weiß, ob es mir gefällt. Allerdings mache ich mir Sorgen, *dass* es mir gefallen könnte.

Und ich will Jack provozieren. So spielen wir nun mal.

Ich lege den Kopf schräg und betrachte ihn eine Weile abschätzend, ehe ich zurückschlage. »Wie war die Blondine?«

»Langweilig«, antwortet er wie aus der Pistole geschossen und zuckt mit den Schultern. Offenbar hat er keine Hemmungen, mit mir über sein Sexleben zu sprechen.

»Wo ist sie überhaupt?«

»Zu Hause. Sie wartet.«

»Auf dich?«

Wieder zuckt er mit den Schultern. »Ich habe gesagt, dass ich vielleicht vorbeikomme. Nur so konnte ich sie loszuwerden.«

Moment mal. Er hat *nicht* mit ihr geschlafen? Nein, nicht »mit ihr geschlafen«. Er hat sie nicht *gevögelt*. Der Gedanke stimmt mich seltsam heiter, obwohl mir die Frau leidtut, mit der er geflirtet und die er dann in die Wüste geschickt hat.

»Du bist ein richtiges Scheusal«, murmele ich. »Fährst du denn zu ihr?«

Der Blick, den er mir zuwirft, weckt in mir die schmutzigsten Fantasien und heißesten Träume. Sie stehen zwischen uns wie ein perverses »Denkarium« – jene große flache Steinschale aus den Harry-Potter-Büchern, in der man Erlebnisse und Erinnerungen abspeichern und später wieder anschauen kann –, in dem es nur um sein Vergnügen geht.

Ja, ich bin ein absoluter Harry-Potter-Fan. Hermine war eines meiner ersten großen Vorbilder.

»Vielleicht.«

Mein Magen dreht sich um. Dieses Gefühl ist mir vertraut, seitdem ich Jack kenne. Während der ersten sechs Monate unserer Zusammenarbeit bin ich mit seinem zügellosen Sexleben nicht so gut zurechtgekommen. Jedes Mal, wenn ich auf Hinweise seiner nächtlichen Aktivitäten stieß, bin ich rot geworden, und ich konnte ihm nicht in die Augen schauen. Aber jetzt hatte ich zwei Jahre Zeit, mich daran zu gewöhnen.

Ich lächele unverbindlich. »Na dann …« Ich zucke gleichgültig mit den Schultern und versuche, das Hämmern meines Herzens und das lustvolle Prickeln in meinen Nippeln zu ignorieren. »Gute Nacht.«

»Warte.« Seine Antwort klingt wie ein Befehl, den er bekräftigt, indem er mich am Handgelenk packt.

Abrupt drehe ich mich zu ihm um und hole tief Luft. *Wir berühren uns nicht!* Höchstens zufällig. Das lässt sich kaum vermeiden, wenn man so viel Zeit zusammen verbringt wie wir.

Aber nicht *so*!

Mit dem Daumen streicht er mir über die Handfläche, und als ich nichts sage, zieht er mich heftig an sich und drückt unsere Körper aneinander. Wir stehen mitten in der Menge und sind doch allein. Wie in einer Luftblase, die uns einhüllt. Eine Luftblase, angefüllt mit sinnlichem Knistern.

Sein Körper ist muskulös, stark, heiß. Genau wie in meinen Fantasien. Es bedarf meiner ganzen Willenskraft, normal zu atmen. Ich zwinge mich, ihn anzuschauen, als ob *er* den Verstand verloren hätte und nicht *ich* kurz davorstünde, ihn zu verlieren.

»Ja, Sir?«

Seine Augen blitzen. Ich habe ihn so genannt, um ihn an die Grenzen in unserer Beziehung zu erinnern. Genauso gut hätte ich ein Streichholz über einer Benzinpfütze anzünden können. Er lässt mich nicht los.

»Tanz mit mir.«

Die Atmosphäre um uns herum knistert vor Spannung, und ich weiß, dass er mich um mehr als bloß einen Tanz bittet. Rechnet er damit, dass ich Nein sage? Ich werde ihm sicherlich keinen Grund zu der Annahme liefern, ich hätte Angst vor dem, was zwischen uns läuft.

»Gern.« Mein Lächeln wirkt gezwungen. Es fühlt sich an, als hätte ich einen Sonnenbrand im Gesicht.

Er atmet ganz langsam aus und legt die Hand auf meinen Rücken. Nein … knapp über meinen Hintern. Er spreizt die Finger und drückt mich fest an sich, sodass ich gegen ihn stolpere. Die Finger der anderen Hand verschränkt er mit meinen.

Ich konzentriere mich auf die Band und versuche, ganz gelassen zu bleiben. Natürlich bin ich es nicht. Ich bin schwach, wenn ich stark sein will, und ich brauche etwas, das ich nicht brauchen sollte.

»Dein Kleid ist fantastisch«, sagt er, und mein Versuch, gelassen zu bleiben, schmilzt wie Schnee in der Sonne.

»Ist das deine Meinung als Modeexperte?«

Ein bisschen zu bissig. Ich versuche, die Frage mit einem Lächeln abzumildern. Ein Fehler. Er blickt mich spöttisch an und grinst süffisant.

Sofort schaue ich in eine andere Richtung.

»Es ist meine Meinung als heißblütiger Mann.«

»Was gefällt dir denn daran?«

Alarmleuchten blinken in meinem Kopf und verlangen meine Aufmerksamkeit. Sie sind grellrot und zornig. Was tue ich da?

»Mal sehen«, murmelt er. »Die Farbe. Die Art, wie es praktisch an deinem Körper klebt.«

Er beugt sich näher zu mir herüber, und Hitze steigt in mir hoch. Mein Blut beginnt zu kochen.

Es fühlt sich nicht richtig an. Wir dürfen das nicht tun. Er schläft mit anderen Frauen, und, ja, er flirtet heftig mit mir, aber das ist im Grunde harmlos.

Was wir hier gerade machen, fühlt sich ganz und gar nicht harmlos an.

Die Musik wird langsamer. Ich achte auf ein bisschen Abstand zwischen uns und rede mir ein, dass ich es als Befreiung empfinde.

»Halte mich über die Situation in New York auf dem Laufenden«, bittet er.

»Das hatte ich vor.«

Ich reagiere gereizt, weil ich unsicher bin. Seine Nähe und seine Berührung verunsichern mich total, und meine eigene Lust lässt mich zerfließen. Ich brauche eine Minute, um mich zu sammeln, aber seine Finger lassen mir keine Zeit. Sie fahren über meinen Rücken und meinen Hintern, und von Sekunde zu Sekunde wird mir heißer.

»Heute Abend. Jetzt.«

Unwillkürlich schaue ich mich nach Wolf um. Er ist immer noch ins Gespräch vertieft. Ich habe nicht vor, mit ihm nach Hause zu gehen, und dennoch ärgere ich mich über Jacks Andeutung, ich hätte kein eigenes Leben.

»So dringend ist es nicht.« Meine Worte klingen steif. »Es hat Zeit bis morgen.« Und ich befreie mich aus Jacks Griff.

Es ist, als würde ich auf einem sinkenden Schiff nach einem Rettungsring greifen. Er ist schlüpfrig, und ich bin mir sicher, dass ich nicht stark genug bin, ihn so lange festzuhalten, bis ich in Sicherheit bin. Ertrinken ist unvermeidlich.

»Ich möchte es heute Abend erfahren.«

Es ist eine Herausforderung. Ein Fehdehandschuh. Er lässt mir große Freiheiten in meinem Job, weil er weiß, wie gut ich bin. Aber er ist immer noch mein Boss, und ich weiß nicht, ob ich mir einen Gefallen damit tue, ihm seine Bitte abzuschlagen.

»Na gut«, lenke ich schulterzuckend ein. Aber er soll nicht glauben, dass er gewonnen hat. »Ich brauche … zwanzig Minuten.«

Ich löse mich von ihm und ignoriere das frustrierende Gefühl der Leere, das mich überflutet, während ich in Wolfs Richtung schlendere.

Wolf ist immer noch ins Gespräch vertieft. »Darf ich kurz stören?« Ich werfe den Männern, mit denen er sich unterhält, einen entschuldigenden Blick zu.

»Klar.« Er grinst mich an. Ein nettes Grinsen. Er sieht echt gut aus. Nicht umwerfend gut, aber auf eine solide Weise *nett*.

Er legt die Hand auf meinen Ellbogen, aber ich bin es, die ihn hinausführt, damit wir ungestört reden können. So kann ich es Jack mit gleicher Münze heimzahlen. So teile ich ihm unmissverständlich mit, dass er nicht die Kontrolle über mein *ganzes* Leben hat.

»Alles in Ordnung für nachher?«, fragte Wolf.

Ich lächle. »Nein. Ich muss heute Abend noch arbeiten. Jack möchte über die Software informiert werden.«

»Noch heute Abend?« Zweifelnd zieht er die Augenbrauen hoch.

»Er kümmert sich eben um *alles*«, erkläre ich. Das stimmt. »Und er ist ziemlich ungeduldig. Ich möchte nur sichergehen, dass ich sämtliche Informationen habe.«

Er nickt und kann seine Enttäuschung nur schlecht verbergen. »Dann will ich es mal kurz zusammenfassen.«

Und so verbringe ich die neunzehn Minuten, die mir noch mit ihm bleiben. Na ja, achtzehn … Eine Minute nehme ich mir Zeit dafür, ein paar Strähnen aus meinem Knoten zu ziehen und mich in die Wangen zu kneifen, damit sie frisch und rosig wirken.

Fünfundzwanzig Minuten nachdem ich ihn verlassen habe, wartet Jack in der Limousine auf mich. Ich tue atemlos, als ich einsteige, und genieße seine neugierigen Blicke, als er mich von oben bis unten mustert.

»Bereit?«

Ich nicke und habe das Gefühl, nicht genau zu wissen, in was ich da gerade einwillige. Als würde in seinen Worten eine verborgene Botschaft mitschwingen, die ich nicht entschlüsseln kann.

»Ja. Fahren wir!«

2. Kapitel

Eines muss man Jack lassen: Er weiß, wie man so was macht. Nächtliche Unterhaltung ist eindeutig sein Ding.

Sein Büro ist schwach erleuchtet, und er hat eine CD mit Gitarrenmusik aufgelegt, deren tiefe Töne meinen Unterleib zum Vibrieren bringen. Der Sänger hat eine Reibeisenstimme, die seltsame Dinge mit meinem Gleichgewichtssinn veranstaltet. Jack mixt zwei Martinis und legt eine Maraschinokirsche hinein.

Stirnrunzelnd nehme ich das Glas entgegen, das er mir reicht. »Ich hasse Kirschen.«

»Interessant«, murmelt er und schaut mich an. »Warum?«

Ich betrachte die Kirsche und schwenke mein Glas. Ich nehme einen Schluck und zucke zusammen, als ich den leicht chemischen Geschmack am Gaumen spüre. »Sie sehen seltsam aus. Wie Plastik.«

»Die echten nicht.«

»Nein.«

Ich schlucke und wundere mich über das Brennen in meinen Eingeweiden und das Rasen meines Pulses.

Höchste Zeit, wieder übers Geschäftliche zu reden. Deshalb bin ich ja schließlich mit ihm hier.

»Der Server in Kanada kann den Ausfall bei der Datenübermittlung auffangen, aber er verlangsamt die Verarbeitung.«

»Wie sehr?«

»Es sind nur ein paar Sekunden. Das ist unvermeidbar angesichts der Entfernung.«

»Ein paar Sekunden?« Er schüttelt den Kopf. »Gibt es keinen näheren Standort?«

»Keinen, an dem ein so großes Datenvolumen verarbeitet werden kann.«

Er leert sein Glas in einem Zug. »Und *Wolf* hält das für akzeptabel?«

Er spricht den Namen mit unverhohlenem Spott aus.

»Glaubst du, er würde wirklich eigens herkommen, wenn er nicht meint, dass es sich lohnt?«

»Na ja, er fickt dich doch, oder?«

Aufgebracht schnappe ich nach Luft. Klar, er ist immer sehr direkt. Und fordernd. Von Jack Grant erwarte ich nicht die Umgangsformen, die andere Menschen miteinander pflegen. Aber das ist selbst für ihn ein starkes Stück – auch wenn wir den ganzen Abend geflirtet haben.

»Er ist rein geschäftlich hier«, entgegne ich leise – allerdings mit einem warnenden Unterton. Hört er ihn heraus?

Offenbar nicht. Jack spielt mit mir wie ein Kater mit der Maus.

»Aber du vögelst mit ihm?«

»Verdammt noch mal, Jack!« Wütend stehe ich auf.

Sein Blick bleibt an mir haften. Er hat die Augen zusammengekniffen. Er liest in mir wie in einem Buch. Aber ich bin zu sauer, um mir lange darüber Gedanken zu machen. Er ist schon halb betrunken, und er ist hartnäckig, und seitdem er mich an sich gepresst hat, bin ich ein wenig ratlos.

Ich lasse mir meine Verwirrung jedoch nicht anmerken. Stattdessen verberge ich sie hinter einer Wand aus Zorn. »Das geht dich überhaupt nichts an.«

Aus seinem Blick spricht eine lässige Arroganz. Aber ich spüre auch seinen Ärger.

»Er arbeitet für mich. Du arbeitest für mich. Wenn du mit ihm vögelst, will ich es wissen.«

»Was ich in meiner Freizeit mache und mit wem, ist ausschließlich meine Sache. Solange es meine Arbeit nicht beeinträchtigt, halte dich gefälligst da raus.« Trotzig recke ich mein Kinn vor und mustere ihn mit einem wütenden Funkeln im Blick. »Kapiert?«

Er wirkt kühl und beherrscht, aber ich weiß, dass es unter der glatten Oberfläche brodelt. Denn ich kenne Jack vermutlich besser als irgendjemand sonst.

»Du machst auf mich gar keinen schüchternen Eindruck«, stellt er fest.

»Ich bin auch nicht schüchtern.«

Ich trete einen Schritt zurück. Hinter mir ist die Wand. Ich fühle mich eingeengt und bin vollkommen irritiert, weil unser Gespräch eine so seltsame Wendung nimmt.

»Dann beantworte meine Frage.«

»Ob ich mit Wolf vögele?« Meine Stimme klingt heiser.

»Ja.« Er kommt näher. Nur einen Schritt. »Du weißt doch auch alles über mich, nicht wahr? Warum also willst du deine Geheimnisse für dich behalten?«

Ich öffne den Mund, um etwas Bissiges zu erwidern, doch ich schließe ihn wieder. Er hat recht. Ich weiß eine Menge über ihn. Nicht alles, wie er behauptet, aber eine Menge.

»Wenn du dein Liebesleben lieber für dich behalten willst, könntest du jederzeit die Tür schließen.«

»Sexleben«, kontert er rasch und automatisch. Wegen Lucy ist er auf diesem Gebiet ziemlich empfindlich.

Eigentlich weiß ich überhaupt nichts über seine Frau. Ich nehme an, sie war ein netter Mensch. Allerdings – wie steht es um den Verstand und das Urteilsvermögen einer Frau, die Jack heiratet? Möglicherweise war er vor ihrem Tod ganz anders. Vielleicht war der Schweinehund in ihm noch nicht zum Vorschein gekommen?

»Du willst also den Rest deines Lebens so verbringen? Von einer Frau zur anderen ziehen, ohne sie wirklich kennenzulernen – abgesehen von ihrer Körbchengröße und ihren sexuellen Vorlieben?«

Sein Blick fällt auf meine Brüste, und ich bin mir sicher, dass er meine Körbchengröße genau nennen kann. Meine steifen Nippel zeichnen sich unter dem dünnen Stoff meines Kleides ab – für einen BH ist es zu knapp geschnitten, und leider brauche ich auch keinen.

Am liebsten würde ich ihm sein selbstgefälliges Lächeln aus dem Gesicht ohrfeigen. Ich unterdrücke den Wunsch und verschränke vorsichtshalber die Arme vor der Brust, damit ich nicht doch noch in Versuchung gerate.

»Ich bemühe mich gerade, dich besser kennenzulernen«, erklärt er.

Mein Puls rast wie verrückt. Vor meinem inneren Auge taucht seine Schlafzimmertür auf, an der sich die Damen die Klinke in die Hand geben. Wie oft habe ich ihn morgens schlafend angetroffen – nach einer sehr geschäftigen Nacht … Ich stelle mir das besser nicht detaillierter vor …

»Hast du Angst, dass ich dich verurteilen würde?«

Als ich die Augen öffne, steht er mit geneigtem Kopf nur wenige Zentimeter vor mir.

»Du?« Ich bin empört. »Du glaubst, *du* hast das Recht, mich zu verurteilen, nachdem du halb England in deinem Schlafzimmer verschlissen hast?«

»Nicht halb England«, verbessert er mich. »Halb London vielleicht.«

»Kannst du eigentlich noch in den Spiegel schauen?«, frage ich ihn wider besseres Wissen, denn mein gesunder Menschenverstand rät mir, die Klappe zu halten. »Glaubst du, Lucy wäre glücklich darüber, dass du Dutzende von Frauen flachlegst, nur weil du dich vor einer Beziehung scheust? Ist es den Toten egal, wie du dich anderen Menschen gegenüber verhältst?«

In seinem Gesicht zuckt ein Muskel. Mir ist klar, dass ich ihn provoziere, aber ich kann es nicht lassen. Ich bin auch sauer. Er besitzt kein Monopol auf unterdrückte Gelüste und aufgestaute Frustrationen.

Es tut gut, ihn zu reizen. *So* gut!

»Findest du das den Frauen gegenüber fair?«

Langsam breitet sich ein Lächeln auf seinem Gesicht aus, aber es ist kalt und abweisend. »Bis jetzt hat sich noch keine beklagt.«

Platsch! Das ist der sprichwörtliche Tropfen, der das Fass zum Überlaufen bringt. Ich gehe an die Decke.

»Bei wem denn? Du setzt sie doch meistens schon vor die Tür, noch ehe du ihren Namen weißt. Zum Teufel noch mal, Jack. Von allen chauvinistischen, egoistischen, verantwortungslosen …«

Er legt mir einen Finger auf die Lippen, um mich zum Schweigen zu bringen. Dabei schaut er mich durchdringend an. Mir wird siedend heiß.

»Ich habe das Gefühl …« Er steckt seine Finger in mein Glas und fischt die Kirsche heraus, »… dass du voreingenommen bist.«

Er fährt über meine Unterlippe, und ich hole tief Luft, was in unserer Haltung nicht ganz ungefährlich ist. Ich weiche trotzdem keinen Schritt zurück. Mit den Fingern der anderen Hand hält er die Kirsche. Unwillkürlich muss ich sie anstarren.

»Ist dir schon mal in den Sinn gekommen, dass du möglicherweise liebst, was du zu hassen glaubst? Hast du dich noch nie geirrt?«

Ich schüttele den Kopf und bin mir nicht sicher, ob ich seine Frage richtig verstanden habe. Zu meiner Überraschung steckt er sich die Kirsche selbst in den Mund. Als sein Finger meine Lippen verlässt, will ich etwas sagen. Doch ich weiß nicht, was, und ich habe auch keine Gelegenheit, es herauszufinden. Denn er drückt seine Lippen auf meine und schiebt mir die Kirsche in den Mund, die er sich sofort wieder zurückholt und zerkaut.

Mein Mund ist voll von diesem Geschmack, aber es ist mir egal. Denn ich schmecke auch *ihn*. Kirschgeschmack ist auf seiner Zunge, und auch unser Kuss schmeckt nach Kirsche.

Seine Lippen bringen mich zum Schweigen, und eine heiße Woge schießt durch meinen Körper. Sein Kuss ist Strafe und Eroberung gleichermaßen. Ich kann es nicht besser erklären. Es ist ein Augenblick von großer Klarheit, in dem mein Zorn sich vorübergehend in Luft auflöst und sofort wieder zurückkehrt, während ich Jacks Kuss erwidere – genauso wild und leidenschaftlich.

Unsere Zungen spielen miteinander, und ich fahre mit den Fingern durch sein Haar. Ich ziehe ihn an mich und küsse ihn, anstatt ihn anzuschreien.

Stöhnend drückt er mich gegen die Wand. Mit seinen Beinen umklammert er meine und fesselt mich bis zur Bewegungslosigkeit. Ich habe das Gefühl, dass mein Verstand mir etwas mitteilen will, aber außer dem Klopfen meines Herzens und dem Rauschen meines Blutes kann ich nichts hören.

Die Begierde ist wie eine Peitsche, die mich gerade mit voller Wucht trifft.

Mit den Lippen wandert er tiefer bis zu meiner Schulter, knabbert an der Haut und sucht die Stelle, wo meine Halsschlagader sichtbar pocht. Seufzend lege ich den Kopf nach hinten. Ich muss diesen Wahnsinn beenden, doch wir sind schon viel zu weit gegangen.

Wir haben eine Grenze überschritten. Nein, wir sind blind darüber hinweggeprescht. Es ist ein ganz neues Gefühl. Aber *ich* möchte diese Grenze ziehen und nicht auf die andere Seite gezerrt werden. *Ich* muss die Kontrolle behalten – jedenfalls bis zu einem gewissen Maß.

»Warum kümmert dich das?«, fragt er und küsst mich so heftig, dass er mich wieder gegen die Wand drückt. Er lässt eine Hand sinken und schiebt sie unter den Saum meines Kleides. Seine Finger suchen den Weg zwischen meine zitternden Beine.

»Kümmern ...?«, murmele ich. Wovon redet er?

Er unterbricht den Kuss, aber ich komme nicht zum Nachdenken – nicht, wenn er mit einer leichten Bewegung den dünnen Stoff meines Slips beiseiteschiebt und seine Finger in mich hineinsteckt.

Oh mein Gott! Ich komme jeden Moment. Ich schwöre, dass ich ganz nahe dran bin. Er streicht mit seinen Fingern über mein feuchtes Inneres, reizt mich hier, erforscht mich dort, und ich bin ihm voll und ganz verfallen.

»Warum kümmert es dich, mit wem ich ins Bett gehe?«

Es klingt eher wie eine wütende Rechtfertigung, nicht wie eine Frage.

Ich blinzle und versuche, einen klaren Gedanken zu fassen. Unmöglich! Er streichelt mit der Kuppe seines Daumens über meine Klitoris, und ich beginne zu zittern. Ich bebe am ganzen Körper, während sich die Welle in mir aufbaut.

»Tut es gar nicht«, stöhne ich durch zusammengebissene Zähne. Schweißperlen treten auf meine Stirn.

Überrascht reiße ich die Augen wieder auf, als er seine Lippen auf meine Brust legt und durch den seidigen Stoff des Kleides einen Nippel zwischen die Zähne nimmt.

Meine Knie zittern, als er die harte Spitze liebkost und an ihr saugt. Ich bebe vor Lust. Gleichzeitig schiebt er seine Finger tiefer in mich hinein und zieht sie sofort wieder heraus. Ich bin klatschnass, als er über die empfindlichen Nerven meiner Klitoris streichelt. Von einem Augenblick auf den anderen bin ich verloren.

Eine heiße Fontäne schießt durch meinen Körper. Ich habe das Gefühl zu explodieren, als er den Kopf an meine andere Brust legt.

Verdammt! Es ist zu viel. Meine Muskeln ziehen sich zusammen, und meine Beine sind kaum noch fähig, mich zu tragen. Ich habe schon überwältigenden Sex gehabt, aber das hier toppt alles, was ich bisher erlebt habe. Oder ist es der Reiz des Verbotenen – weil ich mit meinem Boss zusammen bin?

Mein Boss.

Jack Grant.

Ich stöhne, als mir klar wird, dass ich das hier irgendwann zutiefst bereuen werde, und dann stöhne ich über meine Schwäche, weil ich nicht aufhören kann. Es ist ein Zwang – nein. Eine Erweckung. Es ist das Akzeptieren einer Wahrheit, gegen die ich mich viel zu heftig und zu lange gewehrt habe.

Zwei Jahre voller Blicke, Lachen, Streitereien und Meinungsverschiedenheiten haben dazu geführt. Zwei Jahre, in denen ich ihn immer wieder im Bett angetroffen und mir vorgestellt habe, dass *ich* mit ihm darin gelegen habe. Ich habe alles ausgehalten, weil er mein Boss ist und ich meinen Job liebe – und weil er verdammt noch mal Jack Grant ist. Beharrlich habe ich mich gegen meine geheimsten Wünsche gewehrt, aber jetzt ist es mir unmöglich, ihm seine nicht zu erfüllen.

Er umklammert meine Hüfte. Sein Griff ist ein wenig zu fest, sodass ich den Rücken versteife, aber er drängt mich mit seinem Becken an die Wand – heftig, leidenschaftlich. Verdammt, das kann er wirklich gut. *Wahnsinnig gut.* Viel besser, als ich es mir jemals vorgestellt hätte.

Und ich habe es mir oft vorgestellt.

Ich wimmere – ich glaube, ich habe noch nie in meinem Leben einen solchen Laut von mir gegeben –, als er mich erneut küsst. Dabei spüre ich seine Lippen immer noch auf meinen Brüsten, die jetzt extrem empfindlich sind.

»Glaubst du jetzt immer noch, dass sich die Frauen beklagen, wenn ich mit ihnen fertig bin?«, fragt er und tritt einen Schritt zurück. Seine Augen glitzern, aber sein Gesicht wirkt seltsam leidenschaftslos.

Seine Wangen sind gerötet, und sein Brustkorb hebt und senkt sich genauso heftig wie meiner. Aber seine Stimme ist fest und sein Blick kühl.

Seine Frage ergibt keinen Sinn. Ich berühre meine Brüste. Sie sind geschwollen und kribbeln. Ich starre ihn an – momentan bin ich ungewöhnlich begriffsstutzig.

»Ich gebe ihnen, was sie wollen. Was *du* willst.«

Dann dreht er sich abrupt um, durchquert den Raum und nimmt sich einen weiteren Drink. Mit dem Rücken zu mir leert er das Glas in einem Zug, aber ich nehme die Bewegung kaum wahr. Ich bin zu schockiert über das, was wir gerade getan haben.

Verdammter Mist!

Wollte er damit irgendetwas beweisen? Ich zittere. Meine Unterwäsche ist feucht, mein Kleid zeigt Spuren seines Kusses, mein Kopf ist wie benebelt – und er bleibt ganz gelassen?

Plötzlich fühle ich mich in meiner Ehre als Frau angegriffen. Ich stelle mir vor, wie ich aus dem Kleid schlüpfe und quer durchs Zimmer laufe. Wie ich ihn zu Fall bringe und mich breitbeinig auf ihn setze. Damit er zugibt, dass er mich will.

Ich weiß, dass es so ist. Der Beweis für seine Begierde hat sich hart gegen meinen Unterleib gepresst. Aber der gesunde Menschenverstand gewinnt allmählich wieder die Überhand – und damit die Erkenntnis, dass wir etwas sehr, sehr Dummes getan haben. Jetzt gibt es kein Zurück mehr. Wir können es nicht ungeschehen machen. Ich muss den letzten Rest meines Stolzes zusammensuchen und so schnell wie möglich aus diesem Büro verschwinden, ehe ich etwas wirklich Idiotisches mache. Ihn zum Beispiel darum bitten, zu Ende zu bringen, was er angefangen hat.

»Ich schicke dir morgen früh eine E-Mail mit Informationen über die Kapazitäten des Servers.« Gott sei Dank klinge ich ganz und gar professionell.

Er schnaubt verächtlich. »Da ist sie ja wieder: meine eiskalte Assistentin.«

Verärgert straffe ich die Schultern. Ich war niemals seine Assistentin, und das weiß er ganz genau. Er provoziert mich. Will er schon wieder eine Auseinandersetzung?

Ich kneife die Augen zusammen. »Ich bin nicht kalt«, höre ich mich antworten. »Ich bin momentan ziemlich heiß.«

Vielleicht überrascht ihn meine Ehrlichkeit. Er dreht den Kopf in meine Richtung, ohne mich wirklich anzusehen.

»Wenn du mich bitte entschuldigen würdest – ich gehe jetzt und lasse ein bisschen Dampf ab.«

Ganz ruhig verlasse ich das Büro, obwohl ich ziemlich verunsichert bin. Soll er sich doch wer weiß was vorstellen. Wenn er glaubt, ich gehe zu Wolf – na und? Wenn er glaubt, ich gehe nach Hause, um vor einem Foto von ihm zu masturbieren – soll er doch.

Es ist mir scheißegal.

Es ist kalt und es regnet, als ich die herrschaftliche Villa verlasse.

Nach den ersten sechs Monaten in diesem Job habe ich mich entschlossen, nach Hampstead zu ziehen, wo er wohnt. Wenn ich schon den ganzen Tag im Büro verbringen muss, möchte ich wenigstens keine langen Wege zur Arbeit zurücklegen müssen.

Mein Arbeitsplatz liegt am Ende einer langen Straße, die in der Nähe der Heath beginnt, und direkt neben der kleinen Schule an der Ecke liegt mein Stadthaus. Es ist ein Ziegelbau wie aus Charles Dickens' Zeiten mit einer glänzend roten Tür und Blumenkästen, die während des Sommers sträflich vernachlässigt worden sind. Ich hätte sie mit Gänseblümchen und Erdbeeren bepflanzen sollen, so wie es war, als ich eingezogen bin, aber ich bin irgendwie nie dazu gekommen.

Mit der Schulter stoße ich die Tür auf und lasse sie erleichtert hinter mir ins Schloss fallen.

Doch dann mache ich den Fehler und schließe die Augen, und prompt ist er da. Jack Grant ... den Kopf nach vorn geneigt ... den Mund an meiner Brust. Ich murmle ein paar Flüche – eine Aneinanderreihung von Ausdrücken, bei denen meine Mutter in Ohnmacht fallen würde. Ich stelle mich vor den Spiegel im Flur.

Auf meinen Brüsten sind zwei dunkle feuchte Flecken. Mit dem Finger zeichne ich ihre Umrisse nach und erschaudere, als ich mich an das Kribbeln erinnere, das ich gerne länger gespürt hätte. Mehr davon. Und mehr von *ihm*.

Laut seufzend betrete ich die Küche.

Was zum Teufel ist gerade passiert? Er ist mein Boss. Mein *Boss*! Und ich weiß, wie er ist. Ich weiß, wie verkorkst er ist. Zwei Jahre lang habe ich diese irritierenden Gefühle im Zaum gehalten. Warum ist es mir heute Abend nicht gelungen?

Ich gieße mir ein Glas Wein ein in der Hoffnung, dass ich mit seiner Hilfe eine Zeitreise in die Vergangenheit machen und die Erinnerung auslöschen kann – und nicht nur die Erinnerung, sondern auch das Ereignis selbst. Natürlich klappt es nicht. Jeder Schluck erinnert mich an ihn, und der Alkohol verschlimmert alles nur noch. Ich vermisse ihn.

Das ist *nicht* gut.

Langsam steige ich über enge Stufen zwei Etagen nach oben. Das Haus ist hoch und schmal mit einem beziehungsweise zwei Zimmern auf jeder der fünf Etagen. Mein Büro befindet sich im Erdgeschoss, mein Schlafzimmer und Bad sind auf der ersten Etage. Drei weitere Schlafzimmer sind über die anderen Stockwerke verteilt, und ganz oben ist eine Dachterrasse. Ich liebe sie, nutze sie aber leider viel zu selten.

Ich schleudere meine Schuhe beiseite und schalte das Licht mit dem Fuß meines Weinglases an, wobei ich darauf achte, nichts von dem Pinot noir auf den beigefarbenen Teppich zu schütten. Im Gehen ziehe ich mein Kleid aus. So bald wie möglich werde ich es in die Kleidersammlung geben.

Nur mit meiner immer noch feuchten Unterhose bekleidet, schlüpfe ich ins Bett und ziehe mir die Bettdecke bis ans Kinn. Ohne das Weinglas abzustellen, starre ich an die Wand.

Aber *so* schlimm ist es doch auch nicht, oder?

Andere Leute machen so was schließlich andauernd. Wir arbeiten zusammen. Zum Teufel, wir *leben* praktisch zusammen. Irgendwie war es unvermeidlich.

Ich zucke zusammen.

Es ist *doch* schlimm. Habe ich mir nicht vor ein paar Tagen noch selbst für die sehr wichtigen Lektionen gratuliert, die ich von weiblichen Vorgesetzten gelernt habe, die jahrelang verspottet oder degradiert worden sind? Ist es nicht *die* Todsünde für eine Frau, sich im Büro mit einem Kollegen einzulassen? Erst recht, wenn es der Chef ist, superreich und supergut aussehend, der nie die Hose geschlossen lassen kann?

Verflucht noch mal!

In der Villa arbeitet nur eine Handvoll Kollegen. Jacks zwei Assistentinnen, sein Fahrer, ein Leibwächter und ich. Wir sind alle auf strenge Vertraulichkeit verpflichtet, und ich glaube, die meisten haben zu viel Respekt vor mir, um sich bei mir unbeliebt zu machen. Vor Klatsch und Tratsch muss ich mich also nicht fürchten.

Aber vor Jack. Und vor mir selbst. Ich habe heute Abend meinen Respekt geopfert, indem ich das zugelassen habe.

Zugelassen habe? Mein Verstand ist außer sich! Er hat schließlich versucht, mich davon abzuhalten.

Tut mir leid, ich habe nicht zugehört. Diesen Fehler mache ich nicht noch einmal.

Ich nehme einen Schluck Wein und verziehe das Gesicht, weil ich den sauren Geschmack nicht wirklich mag. Ich bin müde. Es war ein langer Tag und ein seltsamer Abend.

Das Letzte, das mir durch den Kopf geht, ehe ich in quälend lustvolle Träume hinüberdämmere, ist die Frage, was mich wohl am nächsten Morgen erwartet.

Mit gesenktem Kopf sitzt er am Schreibtisch, als ich ein paar Stunden später wieder ins Büro komme. Vor Jack steht eine Tasse mit dampfendem Kaffee. Ich gehe ganz normal an ihm vorbei; niemals würde ich auf Zehenspitzen an seinem Büro vorüberschleichen.

»Gemma? Komm mal rein.«

Mist.

Ich kneife die Augen zusammen und hole tief Luft. Kein Problem. Wir haben uns nur geküsst.

Ihr habt euch nicht »nur« geküsst. Er hat seinen Finger in dich reingesteckt, und du bist gekommen.

Halt's Maul, Verstand!

Er hat an deinen Brüsten gesaugt, und du bist wahnsinnig geworden.

Ich werde eine Lobotomie vornehmen lassen – ehrlich!

»Gemma?«

Mit einem stummen Fluch drehe ich mich um und betrete sein Büro so gelassen wie möglich. *Nur die Ruhe!*

»Oh, hallo, Jack!«

Verflucht! Er trägt das hellblaue Hemd, das seine Augen wie zwei verdammte Edelsteine schimmern lässt. Die obersten Knöpfe stehen offen, sodass ich ein paar dunkle Locken sehen kann.

»Ich habe dich gar nicht gesehen.«

Sein Lächeln zeigt mir, dass er meine Lüge durchschaut.

»Setz dich.«

Doch ich bleibe reglos stehen und ziehe nur die Augenbrauen hoch. Geflissentlich ignoriere ich die Wand, gegen die er mich gestern gedrückt und dabei meine intimsten Stellen erkundet hat. Stattdessen schweift mein Blick zur Bar und zu dem Cocktail, den er am Abend zuvor getrunken hat.

»Setz dich«, wiederholt er. Etwas in seiner Stimme macht mich nervös.

In seiner Aufforderung schwingt ein Versprechen mit. Ein Versprechen und ein Feuer.

»Wie geht es dir?« Diese Frage, leise und beiläufig gestellt, lässt mich erschauern.

»Gut«, blaffe ich zurück. »Und ich habe viel zu tun. Was willst du?«

Ein Lächeln breitet sich auf seinem Gesicht aus. Ich werde unruhig.

»Wie hast du geschlafen?«

Weiß er, dass ich von ihm geträumt habe? Dass er in meinem Traum sehr, sehr schlimme Dinge mit mir angestellt hat?

Ich schlucke und verschränke die Arme vor der Brust, als die Erinnerungen zurückkehren. Sie sind mit uns in diesem Raum, wirbeln um uns herum und flüstern all das, was wir getan haben.

»Wolltest du etwas von mir?«

Er erhebt sich, und ich erstarre zur Salzsäule, als er selbstsicher den Raum durchquert, die Tür zuschlägt und den Schlüssel herumdreht.

»Ich habe schlecht geschlafen«, verkündet er, ohne auf meine Frage zu achten. Seine Stimme streichelt meine Haut wie Sonnenstrahlen.

»Hm«, mache ich nur und hoffe, dass ihm meine Reaktion entgeht. »Vielleicht hättest du besser ein Beruhigungsmittel nehmen sollen?«

Er zieht den Stuhl auf der anderen Seite seines Schreibtisches hervor und hält ihn mir auffordernd hin. Ich werfe ihm einen missbilligenden Blick zu und nehme Platz, wobei ich sehr darauf achte, nicht einmal seine Fingerspitzen zu berühren. Finger, die in mir drin waren und meinen Schutzwall zum Einsturz gebracht haben.

Finger, die mich in den Wahnsinn getrieben haben.

Ich halte die Luft an. Vielleicht kann ich diese Situation so hinter mich bringen – indem ich mich selbst ersticke. Ist das überhaupt möglich?

Langsam und ruhig atme ich aus, als er sich hinsetzt.

»Und?«, frage ich ungeduldig.

Um seine Mundwinkel zuckt es. Macht er sich etwa lustig über mich? Arrogantes Arschloch! Das sieht ihm ähnlich. Ich kenne ihn doch. Genau das ist das Problem. Ich bin nicht wie seine anderen Frauen. Ich weiß, dass er ebenso skrupellos wie sexy ist.

»Wie hast du geschlafen?«

Ich blinzle ihn an. »Das hast du mich schon mal gefragt.«

»Du hast nicht geantwortet.«

Ich seufze verärgert. »Wie immer. Im Ernst, Jack. Auf meinem Schreibtisch stapelt sich die Arbeit. Ich muss endlich anfangen.«

»*Ich* bin deine Arbeit«, kontert er mit einem Schulterzucken.

Mistkerl.

Mit ausdruckloser Miene beugt er sich näher zu mir herüber, aber in seinem Blick liegt etwas Drängendes, Zweifelndes. »Hast du ihn gestern Abend getroffen?«

Ich möchte ihn an das erinnern, was ich ihm bereits gestern gesagt habe. Dass es ihn nichts angeht.

Aber ich weiß nicht, ob das jetzt noch so überzeugend rüberkommt, nachdem ich seinen Mund gekostet habe und seine Begierde mich überwältigt hat.

Wie kann ich der Frage ausweichen?

»*Du* bist meine Arbeit? Okay. Die Jungs aus New York warten auf den Vertrag, du hast in der nächsten Woche ein Treffen, das ich noch vorbereiten muss, und in Athen warten sie auf deine Stellungnahme – das heißt, *meine* Stellungnahme – bezüglich eines Mietvertrags. Und ich muss …«

»Ruhe!«

Himmel. Egal, was man von mir denkt, aber ich liebe es, wenn er den Chef heraushängen lässt und mich herumkommandiert. Und das tut er oft.

Wütend starre ich ihn über den Schreibtisch hinweg an, damit er ja nicht herausfindet, dass ich genau darauf stehe.

»Du sagst *mir*, ich soll ruhig sein?« Ich beuge mich näher zu ihm hinüber, bis unsere Gesichter sich fast berühren. »Ernsthaft?«

»Du bist sauer.«

»Und ob ich das bin.«

Sein Lachen ist leise und kehlig. Sexy. »Weil wir's nicht zu Ende gebracht haben?«

Ich schließe die Augen. Meine Wangen brennen. »Was willst du?«

»Hast du was mit ihm?«

»Mit wem?«

»Wolf DuChamp.«

Ich verkneife mir ein Grinsen. »Du kennst also doch seinen Namen?«

»Inzwischen schon.«

Seine Miene ist unergründlich. Aber tief in mir rührt sich etwas. *Hoffnung.* Bedeutet das nicht, dass er nur *meinetwegen* von Wolf weiß? Weil er etwas über *mein* Leben erfahren will?

»Und wie geht's weiter?«, will er wissen.

»Bist du eifersüchtig?« Die Worte sind heraus, ehe ich darüber nachdenken kann.

»Warum sollte ich eifersüchtig sein?«, antwortet er wie aus der Pistole geschossen.

Mist! Offensichtlich war das eine bescheuerte Herausforderung.

»Vergiss es.« Ich rutsche mit dem Stuhl rückwärts und stehe auf. »War's das?«

»Du hast mir noch nicht geantwortet. Wie kann es das also sein?«

Verärgert hole ich Luft. »Ich mag ihn.« Und zucke mit den Schultern.

Das stimmt. Nicht in einem romantischen Sinn. Aber er ist ein netter Kerl. Gut aussehend. Es spielt keine Rolle, dass ich eine Beziehung bereits ausgeschlossen habe.

»Vögelst du ihn?«

Mein Blick wird eiskalt. Selbst ich spüre, wie im Raum die Temperatur rapide sinkt.

»Ist das nicht die Frage, die uns gestern schon in Schwierigkeiten gebracht hat?«

Er steht auf und schlägt mit der flachen Hand auf den Tisch. »Vögelst du ihn?«

Er brüllt fast. So etwas ist noch nie zwischen uns passiert, und wir wissen es beide. Vermutlich haben wir gerade wieder ein paar Grenzen überschritten. Die scheinen ohnehin fließend zu sein. Alles verändert sich auf unvorhersehbare Weise, und das ist gar nicht gut.

»Fahr doch zur Hölle.«

Ich drehe mich um und verlasse sein Büro. Meine Knie zittern, und ich habe ein eigenartiges Gefühl – als könnte ich in Tränen ausbrechen. Das habe ich schon seit Jahren nicht mehr getan. Ich weine nie. Nicht bei traurigen Filmen und auch nicht, als meine Katze gestorben ist.

Aber ich zittere am ganzen Körper, und wenn er mir jetzt folgt, bin ich verloren.

3. Kapitel

Eine Woche ist vergangen, und ich lebe immer noch. Mehr noch: Mein Verstand und ich haben uns fast wieder versöhnt. Ich habe mich gut benommen. Habe hart gearbeitet, bin höflich gewesen, habe meine schlüpfrigen Gedanken hinter einer Maske der Gleichgültigkeit verborgen.

Es hat natürlich geholfen, dass ich Jack kaum zu Gesicht bekommen habe.

Seit vier Tagen ist er auf Geschäftsreise in Tokio. Normalerweise hätte ich ihn begleitet. Unsere Stationen wären wahrscheinlich folgende gewesen: Privatjet. Limousine. Luxushotel – sein Apartment in Tokio wird gerade renoviert. Konferenzen. Späte Essen.

Keine Frage: Auf so einer Reise lauern jede Menge Risiken.

»Auf meinem Schreibtisch stapelt sich die Arbeit«, habe ich ihm geantwortet, nachdem er beschlossen hatte, persönlich zu fliegen. »Ich kann hier im Moment wirklich nicht weg.«

Er hat die Zähne zusammengebissen und mich angeschaut, als würde ich jetzt so ein emotionales Zickending durchziehen. Aber dann hat er bloß genickt.

Heute soll er zurückkommen, und mein Schreibtisch ist kein bisschen weniger voll. Es sind nur andere Unterlagen als zu Beginn der Woche.

Das Telefon klingelt. Genervt greife ich zum Hörer und knurre eine Begrüßung.

»Du klingst nicht gut.«

Die gackernde Stimme zaubert mir ein Lächeln ins Gesicht. »Hi, Grandma!«

»Wo bist du gewesen, Schätzchen?«

»Ach, weißt du …« Ratlos betrachte ich die Papierstapel. »Ich bin viel unterwegs.«

»Du kannst mir viel erzählen! Lass mich raten: Du bist bei der Arbeit?«

»Ich nehme an, du kennst die Antwort darauf? Du hast mich schließlich im Büro angerufen …«

Wieder dieses gackernde Lachen. »Kommst du mich bald mal besuchen? Ich habe was für dich.«

»Eine weitere Lektion über die Prioritäten in meinem Leben?«

»Du bist ein kluges Mädchen. Du weißt, dass deine Prioritäten durcheinandergeraten sind.« Sie seufzt. »Nimm den Rat einer Frau an, die am Ende ihrer Reise angekommen ist. Da draußen gibt es eine wunderschöne große Welt, und selbst wenn du für den Rest deiner Tage nur noch reisen würdest, könntest du nicht mehr alles sehen.«

»Himmel, das klingt ja schrecklich. Selbst für deine Verhältnisse ist das ein bisschen zu kitschig, Grandma.«

Sie lacht. Ich liebe ihr Lachen. Jedes Mal, wenn meine Grandma lacht, geht die Sonne auf.

»Jeder darf hin und wieder mal ein bisschen kitschig sein, oder? Vor allem in meinem Alter.«

»Ich reise doch schon überall hin.« Ich klicke meinen Kalender an und überfliege den Bildschirm. »Nächste Woche zum Beispiel nach Australien.«

Verflucht! Mit Jack.

»Ach ja? Aber das ist doch vermutlich eine Geschäftsreise, oder?«

Ich muss schmunzeln. »Ja, schon. Aber ich werde bestimmt genügend Zeit finden, um einen Koala zu streicheln.«

»Dir ist schon klar, dass sie dir nicht auf der Straße begegnen? Du musst schon rein in den Busch, um einen zu finden …«

»Rein in den Busch?« Jetzt breche ich in schallendes Gelächter aus. »Grandma, du bist eine *Herzogin*! Gibt es im Handbuch für Adlige keinen Hinweis darauf, dass man nicht einfach *rein in den Busch* geht?«

Ich mache keine Witze. Grandma ist wirklich eine Herzogin. Sie hat meinen Großvater geheiratet, der zehn Jahre älter war als sie. Sie war Krankenschwester, und seine Familie hatte sie engagiert, damit sie sich um ihn kümmerte. Sie sollte ihn wieder »auf Spur bringen«, als

Granddad mit einer posttraumatischen Belastungsstörung aus dem Krieg zurückgekehrt war. Doch schon am ersten Tag hat sie das Handtuch geworfen. Mit ihm sei alles in Ordnung, hatte sie erklärt. Er sei eben nur anders.

Noch am selben Nachmittag hatten sie sich verlobt.

Es ist das einzige Märchen, an das ich glaube – und auch nur, weil es in gewisser Weise wahr ist. Grandma hat ihn tatsächlich wieder »auf Spur gebracht«. Die Hochzeit mit ihm hat sie zu einer Art Prinzessin gemacht, und ihn hat sie geheilt.

Wir haben ihn schon vor Jahren verloren, und seitdem ist sie diejenige, die ein bisschen neben der Spur ist. Trotzdem ist sie immer noch eine bemerkenswerte Persönlichkeit. Der wunderbarste Mensch in meinem Leben. Eine von zwei wichtigen Konstanten.

Jack und Grandma. *Großartig.* Ein emotional gestörter attraktiver Witwer, den ich besser nicht begehren sollte, und eine champagnerschluckende Achtzigjährige, ein Überbleibsel der Aristokratie. Meine beiden Felsen in der Brandung.

Ich lächle betrübt und schüttele den Kopf.

»Pah! Ich habe dir doch erzählt, was ich in meiner Jugend alles angestellt habe. Mein Ausflug in den Busch war noch am wenigsten gefährlich!« Sie stößt einen tiefen Seufzer aus. »Und jetzt bist du jung – und du hast nichts Besseres zu tun, als deine Zeit in diesem Geisterhaus am Rand des Moors zu verbringen.«

»Na ja, eigentlich ist es ein Herrenhaus mit ultramodernen Büros. Und es liegt nicht am Rand des Moors, sondern in Hampstead Heath.«

»Ach, und wenn schon …« Sie schnaubt ungeduldig. »Kommst du denn dieses Wochenende?«

»Versprochen.«

Ich klicke meinen Kalender an und mache mir eine Notiz. Ich wäre verloren, wenn ich nicht alle meine Termine sofort eintragen würde. Dabei fällt mein Blick wie von selbst auf den Eintrag zum Hochzeitstag meiner Eltern. *Grrr!*

»Ich nehme an, du hast die Einladung schon bekommen?«

»Hm …« Ich höre eine Art bejahendes Geräusch, das alles Mögliche bedeuten kann. »Sehr elegantes Papier.«

Ich verkneife mir ein Lachen. »Steif und unnachgiebig.«

Sie reagiert nicht auf meine Anspielung.

»Wenigstens gibt's Alkohol.«

»Na, und ob!«

Ich fahre mit dem Finger über die Schreibtischfläche. Grandma und ich haben uns bei der Feier im vergangenen Jahr wenig ladylike die Kante gegeben. Gehörten wir nicht zum engsten Kreis der Familie, wären wir in diesem Jahr bestimmt nicht mehr eingeladen worden.

»Am Wochenende veranstalten wir eine Generalprobe«, schlägt sie vor, und ich höre das Schmunzeln in ihrer Stimme.

»Prima. Bis dann.«

»Gut, mein Schatz. Tschüssi!«

Sobald ich aufgelegt habe, klingelt mein Telefon erneut. Noch immer schmunzelnd, klemme ich mir den Hörer hinters Ohr. »Ja?«

»Gemma?«

Seine Stimme überwältigt mich wie eine Flutwelle, die ans Ufer prallt. Wir stehen in permanentem Kontakt, seit er unterwegs ist – allerdings nur per E-Mail und SMS und ausschließlich geschäftlich.

Mit keinem Wort hat er seither den schicksalhaften Abend erwähnt – wie er mich mit seinem Kuss bestürmt, mich erforscht und dabei um den letzten Rest meines Verstandes gebracht hat. Mit keinem Wort haben wir darüber gesprochen, wie er mich gegen die Wand seines Büros gedrückt und zum Höhepunkt gebracht hat.

Als ich jetzt seine Stimme höre, habe ich das Gefühl, er steht neben mir, beugt sich zu mir hinunter und küsst mich.

»Ich treffe mich gleich mit einigen Kunden in der Stadt. Ich brauche die Präsentation des Tokio-Projekts, eine aktualisierte Kostenanalyse und den Bericht, den ich geschrieben habe. Sei in einer Stunde da.«

Es klingt fast wie eine Bitte, aber wir wissen beide,

dass es keine Bitte ist. Mein ganzer Körper wird heiß. *Ich werde ihn wiedersehen.* So lebendig habe ich mich die ganze Woche lang nicht gefühlt. Mein Unterleib zieht sich erwartungsvoll zusammen. In Erwartung … worauf?

Mein Körper ist voller Begeisterung, doch glücklicherweise funktioniert mein Verstand – noch. »Geht in Ordnung«, antworte ich kühl und unbeteiligt.

Eine kurze Pause entsteht, und ich frage mich, was als Nächstes kommt. »Gut.«

Bilde ich mir den verheißungsvollen Unterton in seiner Stimme nur ein? Ich ignoriere den Gedanken, unterdrücke meine Gelüste.

»Ach ja, Gemma – Rose hat etwas für dich.«

Ich sammle die Unterlagen zusammen, die er benötigt, und überfliege noch einmal die Projektpräsentation, dann verlasse ich, beladen mit Papieren und meinem MacBook, mein Büro.

Sophia und Rose teilen sich ein Büro. Sie haben die Köpfe zusammengesteckt, und ich lächle ihnen kurz zu. »Ich treffe Jack in einer Stunde. Er sagt, du hättest etwas für mich?«

Fragend schaue ich Rose an, die in ihre Schublade greift und mir einen Umschlag überreicht, auf dem mein Name steht. In Jacks Handschrift. Ich widerstehe dem Wunsch, mit meinem Finger über die Buchstaben zu streichen.

»Danke.« Ich nicke kurz, und noch ehe ich noch etwas sagen kann, greift Sophia zu ihrem Telefon.

»Hughes – Miss Picton fährt in die Stadt.«

Noch einmal nicke ich, erfreut darüber, dass alles so reibungslos läuft.

Ich habe Sophia eingestellt, nachdem Jacks letzte Sekretärin überraschend gekündigt hat. Seit Lucys Tod hat er etwa sechs verschlissen; meine Stelle wurde auch mindestens ein Dutzend Mal neu besetzt. Irgendwie bindet es Sophia und mich enger aneinander: Wir sind beide fest entschlossen, nicht aufzugeben.

»Bist du lange weg? Soll ich deinen Termin für zwei Uhr absagen?«, erkundigt Rose sich.

Mein Handy ist gerade nicht griffbereit, und ich kann mich im Moment nicht erinnern, was ich um zwei vorhabe. Mein begriffsstutziger Blick scheint das zu verraten, denn Rose schenkt mir ein nachsichtiges Lächeln. Ich verstehe nicht, wie sie es geschafft hat, bereits seit drei Jahren für Jack zu arbeiten. Sie wirkt so zierlich, als könnte ein Windhauch sie umblasen, und dennoch schafft sie es irgendwie, Jacks herrische Anweisungen und seine ruppige Art an sich abprallen zu lassen.

»Carrie Johnson.«

»Richtig.« Geistesabwesend nicke ich, denn meine Gedanken kreisen um den geheimnisvollen Briefumschlag. Er ist nicht groß, und als ich ihn befühle, spüre ich, dass er mehr als einen Briefbogen enthält.

Carrie ist meine Freundin. Sie sucht einen neuen Job. Ich würde ihr gern eine Stelle bei der Stiftung verschaffen, weiß allerdings noch nicht genau, was das sein könnte. In ihrer alten Firma ist sie wegrationalisiert worden, aber sie arbeitet präzise und ist unglaublich klug – viel zu intelligent, um sie gehen zu lassen.

»Verschieb es auf morgen. Und entschuldige dich bitte für mich. Vielen Dank.«

»Warte.« Sophia schiebt ihren Stuhl zurück und kommt mit ausgestreckten Armen auf mich zu. »Ich helfe dir ins Auto.«

Dankbar gebe ich ihr einige der Unterlagen. Die Büros liegen in einem anderen Flügel des Herrenhauses, und wir treten hinaus auf den kurzen Pfad, der sich durch einen makellos gepflegten Garten schlängelt, an den sich der mit Kies ausgestreute Innenhof anschließt. Geschäft und Privatleben sind auf diese Weise säuberlich voneinander getrennt – obwohl Jack kaum ein Privatleben hat, abgesehen von seinen Sex-Abenteuern.

Jedenfalls soviel ich weiß.

Geistesabwesend gleite ich auf den Rücksitz der Limousine, ohne Hughes auch nur wahrzunehmen.

Du weißt alles über mich.

Ich zucke zusammen. Die Worte kommen aus dem Nichts, und ich werfe einen Blick über meine Schulter. Fast rechne ich damit, Jacks zynisches Lächeln zu sehen. Stimmt das überhaupt? Kenne ich ihn *wirklich* so gut?

Wir haben viel Zeit miteinander verbracht, das ist richtig. Aber ich würde nicht sagen, dass wir gut miteinander bekannt sind. Aus heiterem Himmel überfällt mich die Erinnerung an seinen Kuss, und mit einem Seufzer lehne ich mich in den Ledersitz zurück.

Ich greife nach dem Briefumschlag, und jetzt kann ich der Versuchung nicht länger widerstehen: Ich fahre mit der Fingerspitze über seine hingekritzelten Buchstaben, ehe ich die Lasche öffne.

Mit gemischten Gefühlen betrachte ich den Inhalt des Umschlags.

Eine Tafel Schokolade mit Kirschfüllung. Ich suche im Umschlag nach einer Nachricht, finde aber keine.

Ich kann nicht anders – ich reiße die Verpackung von der Schokolade ab und schnuppere an dem Konfekt.

Kirschen werden mich für den Rest meines Lebens an Jack erinnern. Ich werde niemals mehr behaupten, dass ich sie hasse.

Ich spüre ein Kribbeln im Bauch, als ich mich daran erinnere, wie seine Finger in mich eingedrungen sind und punktgenau die Nerven stimuliert haben, die mich haben stöhnen lassen.

Verdammt!

Ein Wonneschauer läuft mir über den Rücken, und ich spüre ihn immer noch, als die Limousine in die Tiefgarage des Hochhauses im Stadtzentrum fährt, in dem Jacks Büros liegen. Ich bin mir sicher, dass er sich hier früher öfter aufgehalten hat. Erst seit Lucys Tod arbeitet er vorwiegend in dem Haus, in dem er auch wohnt.

Beim Aussteigen werfe ich Hughes ein breites Lächeln zu. Ich bin voll bepackt mit Unterlagen.

»Brauchen Sie Hilfe, Ma'am?«

»Danke, geht schon«, lehne ich sein Angebot ab.

Und ich frage mich, ob die süßen Gedanken, die mir während der Fahrt durch den Kopf gegangen sind, meine Wangen gerötet haben.

Warum hat er aufgehört? Aus welchem Grund hat er mich stehen lassen?

Dabei wollte ich doch alles. Ich wollte *ihn*. Eigentlich habe ich mich zu einer kompletten Idiotin gemacht, nicht wahr? Denn ich weiß doch, dass er ein unverbesserlicher Schürzenjäger ist, und ich weiß auch, dass ich meinen Job nicht behalten könnte, wenn ich mit Jack schlafe. Aber in diesem Moment war mir das alles vollkommen egal.

Und das bedeutet nur, dass ich mich in seiner Gegenwart noch mehr in Acht nehmen muss.

Ich werde dafür sorgen, dass diese Sache nicht aus dem Ruder läuft. Da draußen gibt es jede Menge heißer Typen. *Es gibt garantiert noch mehr Männer, die dich küssen, als bräuchten sie dich wie die Luft zum Atmen. Bestimmt.*

Ich war mit einer ganzen Reihe netter Jungs aus – die meisten von ihnen waren clever, gut aussehend, einflussreich. Offenbar stehe ich auf diesen Männertyp. Aber keiner von ihnen hat jemals *so etwas* mit mir gemacht. Ich bin immer noch ganz benebelt. Wenn ich nur meine Augen schließe und mich an das Gefühl erinnere, als er seinen Körper gegen meinen presste, während seine Erektion sich an meine Hüfte drückte, geht mein Atem schneller, und ich erröte bis unter die Haarwurzeln.

Der Aufzug saust nach oben. Er erinnert mich an den gläsernen Lift aus dem Film »Charlie und die Schokoladenfabrik«. Je höher wir kommen, desto schneller scheint er zu werden, und mein Magen hebt sich, als ich mir vorstelle, dass er gleich durch das Dach kracht und ins Weltall fliegt.

Natürlich geschieht das nicht.

Ist es verrückt, dass ich ein bisschen enttäuscht bin? Im Film sah es immer so witzig aus, als der Aufzug über die Skyline von London flog.

In den Büros herrscht ein geschäftiges Treiben. Diese Hektik ist so ungewohnt für mich, dass ich einen Moment lang wie erstarrt stehen bleibe und auf die Geräusche lausche. Überall dort, wo ich zuvor gearbeitet habe, war es genauso. Umgeben von Menschen, die ebenso gestresst und überarbeitet waren wie ich, habe ich mich wie ein kopfloses Huhn gefühlt. Und diese

Erschöpfung mündete in eine nicht enden wollende Müdigkeit.

Jemand läuft an mir vorbei, im Arm einen Stapel Dokumente. Das erinnert mich daran, dass ich nicht nur hier bin, um Löcher in die Luft zu starren und mich in philosophischen Betrachtungen zu ergehen. Ich eile über den mit Teppichboden belegten Flur, den Blick starr geradeaus gerichtet, damit mich niemand mit Fragen behelligt. Jacks Stellvertreterin zu sein, ist auch ein Problem, denn für alle anderen bin ich sozusagen seine Zweitbesetzung. Auf dem Weg in sein Büro werde ich normalerweise mindestens ein Dutzend Mal angequatscht. Im Moment möchte ich allerdings mit niemandem reden.

Der Konferenzraum liegt am Ende des Korridors. Zwei große Türen aus edlem Holz gewähren Einlass. Mit der Schulter drücke ich eine davon auf und steuere sofort auf den Tisch zu. Erst als ich meine Unterlagen darauf knalle, stelle ich fest, dass ich nicht allein bin.

»Du bist schon hier«, murmele ich, froh darüber, wie gleichmütig ich klinge.

Zumal er seinen anthrazitfarbenen Armani-Anzug mit einem blütenweißen Hemd trägt. Und eine dunkelgraue Krawatte. *Himmel!* Ich tue so, als müsste ich meine Unterlagen sortieren, aber als er näher kommt, schließe ich die Augen.

Das Herz schlägt mir bis zum Hals, und das Blut

rauscht durch meine Adern. Was ist aus meiner Absicht geworden, mich von ihm nicht beeindrucken zu lassen? Ihn auf Distanz zu halten?

»Vom Flughafen ist man schneller hier als von meinem Haus.«

Seine Stimme klingt sonor, tief und animalisch. Eine heiße Woge schießt durch mich hindurch.

»Wie war es in Tokio?« Langsam wandere ich um den Tisch herum und verteile die Schriftstücke. Dabei achte ich darauf, dass auf jedem Platz ein Wasserglas steht.

»Gut. Und hier?« Sein Blick fällt auf meine Brüste, als ob er sie in den Mund nehmen möchte. Als ob er sich daran erinnert, wie es war, durch den Stoff meines Kleides an meinen Nippeln zu saugen.

Ich stoße einen Seufzer aus – so leise, dass er ihn wohl nicht bemerkt. Aber er leckt sich über die Lippen, und prompt stecke ich in ernsthaften Schwierigkeiten. Er hat wunderschöne Lippen. Nicht sehr voll, aber geschwungen und wie aus Stein gemeißelt. Bartstoppeln bedecken sein Gesicht, als hätte er sich die ganze Zeit nicht rasiert.

Ich wende den Blick ab. Mein Atem geht schneller. Ich weiß nicht, was ich tun soll.

»Wie immer«, antworte ich. Nicht länger unbeteiligt, nicht länger gleichmütig. Meine Stimme klingt abgehackt und unnatürlich.

Ich will ihn küssen.

Ich *muss* ihn küssen.

Als mir das klar wird, drehe ich mich wieder zu ihm um. Unsere Blicke treffen sich, und die Hitze, die ich spüre, bilde ich mir nicht ein. Meine Begierde ist so groß, dass ich mir sofort vorstelle, wie wir es auf der Glasplatte des Konferenztisches miteinander treiben.

Denkt er das Gleiche?

Er kommt einen Schritt näher, seine Miene wirkt fast gequält. Ich spüre die Wärme, die von seinem Körper ausgeht. Ich öffne den Mund, und er bleibt nur wenige Zentimeter vor mir stehen. Fast kann ich schon seine Lippen auf meinem Mund spüren, seine Brust, die sich beim Atmen heftig bewegt, an meiner. Es ist ein Phantomkuss, aber nicht weniger faszinierend als ein wirklicher Kuss, weil Jack mir so nahe ist, dass ich seinen Duft riechen kann …

»Hast du die Schokolade bekommen?«, fragt er mich, und erneut wird mir ganz heiß.

Ich nicke.

»Hast du mich vermisst?«

Seine Stimme ist leise und heiser. Ich sollte ihn auslachen, wie ich es immer bei dieser Frage tue. Aber warum weckt sie in mir ein Gefühl von Verzweiflung? Ich kann sie nicht ignorieren. Stattdessen stockt mir fast der Atem, als mir klar wird, dass er mir *tatsächlich* gefehlt hat.

»Aber sicher«, murmele ich und hoffe, dass ich ihn mit meiner Antwort mehr überzeuge als mich selbst. »Ich habe in meinem Büro gesessen und mich jeden Tag nach dir verzehrt. Ein Kuss hat genügt, und ich habe deinen Namen in mein Notizbuch geschrieben und lauter kleine Herzchen drum herum gemalt.« Dabei verdrehe ich zusätzlich die Augen.

Jack kann man nicht hinters Licht führen. Das weiß ich. Und ich hatte wirklich nicht die Absicht, ihn anzustacheln. Trotzdem reagiere ich nicht überrascht, als ich seine Lippen auf meinem Mund spüre – dieses Mal ist es kein Phantomkuss.

Mit den Fingern fährt er mir durchs Haar und löst den Knoten, den ich mir am Morgen gebunden habe. Er hält meinen Kopf zwischen seinen Händen, sodass ich ihm nicht ausweichen kann, während er mich gierig küsst. Er raubt mir die Küsse. Anders kann ich es nicht beschreiben. Sein Mund lastet schwer auf meinem, und seine Zunge bewegt sich wild und zornig.

Mir wird ganz heiß zwischen den Beinen.

Er drängt mich nach hinten, bis ich mit dem Rücken fast auf dem Konferenztisch liege.

»Hast – du – mich – vermisst!« Jetzt ist es keine Frage, sondern ein Befehl. Er spreizt meine Beine und stellt sich dazwischen.

Sein Schwanz ist hart. Als ich es spüre, rutsche ich unwillkürlich etwas tiefer und versuche, mich gegen ihn zu drücken. Ich will mit ihm eins werden.

Er lässt so etwas wie ein Lachen hören. »Nicht jetzt.«

Es ist eine Warnung, aber mein Verstand ist ausgeschaltet. Ich brauche Jack. Jetzt. Wenn ich ihn nicht bekomme, schreie ich. Ich kann keinen vernünftigen Gedanken mehr fassen. Mein Gehirn hat sich vorübergehend von mir verabschiedet.

Ich trage ein graues Wollkleid, und er streicht mit der Hand über meine Brust, umschließt sie mit den Fingern, reibt über meinen Nippel. Der Stoff des Kleides ist rau, und das Reiben ist unerträglich.

Sein Kuss reicht mir nicht als Vorspiel. Ich brauche viel mehr.

»Mehr?«, murmelt er, und ich merke, dass ich laut gesprochen habe.

Er schiebt mein Kleid hoch und stöhnt auf, als er das Spitzenoberteil meiner Strümpfe berührt. Er schiebt einen Finger unter einen Strumpfhalter, zieht ihn zurück und lässt ihn zurückschnappen, sodass ich vor Schmerz aufschreie. Doch sofort folgt ein wohliger Seufzer, als er an meinem Slip zupft und ihn mir über die Beine streift.

Er schaut mich an, und ich überlege, ob ich genauso lüstern aussehe wie er. Mein Haar umgibt mich wie ein goldener Heiligenschein, mein Gesicht ist rosig, das Kleid bis zu den Hüften hochgeschoben, die Beine habe ich um ihn geschlungen.

Mit einem spöttischen Blick sieht er mich an. »Du hast mich also nicht vermisst, ja?«

Ich sollte etwas Freches, Unverschämtes erwidern. Ihn in die Schranken weisen. Aber seinem Ständer nach zu urteilen hat er mich auch vermisst. Oder zumindest von mir geträumt.

»Wie ein Loch im Kopf«, murmele ich, aber es klingt nicht überzeugend.

Lachend umfasst er meine Waden und schiebt meine Beine noch weiter auseinander, und ehe ich weiß, wie mir geschieht, geht er in die Knie und leckt mich mit der gleichen Intensität, mit der er mich eben noch geküsst hat. Er ist wild und leidenschaftlich, seine Zunge zuckt über meine Klitoris, und ich habe das Gefühl, auseinanderzubrechen. Ich lehne mich nach hinten und strecke die Arme über den Kopf. Mein ganzer Körper bebt, als die Wogen der Lust immer höher werden. Ich bin so kurz vor dem Höhepunkt, dass ich mir auf die Lippen beißen muss, um nicht laut aufzuschreien.

»Hast du mich vermisst?«

Er richtet sich auf, leckt meinen Bauchnabel und schiebt mein Kleid noch weiter nach oben, bis er mit den Fingern einen meiner harten Nippel erreicht und durch meinen Spitzen-BH streichelt. Ich zucke zusammen, denn all meine Nerven liegen blank. Ich stehe kurz davor, den Verstand zu verlieren.

»Bitte …«, stöhne ich und schiebe meine Hüften näher an ihn heran. Er muss mich von meiner Qual befreien.

»Bitte was?«, fragt er mit einer Ruhe, die mir unerklärlich ist.

»Bitte!«, flehe ich.

»Sag es.«

Unsere Blicke treffen sich – es ist ein Kampf der Willensstärke. Mir kommt es nicht darauf an, zu gewinnen. Es gab eine Zeit, da hätte ich bis aufs Messer gekämpft – aber nicht jetzt. Jetzt ist mir nur noch eines wichtig.

»Fick mich, Jack.«

»Hier? Im Konferenzraum meines Büros?«

Ich werde in die Hölle kommen.

»Ja. Jetzt. Bitte! Fick mich!«, jammere ich. Er muss es tun. Ich brauche es jetzt. Er soll es zu Ende bringen.

Ich lasse meine Finger nach unten sinken, aber als ich meine Klitoris berühre, greift er nach meinem Handgelenk und zieht mich weg.

»Nein, das ist geschummelt«, flüstert er. Ohne den Blick von mir zu lösen, öffnet er den Gürtel und zieht die Hose gerade so tief hinunter, dass ich seinen prächtigen Schwanz sehen kann. Ich habe ihn schon so oft gesehen, aber dieses Mal …? Dieses Mal gehört er *mir*.

»Bitte …«

Auch als er ein Kondom überstreift, lässt er mich

nicht aus den Augen. Er macht es beiläufig, geradezu lässig.

Ich rutsche näher über die Tischplatte, und er dringt tief in mich ein, nimmt mich mit heftigen Stößen, und ich empfinde ein grenzenloses Vergnügen, über das ich keinerlei Kontrolle habe. Es ist heiß und gewaltig und ungestüm, und die Wirklichkeit ist um vieles besser als meine wildesten Fantasien.

Er umfasst meine Schultern und zieht mich hoch. Er ist stark, und ich gebe mich ganz dem Augenblick hin. Jetzt drückt er mich an sich und hebt mich vom Tisch, so dass ich ihn noch tiefer in mich aufnehmen kann. Gott sei Dank sind die Glasscheiben des Konferenzraums getönt. Er fickt mich unerbittlich, und ich klammere mich an ihn, während er mich küsst – so gierig und besitzergreifend, dass ich bezweifle, ihm jemals wieder etwas vorspielen zu können.

Ja, ich *habe* ihn vermisst.

»Willst du das?«, fragt er, während er die Hände um meine Hüften legt, mich leicht wie eine Feder hochhebt und wieder auf ihn sinken lässt. Ich schreie laut auf und beuge mich nach hinten. Meine Brustwarzen sind steinhart.

Ich nicke.

»Ich habe nichts gehört.«

»Ich will das«, stöhne ich und zerzause sein Haar, unfähig, einen klaren Gedanken zu fassen.

Er lässt ein kehliges Lachen hören und hebt mich noch einmal hoch. Doch dieses Mal stellt er mich auf den Boden und streichelt über mein Kleid.

Die Enttäuschung muss mir ins Gesicht geschrieben stehen. Ich weiß, dass ihm das gefällt.

»Du willst mich.«

Ich fühle mich gedemütigt, bin zornig und ungeduldig – alles gleichzeitig.

Ich schließe meine Finger um seinen Ständer und schaue ihm in die Augen. »Und du willst mich.«

Er nickt langsam, ohne den Blickkontakt zu brechen. Ich erkenne keinen Spott in seinen Augen – stattdessen etwas Dunkleres. Wut.

»Ich will dich.«

Er wendet sich von mir ab, zieht seine Hose hoch, schließt den Gürtel. Er strafft die Schultern.

Dann dreht er sich erneut zu mir um. Jetzt benimmt er sich wieder ganz geschäftsmäßig. »Wir reden nach der Konferenz.«

Ich blinzle. Die Konferenz. *Mist!* Deswegen bin ich hier. Ich habe sie vollkommen vergessen.

Mein Blick schweift zu den Uhren an der Wand, die unterschiedliche Zeitzonen anzeigen. In wenigen Minuten werden die anderen eintreffen, was bedeutet, dass sie *jeden Moment* hereinkommen könnten. Hastig streiche ich mein Kleid glatt und bringe meine Frisur in Ordnung. Die Zeit ist zu knapp, um es zu einem

Knoten zusammenzustecken, also zupfe ich an meinen Haaren, bis sie einigermaßen ordentlich aussehen.

Ich drehe mich zu ihm um und will ihn um meinen Slip bitten. Aber sein Blick ist so grimmig, dass ich kein Wort herausbringe.

»Du sieht aus, als wärst du gerade gefickt worden«, stellt er mit grollender Stimme fest. Ich schließe die Augen und empfinde nichts als Scham.

Was zum Teufel ist nur in mich gefahren?

Mit ausgestreckter Hand gehe ich zu ihm. Irgendwo muss er das Stück Seide doch versteckt haben. Doch er packt nur meine Hand und zieht mich an sich.

»Mir gefällt, wie du schmeckst.«

Er drängt mich gegen das Glas, schiebt seine Hand zwischen meine Beine und fährt mit dem Daumen über meine Klitoris. Sofort bin ich wieder zum Zerreißen gespannt. Sein Körper hält mich gefangen, aber er küsst mich nicht. Stattdessen beobachtet er mich, während er mich immer schneller mit seinem Daumen quält, bis mein Atem stoßweise geht und meine Augen weit aufgerissen sind.

»Ich will dich schmecken. Heute Abend. Ich will deine Beine spreizen und meine Zunge in dich hineinbohren. Dann drehe ich dich auf den Bauch und nehme dich von hinten. Du bist verdammt heiß, wenn du geil bist.«

Ich wimmere vor Lust und Verzweiflung, denn die

Verheißung in seinen Worten und die Qual seiner Berührung sind mehr, als ich ertragen kann.

Ich stoße einen leisen Fluch aus, ein heiseres Flüstern, als meine Lust wie ein Wasserfall über mich hereinbricht. Ich komme. Ich komme gewaltig. Er schiebt einen Finger tief in mich hinein und lässt ihn kreisen, als sich meine Muskeln zusammenziehen. Während meines Höhepunkts bleibt er in mir. Danach zieht er seinen Finger heraus und steckt ihn sich in den Mund, ohne mich aus den Augen zu lassen.

Plötzlich wird die Tür aufgestoßen. Ich bin immer noch außer Atem und davon überzeugt, dass mir mein Orgasmus ins Gesicht geschrieben steht. Es ist nicht so, dass es mein erstes Mal gewesen wäre – aber dieses Mal war es *Jack*.

Er sollte mit einem Schild auf der Stirn herumlaufen. *Vorsicht – dieser Mann kann Sie um den Verstand bringen!*

Ich höre meine Kollegen ins Zimmer strömen und wende mich ab unter dem Vorwand, einen Kaffee aus dem Automaten zu ziehen, der am anderen Ende des Raumes steht.

Er hat noch meinen Slip, und meine Oberschenkel sind nass von der Lust, die ich soeben erlebt habe. Mein Atem geht immer noch unregelmäßig.

Verdammt noch mal! Das wird die längste Stunde meines Lebens werden.

»Gem.«

Nennt sie jeder im Universum so – abgesehen von mir? Seit drei Minuten dreht sie mir den Rücken zu. Ich habe die Begrüßungsformalitäten erledigt und warte darauf, dass sie sich wieder umdreht. Ich will ihre vollen roten Lippen sehen, ihr zerzaustes Haar, ihre wollüstige Miene, und ich will *sehen*, dass ich es war, der sie so heiß gemacht hat.

Sie blickt auf, um Barry Moore zu begrüßen, einer aus dem Verhandlungsteam für den Geschäftsabschluss mit Tokio. Ihr Lächeln ist kühl, ihre Miene gelassen. Der einzige Hinweis darauf, dass sie sich vor wenigen Minuten von mir hat vögeln lassen, sind ihre Nippel, die sich durch den Stoff ihres Kleides drücken. Unwissende könnten das allerdings auch auf die Klimaanlage zurückführen, die auf Hochtouren arbeitet.

»Ihr Resümee war wirklich großartig. Vielen Dank dafür.«

»Sie haben also meine E-Mail bekommen?« Ihre Stimme klingt wie immer ruhig und gefasst.

»Bereits im Flugzeug.« Er nickt, und sein Blick bleibt kurz auf ihren Brüsten haften. Unvermittelt überkommt mich der Drang, ihn beiseitezuschieben.

»Jack? Sollen wir anfangen?«

Zögernd löse ich meinen Blick von den beiden und wende mich an den Chef des Teams. »Ja. Bitte nehmen Sie Platz.«

Mit einem Kopfnicken deute ich auf den Tisch. Wie magisch werde ich von einem bestimmten Platz angezogen. Ich lege meine Hände auf die Tischplatte, wo eben noch Gemmas Beine gespreizt waren, und ich schaue ihr in die Augen.

Sie begegnet meinem Blick mit kühler Ablehnung.

Sie ist sauer auf mich.

Ich habe sie gerade auf eine spektakuläre Art zum Höhepunkt gebracht, und sie ist sauer auf mich. Zugegeben, Zeit und Ort waren nicht besonders gut gewählt. Dass ich sie atemlos und nass habe stehen lassen, als die zumeist älteren Herren den Konferenzsaal betraten, könnte eine Erklärung dafür sein, warum sie wütend auf mich ist.

Ich setze mich und halte ihrem Blick stand.

Sie setzt sich mir gegenüber. Ich lege einen Fuß über mein Knie, und mein Blick fällt auf etwas Dunkles, Unförmiges. Lächelnd bücke ich mich und hebe ihren Slip vom Boden auf. Gedankenverloren schließe ich meine Hand um den weichen Stoff.

Sie beobachtet mich unentwegt, und ich stelle fest, dass sie peinlich berührt ist. In ihrer professionellen Fassade tut sich ein Riss auf. Ihre Halsmuskeln bewegen sich auf und ab, als sie schluckt. Und während ich ihre volle Aufmerksamkeit genieße, lege ich einen Finger auf meinen Mund und fahre mir gedankenverloren über die Unterlippe.

Selbst von Weitem kann ich hören, wie sie scharf Atem holt.

Ich werde dafür sorgen, dass sie das noch *oft* tun wird.

4. Kapitel

»Ich glaube, du hast noch was von mir.«

Zum Beispiel meine Würde. Meine Selbstkontrolle.

Die Konferenz hat fast zwei Stunden gedauert, und ich habe es geschafft, mich die meiste Zeit darauf zu konzentrieren. Doch hin und wieder habe ich ein Kribbeln und Ziehen gespürt und mich seltsam leer gefühlt. Jack war in mir – er hat mich zum Höhepunkt gebracht, während ich mit dem Rücken an der Glasscheibe seines Konferenzzimmers lehnte. Er selbst ist jedoch nicht auf seine Kosten gekommen. Eigentlich hätte ich mich darüber freuen sollen, aber es ärgert mich. Als ob er mir beweisen wollte, wie schnell er mich um den Verstand bringen kann und wie wenig mir das bei ihm gelingt.

»Stimmt …«

Sein Lächeln lässt mein Herz schneller schlagen. Erneut spüre ich dieses unbändige Verlangen, das meinen Körper erfasst.

»Also?« Ich strecke meine Hand aus, ziehe sie aber sofort wieder zurück. Er hat die schlechte Angewohnheit, mich an sich zu ziehen, wenn ich ihm Gelegenheit dazu biete.

»Nun …« Er greift in seine Tasche und zieht den Slip heraus. »Die Vorstellung, dass du ihn nicht anhattest, hat mir gefallen.«

Ich verdrehe die Augen. »Wie abgedroschen! Erwartest du jetzt etwa von mir, dass ich mich für dich besonders anziehe – beziehungsweise *nicht* anziehe?«

Seine Mundwinkel zucken. »Nein.«

Er legt einen Arm um mich und zieht mich an sich. Natürlich hat er meine Hand nicht als Aufforderung gebraucht. Er tut, was er will, und wenn Jack Grant mich anfassen will, wartet er nicht auf eine Einladung.

»Aber wenn dir gefallen hat, was wir getan haben, dann würde ich es gerne immer wieder tun.«

Prompt werde ich wieder feucht. Erneut spüre ich die Erregung in mir aufsteigen, und ich weiß, dass sie sich nur vertreiben lässt, indem er mich vögelt. Aber noch bin ich sauer auf ihn. Wie konnte er so etwas nur kurz vor einer wichtigen Konferenz tun?

»Kommt nicht infrage«, blaffe ich ihn an. »Niemals.«

Amüsiert zieht er eine Augenbraue hoch. »Wirklich?«

Er greift nach meiner Hand und führt sie an seinen Hosenschlitz. Herausfordernd schaue ich ihn an, um ihm zu beweisen, dass ich keine Angst habe. Durch den Stoff spüre ich seinen steinharten Schwanz. Mein Herz hämmert wie verrückt, und ich frage mich unwillkürlich, ob sich auf diese Weise schon mal jemand eine Rippe gebrochen hat.

»Du willst also nicht, dass ich dich hier auf den Tisch lege und dich vögele, bis du nicht mehr weiß, wie du heißt?«

Nichts will ich lieber – aber ich habe genug Selbstachtung, um zu wissen, dass er nur mit mir spielt. Er will mich nur aus der Fassung bringen, und das finde ich ziemlich schäbig.

Deshalb zucke ich bloß mit den Schultern. »Ich glaube, du hast eine recht hohe Meinung von deinen Fähigkeiten im Bett.«

Er lacht. »Glaubst du?«

»Ich erzähle dir doch nichts Neues.«

Ich will mich losreißen, doch sein Griff wird noch fester. Ein Teil von mir will seinen Schwanz anfassen und umklammern.

»Soll ich dir beweisen, wie sehr du dich irrst?«

»Arroganter Mistkerl«, murmele ich. Ich sehe mich nach meiner Handtasche um und entdecke sie auf einem Stuhl. Jetzt reiße ich mich doch los.

Während ich meine Tasche hole, zische ich ihm zu: »Du kannst ihn behalten.«

Ich will, dass er hinter mir herjagt. Er soll hinter mir herlaufen. Er soll mich gegen die Tür pressen und in meinen Mund stöhnen. Er soll mich anflehen, dass ich mich auf den Boden lege, damit er mich nehmen kann.

Denn beim leisesten Anzeichen dafür, dass er sich versöhnlich und normal benimmt, würde ich alles tun, worum Jack mich bittet.

Aber er tut es nicht.

Ich verlasse den Raum und weiß nicht einmal, ob er mir nachschaut. Ich bin zu stolz, um mich umzudrehen. Mit zitternden Knien laufe ich durch den Korridor. Es ist noch früh am Nachmittag, und auf mich wartet ein Berg Arbeit. Leider bin ich jetzt gar nicht mehr in der Stimmung dazu.

Ich will nicht länger in Jacks Nähe sein.

Ach, wirklich? höhnt mein Verstand.

Wirklich!

Ich drücke den »Abwärts«-Knopf des Aufzugs und warte. Als ich in den Lift steige, sehe ich aus den Augenwinkeln Jack aus dem Konferenzzimmer kommen. Er strotzt vor Selbstbewusstsein, ganz und gar der milliardenschwere Junggeselle.

Widerlich!

Ungeduldig drücke ich den Knopf für die Parkebene und haue mit der flachen Hand gegen die »Tür zu«-Taste. Mit angehaltenem Atem hoffe ich, dass mir eine Fahrt mit Jack ins Untergeschoss erspart bleibt. Ich könnte nämlich nicht dafür garantieren, dass ich ihn nicht anschreie oder mich ihm an den Hals werfe. Weder das eine noch das andere ist empfehlenswert.

Ich versuche mir einzureden, dass ich erleichtert bin,

weil er nicht ganz außer Atem angerannt kommt, wie man das in Filmen so oft sieht, und im letzten Moment die Hand zwischen die sich schließenden Lifttüren steckt, um mich noch zu erwischen. Der Aufzug gleitet abwärts.

Hughes wartet in der Limousine. Ich lächle ihm kurz zu, als er aussteigt, um mir die Tür zu öffnen, und bin froh, auf den eleganten Ledersitzen Platz nehmen zu können. Krampfhaft starre ich auf das Display meines Handys, weil ich das lächerliche Gefühl habe, jeden Moment in Tränen auszubrechen.

Was zum Teufel ist los mit mir?

Ich schicke Sophia eine E-Mail mit der Bitte, alle meine Verabredungen für den Nachmittag abzusagen. Soweit ich mich erinnere, steht eine Telefonkonferenz auf dem Plan. Dazu bin ich jetzt wirklich nicht in Stimmung. Es gibt nichts, was nicht bis morgen warten kann.

Ich gehe noch mal den Terminplan für Jacks Aufenthalt in Australien durch. Er ist ziemlich dicht, aber das ist nichts Ungewöhnliches. Genau wie ich hat Jack zu viel zu tun, um einmal um die halbe Welt zu jetten und Urlaub zu machen.

Er will ein Büro in Sydney eröffnen, in dem etwa vierhundert Leute arbeiten sollen, um die Firmen zu leiten, die er dort neulich erworben hat. Es ist ein gigantisches Unterfangen, und ich hatte noch nie etwas mit einem Projekt in dieser Größenordnung zu tun.

Herausforderungen wie diese sind ein weiterer Grund, warum ich gerne für Jack arbeite. Als ich bei ihm anfing, war ich für diese Art von Tätigkeit kaum qualifiziert – mein Spezialgebiet sind Finanztransaktionen und Rechtsangelegenheiten, die mir tiefergehende Einblicke in Unternehmen und ihre Strukturen gewähren. Glücklicherweise hat es funktioniert. Jack hat mich ständig vor neue Herausforderungen gestellt, was ja auch eine Art von Vertrauensbeweis war.

Im Moment tut er es gerade wieder, nicht wahr? Er bringt mich in Rage, wie ich es mir niemals hätte träumen lassen. Doch statt mich seiner Herausforderung zu stellen, benehme ich mich wie ein verängstigtes Kind.

Um meine Mundwinkel zuckt es. Warum bin ich gerade vor ihm davongelaufen? Er will mich vögeln, und ich will es auch.

Unvermittelt wird die Wagentür aufgerissen, und ich schaue hoch. Ich habe damit gerechnet, Hughes' Gesicht zu sehen. Doch es ist Jack, und er ist stinksauer.

Mein Puls beginnt natürlich sofort wieder zu rasen. Ich reiße mich zusammen und mustere ihn mit distanzierter Neugier. »Was gibt's? Brauchst du noch etwas?«

Statt einer Antwort setzt er sich neben mich und klopft auf die Glasscheibe, die Hughes von uns trennt.

Dann lehnt er sich zurück. Der Wagen setzt sich in Bewegung. Geschickt steuert der Chauffeur die Limousine durch die enge Tiefgarage.

»Jack?«, wiederhole ich gereizt und drehe mich zu ihm, um ihm ins Gesicht zu sehen.

»Nicht jetzt.«

Ich ziehe die Augenbrauen hoch. Selbst für einen Menschen wie Jack ist dieser Ton eine Nummer zu heftig. *»Nicht jetzt?«*

»Nein.« Er sieht mich an, und in seinem Ausdruck ist etwas Schneidendes. Ich will ihn verstehen – will begreifen, was diese Sache zwischen uns beiden bedeutet.

Doch ich verstehe *nichts*.

»Okay, aber ich glaube, wir müssen reden«, entgegne ich nach einem Moment.

Er funkelt mich wütend an, und ich merke, wie der Ärger in mir hochkocht. »Ich will nicht reden. Ich will ficken.«

Die Kinnlade fällt mir herunter. »So kannst du doch mit mir nicht reden!«

Eine Ader an seiner Stirn pocht. Er lehnt sich zurück und schaut starr geradeaus.

»Ruhe jetzt.«

Ich habe keine Angst vor Jack. Kein bisschen. Ich habe schon viele Kämpfe mit ihm ausgefochten und so lange mit ihm diskutiert, bis er entweder meine

Meinung akzeptierte oder sie zumindest verstand. Aber Hughes soll nichts von unserem Streit mitbekommen. Deshalb beiße ich mir auf die Zunge und presse die Fingernägel in meine Handflächen, während ich aus dem Fenster schaue.

Es dauert eine Weile, bis mir klar wird, dass wir nicht nach Hampstead fahren.

»Ich will nach Hause«, sage ich kühl.

Jack schaut mich nur genervt an, und ehe er etwas erwidert, rollt der Wagen in eine weitere Tiefgarage und hält direkt neben dem Lift.

Ich fühle mich unbeschreiblich verloren und verwirrt. Ich bin wütend und verunsichert und voller Zweifel. Es ist, als ob ich mitten in einem Sumpf stecke, Schilfpflanzen schlingen sich um meine Beine, und das Wasser steigt immer höher.

Ich will mit ihm streiten. Ich bin sauer auf ihn. Aber weswegen eigentlich? Es ist mir unmöglich, meine Gefühle in Worte zu fassen.

Und dann öffnet er den Mund.

»Komm mit mir.«

Drei schlichte Wörter, aber sie reichen aus, denn sie werden mit einem flehenden Unterton ausgesprochen.

Ich nicke langsam, und in dieser Geste liegt ebenfalls ein Flehen. *Bitte verletze mich nicht. Bitte benutze mich nicht.* Erst in diesem Moment wird mir nämlich klar, dass ich es nicht ertragen könnte, für Jack nicht mehr als eine der vielen anderen Frauen zu sein. Ich wiege dieses Bedürfnis kurz gegen meine Begierde ab, und das Begehren trägt den Sieg davon. Jetzt kann ich nur noch hoffen, dass ich es nicht bereuen werde.

Er drückt den Aufzugknopf und zückt einen Kartenschlüssel. Kurz darauf fährt der Lift himmelwärts.

»Darf ich jetzt reden?«

Er mustert mich mit einem durchdringenden Blick, ehe er erneut auf die Aufzugtüren starrt, bis sie auseinandergleiten.

Offenbar nicht.

Ich stemme die Hände in die Hüften und funkle ihn wütend an. »Oh nein! Ich steige nicht eher aus, bis du mir sagst, was hier eigentlich vor sich geht.«

»Was *vor sich geht*?« Ungläubig schaut er mich an.

Er tritt zurück in den Lift und nimmt mich ohne die geringste Kraftanstrengung auf den Arm. Dann wirft er mich über die Schulter, wie ich es mir in meiner Fantasie immer wieder vorgestellt habe. Er trägt mich in ein luxuriöses Apartment. Ich erhasche einen Eindruck von Glas, Stahl, weißen Ledermöbeln und einer hochmodernen Küche, während er über einen gefliesten Korridor eilt und einen anderen Raum betritt.

Ein Schlafzimmer.

Ein riesiges Bett steht in der Mitte des Raumes, dessen Fenster bis zur Decke reichen. Die Aussicht auf London ist grandios.

»Du treibst mich in den Wahnsinn – das geht hier vor sich. Und ich habe genug davon. Ich habe keine Lust mehr, aufzuwachen und das Gefühl zu haben, zu explodieren, weil ich von dir geträumt habe. Ich habe keine Lust mehr, dich anzuschauen und mir vorzustellen, wie du nackt aussiehst, wann immer wir im selben verdammten Zimmer sind.«

Er lässt mich aufs Bett fallen, aber nach seinem wütenden Geständnis macht es mir nichts aus. Also empfindet er sie auch – diese brennende, alles verzehrende, ganz und gar ungelegen kommende Begierde.

»Wenn es dir also nichts ausmacht, dann werde ich dich jetzt vögeln, damit ich dich endlich aus meinem Kopf bekomme. Damit wir wieder wie vernünftige Erwachsene zu unserer Arbeit zurückkehren können und uns nicht mehr wie notgeile Teenager benehmen.«

Vor Wut und Empörung stockt mir der Atem. »Du glaubst wirklich, mit einer Nummer ist es getan? Dass du danach nichts mehr von mir willst?«

»Ja.« Er schaut zu mir hinunter und beginnt, sein Hemd aufzuknöpfen.

Gespannt verfolge ich all seine Bewegungen, und obwohl ich ihn schon vorher nackt gesehen habe, ist das hier eine ganz andere Situation. Zuvor hat er sich nicht für *mich* ausgezogen.

»Warum? Warum ausgerechnet jetzt?«

»Weil ich dich *jetzt* brauche.«

In meinem Kopf schrillen alle Alarmglocken. Nicht noch einmal so eine Katastrophe! Ich stütze mich auf meine Ellbogen, setze mich auf und klettere auf der anderen Seite des Bettes hinunter.

Unentwegt schaut er mich an, während er sich ungerührt weiter auszieht, und meine Kehle ist staubtrocken. Ich habe das Gefühl, aus einer großen Höhe zu stürzen; ich bin im freien Fall, ohne mich an etwas festhalten zu können. Die Schwerkraft existiert nicht mehr.

»Wie kannst du es wagen …! Du schleppst mich hierher in deine … deine Höhle …« Ich spucke das Wort fast aus, aber Jack reagiert nur mit Gelächter darauf.

»Meine *Höhle*?« Er wirft den Kopf in den Nacken.

Er ist so sexy! Gott, das ist nicht fair. Ich weiß, was ich tun sollte. Ich weiß, was ich tun *muss*. Aber wenn er mich so auslacht, wird mein Stolz empfindlich verletzt.

Mit einem Satz bin ich zurück auf dem Bett, überquere es und springe auf der anderen Seite wieder hinunter. Er ist überrascht, als ich gegen ihn pralle und ihn fast zu Boden stoße. Rasch findet er sein Gleichgewicht wieder, und er fängt mich auf, während ich ihn gegen die Wand dränge.

»Ich bin keine Nervensäge, die du loswerden kannst. Keine Frau, die du nach einer Nummer vergessen kannst.« Ich bohre einen Fingernagel in seinen Brustkorb und funkle ihn wütend an.

»Was bist du denn dann?«, fragt er barsch. Seine Brust hebt und senkt sich mit jedem Atemzug. »Warum kann ich in letzter Zeit nur an dich denken? Warum geisterst du durch all meine Gedanken? Was für eine Art von Hexerei ist das?«

Genau diese Worte habe ich hören wollen, aber sie lösen in mir etwas aus, das ich nicht verstehe. Angst und Verwirrung, auch Wut – denn er verhält sich genau wie Mr. Darcy aus Jane Austens »Stolz und Vorurteil«, der Elizabeth erzählt, dass er sie gegen seinen Willen liebt.

Zugegeben, Mr. Darcy würde Elizabeth Bennet niemals gegen eine Glasscheibe im zweiundvierzigsten Stock eines Londoner Büros drücken …

Und auch Elizabeth hätte niemals getan, was ich jetzt tue.

Ich gehe vor ihm auf die Knie, und ehe er erraten kann, was ich will, oder versuchen kann, mich aufzuhalten, nehme ich ihn tief in den Mund.

»Oh Gott, Gemma!«, stöhnt er auf, macht aber keinerlei Anstalten, sich zurückzuziehen.

Mit den Händen fährt er durch mein Haar, das mir seit unserem Stelldichein im Konferenzraum immer noch lose ins Gesicht fällt. Während er einige Strähnen um seine Finger wickelt, gleite ich mit meinem Mund über seinen Ständer, lecke die Spitze und koste gerade so viel von ihm, dass ich vor Lust fast zerspringe. Dann nehme ich ihn wieder fest in die Hand und tief in den

Mund. Dabei wandert mein Blick an seinem perfekt geformten Körper hinauf bis zu seinen Augen. Ich sehe die wilde Begierde darin … ich sehe, dass er genauso verloren ist wie ich … und das genügt, damit ich weitermache.

Wenn ich nicht mehr weiß, wie mir geschieht, dann soll es ihm genauso ergehen.

Meine Bewegungen werden schneller, ich fahre mit der Zunge über seine empfindliche Spitze. Sein Griff wird fester, er zieht an meinen Haaren, zwingt mich, langsamer zu werden, und hält mich schließlich fest. Sein Atem geht stoßweise, und ich kann bereits die ersten köstlichen Tropfen auf meiner Zunge schmecken.

Sofort versuche ich, ihn wieder tiefer in den Mund zu nehmen, aber sein eiserner Griff hält mich an Ort und Stelle.

»So leicht kommst du mir nicht davon, Gemma«, verspricht er mir mit heiserer Stimme. Er schiebt mich von sich fort und schaut zu mir hinunter, scheint den Anblick zu genießen, ehe er mir unter die Arme greift und mich hochzieht. In meiner Miene liegt so viel Triumph, dass er es unmöglich übersehen kann.

»Verdammt, Gemma«, keucht er nach einem Moment und zieht mich zum Bett zurück.

Mein Herz hämmert in meiner Brust. Er drängt mich rückwärts, bis ich auf der Matratze lande. Dann bückt er sich und nimmt etwas vom Fußboden.

Eine Sekunde später sehe ich, was es ist: sein Gürtel. Jack ist nackt und steinhart. Ein eindrucksvolles Bild. Er streicht meine Arme entlang, packt meine Handgelenke und hält sie über meinem Kopf fest.

»Vertraust du mir?«, fragt er mich. Seine Stimme klingt tief und rau.

Ich schüttele den Kopf, aber meine Lippen zucken. »Ich vertraue darauf, dass du mich zum Höhepunkt bringst. Aber ich weiß nicht, ob ich dir gerade jetzt in irgendeiner anderen Hinsicht vertrauen soll.«

Er lacht leise, während er den Gürtel um den Bettpfosten bindet und mir die Handgelenke fesselt. Meine Arme liegen über meinem Kopf. Die Haltung ist nicht gerade bequem.

»Dann will ich dein Vertrauen nicht enttäuschen. Ich werde dafür sorgen, dass du kommst, Gemma.«

Gemma. Die Art, wie er meinen Namen ausspricht – voller Leidenschaft und Begierde –, lässt meinen Körper sofort auflodern. Als wäre es nicht so schon die Hölle.

Er schiebt mein Kleid hoch und legt seine Handflächen auf die Innenseite meiner Schenkel. Ich trage noch immer keinen Slip, und er lächelt, als sein Blick auf mich fällt.

»Du bist wunderschön«, seufzt er, als hätte er mich noch nie gesehen.

Er drückt seinen Mund zwischen meine Beine, und

ich zerre an meinen Fesseln, denn ich will ihn auch berühren.

Er lacht. »Und du gehörst mir.«

Schmetterlinge flattern wie wild in meinem Bauch umher. *Ich gehöre ihm.* In diesem Moment – in dieser Nacht. Macht er es immer so? Wenn er mit den anderen Frauen Sex hat, fühlt es sich dann für sie auch so an, als seien sie die einzige Frau auf der Welt?

Die Vorstellung, eine von *denen* zu sein, ist mir unerträglich.

»Weißt du noch, was ich dir im Konferenzraum gesagt habe?«

Er schiebt das Kleid über meine Brüste und lässt es zusammengerafft auf meinem Oberkörper liegen, um sich auf das Stückchen Stoff zu konzentrieren, das mich noch bedeckt. Er macht sich keine Mühe, die Ösen zu öffnen – er holt einfach meine Brüste aus den Körbchen, beugt sich darüber und bläst seinen warmen Atem über die harten, empfindlichen Spitzen.

Verzweifelt werfe ich den Kopf zurück, und er lacht. »Willst du das?«, murmelt er und berührt mich mit seiner Zungenspitze, ehe er den dunkleren Vorhof ausgiebig leckt und mich damit reizt und quält.

Ich nicke. Vor Lust kann ich kaum noch denken. »Ich will *alles*«, antworte ich, und ich meine es ernst.

»Alles?«

»Alles«, bestätige ich und zerre an meinen Fesseln. Es ist mir egal, dass ich mich ihm gerade vollkommen ausgeliefert habe. »Bitte«, füge ich hinzu.

»Erinnerst du dich an das, was ich gesagt habe?«

Er lässt wirklich nicht locker. Was hat er noch mal gesagt? »Keinen Slip mehr tragen?«

Lachend beißt er in meinen Nippel. Ich schreie laut auf. Die Lust fährt wie ein Blitz durch meinen Oberkörper bis hinunter zwischen meine Beine.

»Das auch.«

Er reibt mit seinem Dreitagebart über die harte Spitze, die so empfindlich ist, dass ich laut aufstöhne.

»Ich habe gesagt, ich werde dich vögeln, bis du deinen Namen nicht mehr weißt. Okay?«

Ich nicke. Ich bin ganz und gar in seiner Hand, und das soll er spüren. »Was passiert mit uns?«

»Was mit uns passiert? Das hier!«

Und mit diesen Worten stößt er so fest zu, dass ich das Gefühl habe, den Verstand zu verlieren. Ich zerre an meinen Fesseln, die in meine Handgelenke schneiden, und ich schreie vor Frust, weil ich ihn nicht so berühren kann, wie ich es will.

Er ist riesig, und sein Schwanz berührt mich an Stellen, von denen ich nicht wusste, dass sie existieren und sich so gut anfühlen. Er umschließt meine andere Brust mit den Lippen und leckt sie ausgiebig, während er mich hart und heftig stößt. Ich bin seine Gefangene, aber ich wäre es auch ohne den Gürtel um meine Handgelenke.

»Nimmst du die Pille?«, fragt er mich, und ich nicke.

Mein Körper steht in Flammen. Meine Lust ist grenzenlos, und ich rufe unaufhörlich seinen Namen. Seine Hände fühlen sich rau auf meiner zarten Haut an. Er berührt mich überall, während er sich in mir bewegt, und je tiefer und härter er zustößt, umso mehr will ich von ihm.

»Bitte!«, schreie ich und weiß doch selbst nicht genau, worum ich eigentlich bitte.

Zum Glück weiß er, was ich will. Er hat bereits Besitz von meinem Körper ergriffen, obwohl wir einander noch so neu und fremd sind. Ich bewege meine Hüften im Rhythmus mit seinen Stößen, und dann explodiere ich, stürze zu Boden und hebe gleichzeitig ab, während ich versuche, mit diesen wahnsinnigen Gefühlen klarzukommen.

Laut stöhnend umklammere ich ihn mit meinen Beinen, damit er in mir bleibt. Doch noch ehe der Orgasmus versiegt, legt er meine Beine über seine Schultern, damit er so tief in mich hineinstoßen kann, dass ich Sterne blitzen sehe. Mein Körper ist nur für ihn da, damit er ihn benutzen kann. Er küsst die empfindsame Haut in meinen Kniekehlen und legt seine Finger auf meinen Hintern.

Ich bebe am ganzen Körper. Als er sich aus mir

zurückzieht, schluchze ich fast über die Leere, die er zurücklässt.

Er lacht leise, denn er weiß, wie mir zumute ist.

Mit festem Griff packt er meine Hüften und dreht mich auf den Bauch. Meine Arme liegen über Kreuz, und das Kleid quetscht meine Brüste ein. Ich habe das Gefühl, nicht mehr ich selbst zu sein. Er spreizt meine Beine, schiebt eine Hand unter meinen Bauch und hebt mich an. Er küsst meine Schultern, meinen Rücken, meinen Hintern – nein, er beißt hinein, und ich stöhne auf vor Schmerzen und Lust. Und dann nimmt er mich von hinten, stimuliert Nerven, von denen ich nicht wusste, dass ich sie habe, und entfacht in mir ganz neue Gefühle. Seinen unverständlichen Worten entnehme ich, dass es auch für ihn neue Gefühle sind. Als er gierig meinen Nacken küsst, überlege ich, ob er wohl einen Knutschfleck hinterlässt.

Seine Finger zwischen meinen Pobacken lassen mich erstarren. Dort bin ich noch nie berührt worden, aber es ist eine Berührung der sanftesten Art. Ein Finger drückt an der empfindlichsten Stelle gegen mich. Mein Unterleib bebt vor Wonne, die diese Berührung auslöst. Dennoch weiche ich ihm aus, und er lacht verständnisvoll. Stattdessen bringt er seine Hand zu meiner Klitoris.

Er spielt auf mir wie ein Musiker auf seinem Instrument, und das Gefühl ist so intensiv, dass ich es kaum ertrage. Aber ich wage nicht, ihn zu bitten, damit aufzuhören, denn auch das könnte ich nicht ertragen. Ich verbrenne förmlich.

Ich komme gewaltig und laut, schreie fast zornig, zittere am ganzen vor Schweiß glänzenden Körper.

Er hält mich fest, während die Wellen verebben, und dann streichelt er meinen Bauch bis hoch zu den Brüsten, reibt meinen Nippel zwischen Daumen und Zeigefinger im gleichen Rhythmus, mit dem er mit seinem Schwanz in mir tanzt.

»Das ist ungerecht«, stöhne ich. »Ich will, dass du das auch fühlst.«

Er gibt einen Laut von sich, und ich bin mir nicht sicher, ob er Zustimmung oder Belustigung ausdrücken soll. »Glaubst du, es macht mir keinen Spaß?«

Doch. Ich weiß, dass auch er seinen Spaß hat. Aber das reicht nicht. Ich will nicht so sein wie all die anderen Frauen, mit denen er nur seinen Spaß gehabt hat. Ich will seine Welt auf den Kopf stellen.

»Darf ich dich auch fesseln?« Meine Worte kommen stoßweise.

Er lacht und schüttelt den Kopf. »Nein.«

»Warum nicht?«

»Nicht jetzt.«

»Ist das nicht ziemlich sexistisch?«

»Gefällt es dir nicht?«

Meine Wangen glühen, und ich bin froh, dass er mein Gesicht nicht sehen kann.

Er legt seine Hände auf meinen Hintern, und ich drücke mich dagegen, während er mich massiert. Die Lust überwältigt mich so sehr, dass ich vorübergehend vergesse, was ich mit ihm anstellen möchte. Stattdessen genieße ich nur, was er mit mir anstellt.

Er kneift mich, ich stöhne laut, und dann stößt er zu. Ich bin klatschnass. Ich lasse meinen Kopf sinken, und endlich befreit er meine Hände von den Fesseln.

Er zieht sich aus mir zurück. »Dreh dich um.«

Ein Befehl. Ich gehorche, obwohl mein Stolz es nicht zulassen will.

Ich liege auf dem Rücken und schaue ihn an. Mein Atem geht stoßweise, und ich beiße mir auf die Unterlippe.

»Du sollst sehen, was du mir antust.« Er hebt meine Beine hoch und legt sie über seine Schultern, ehe er wieder in mich eindringt, und ich heiße ihn willkommen, als hätte ich ihn monatelang und nicht nur einen Moment lang nicht gespürt. Er verschränkt seine Finger mit meinen und schaut mich unentwegt an, während er mich erneut nimmt.

Ich schließe die Augen, als eine neue Welle heranrollt. Er beugt sich hinunter und nimmt meine Unterlippe zwischen seine Zähne. Fast erschrocken öffne ich die Augen wieder.

»Ich will dich sehen. Und ich will, dass du *mich* siehst.«

Fasziniert schaue ich ihn an. Sein Gesicht verzieht sich vor Lust, während er sich weiter in mir austobt, bis wir es schließlich beide nicht mehr aushalten können. Unsere Körper schmelzen in der Hitze. Es gibt nur ihn und mich auf der ganzen Welt – alle anderen sind unwichtig.

Er explodiert in mir – ein gewaltiger Orgasmus, der ihn laut aufschreien lässt. Der Schrei kommt aus der Tiefe seines Körpers und hallt von den Wänden des Raumes zurück. Tief in meiner Seele höre ich noch das Echo. Ich bin genauso überwältigt wie er.

Keuchend bleibt er über mir liegen, und ich kann keinen klaren Gedanken fassen. Was ist gerade geschehen?

Ich schaue meinen Boss an, den Mann, der mich gerade – vier Mal? fünf Mal? – zum Orgasmus gebracht hat. Ich habe ehrlich gesagt nicht mitgezählt.

Verdammt und zugenäht! Macht er es mit den anderen Frauen genauso?

Wie Gespenster tauchen sie in meinem Unterbewusstsein auf. Ich hasse ihre Gegenwart, aber ich muss mich an sie erinnern. Ich darf nicht vergessen, was für ein Mann Jack ist.

»Jetzt kann ich mir vorstellen, dass sich wirklich noch keine beklagt hat«, murmele ich, während ich mit dem Finger über seinen Rücken fahre. Auch er ist schweißnass.

»Nicht wirklich.«

Lächelnd stützt er sich auf. Das Lächeln reicht nicht bis zu seinen Augen. Dann drückt er mir einen flüchtigen Kuss auf die Stirn und erhebt sich.

»Ich werde Hughes bitten, dich nach Hause zu fahren.«

Er hätte genauso gut Chinesisch sprechen können, so wenig Sinn ergeben seine Worte für mich. Er wird Hughes bitten, mich nach Hause zu fahren? Meint er das wirklich ernst? Ich bin *entlassen*?

Obwohl mich seine Worte zur Weißglut bringen, lächle ich. »Ich habe noch etwas im Büro zu erledigen.«

Ich bin über mich selbst erstaunt. Wie kann ich nur so unbeschwert und gleichgültig klingen? Ich wusste gar nicht, dass ich eine so fantastische Schauspielerin bin. Und das, während mein Körper noch ganz schlaff ist von der soeben erlebten überwältigenden Lust.

Er nickt. »Prima. Dann fährt er dich dorthin.« Er lächelt flüchtig. »Findest du allein hinaus? Ich muss unter die Dusche.«

Dieser verdammte Mistkerl!

»Ich denke, dass ich die Tür ohne Navi finden kann«, antworte ich sarkastisch und greife zu meinem Handy.

Ich schalte es ein und rufe meine E-Mails auf, aber die Buchstaben verschwimmen vor meinen Augen zu einem grauen Fleck.

Wenn ich nicht will, dass von seinem Gehirn auch nichts weiter übrig bleibt als ein grauer Fleck an der weißen Wand, sollte ich schleunigst von hier verschwinden.

Er geht zu einer Tür am anderen Ende des Raumes, während ich unentwegt auf mein Handy starre. Aber ich spüre, dass er stehengeblieben ist und mich beobachtet. Ich schmunzele, als hätte ich etwas Erheiterndes auf meinem Handy gelesen, und tue so, als würde ich eine Antwort eingeben.

Wenn man mich eine Stunde zuvor gefragt hätte, was schiefgehen könnte, hätte ich genau darauf getippt: Jack errichtet unsere Grenzen wieder, die wir uns so sorgfältig gesteckt hatten – und diesmal stehe ich auf der anderen Seite.

Meine Finger huschen über die Tasten, aber ich tue nur so, als würde ich schreiben, um mich von meiner Enttäuschung abzulenken – und von der schmerzhaften Wunde, die er meinem Herzen und meinem Stolz zugefügt hat.

Schließlich verschwindet Jack doch im Bad, und kurz darauf höre ich das Rauschen der Dusche.

Arschloch!

Ich hatte gerade den besten Sex meines Lebens. Und ich bin mir sicher, soeben auch den größten Fehler meines Lebens begangen zu haben.

5. Kapitel

»Amber!« Ich strahle sie an.

Lucys Schwester ist zehn Jahre älter als Lucy, und sie hat die gleiche blasse Haut, das gleiche rote Haar und die gleichen zarten Gesichtszüge – jedenfalls den Fotos nach zu urteilen, die ich gesehen habe. Ihre großen Augen sind braun, ihr Lächeln zurückhaltend, doch aufrichtig. Sie ist ein wenig pummelig, aber sehr attraktiv.

Sie ist mir auf Anhieb sympathisch.

»Die engelsgleiche Gemma«, begrüßt sie mich mit ihrem schweren schottischen Akzent. »Ich wollte schon lange mal die Frau kennenlernen, die meinen Schwager gezähmt hat.«

Gezähmt? *Wohl kaum!*

Erinnerungen an den vergangenen Nachmittag schießen mir durch den Kopf, und ich verdränge sie auf der Stelle. Ich darf nicht darüber nachdenken, wie sich der Sex mit Jack Grant angefühlt hat. Wild und leidenschaftlich. *Verdammt!* Allein beim Gedanken daran breitet sich ein angenehmes Prickeln in meinem ganzen Körper aus, und sofort spüre ich diese animalische Begierde. Sie ist so quälend wie Durst oder Hunger oder

Angst. Die Empfindung ist so intensiv, dass ich beinahe in die Knie gehe.

Ich schlucke und versuche, die heiße Lust zu ignorieren. »Ich bin sicher, dass er unzähmbar ist«, erwidere ich so neutral wie möglich und deute auf einen Stuhl.

Ich habe sie in den kleinen Konferenzraum in der Villa geführt. Er ist nicht so modern und pompös eingerichtet wie das Stadtbüro, sondern passt sich mehr dem altmodischen Charme eines Hampstead-Hauses an. Mit den luxuriösen Ledermöbeln ist es zwar auch sehr teuer, aber dennoch gemütlich.

»Geben Sie trotzdem nicht auf. Sie müssen die Geduld einer Heiligen haben.«

»Das stimmt«, pflichte ich ihr trocken bei.

»Gemma ist ganz und gar nicht geduldig. Von heilig ganz zu schweigen.«

Seine Stimme dringt an mein Ohr, noch ehe er den Raum betreten hat. Instinktiv straffe ich die Schultern.

»Und wenn ich ihr nicht gebe, was sie will, bettelt sie so lange, bis ich nachgebe.«

Ich werde knallrot und bin froh, dass Amber sich in diesem Moment erhebt und auf Jack zugeht. Dieses Arschloch! Dass er es wagt, etwas so Zweideutiges zu sagen! Ganz bestimmt denkt auch er in diesem Augenblick daran, wie ich ihn am Tag zuvor angefleht habe, mich zu vögeln.

Jack und Amber zusammen zu sehen, fasziniert mich irgendwie. Ihre Umarmung lässt erkennen, dass sie sich wirklich mögen, aber es liegt auch ein wenig Trauer darin. Er trägt eine dunkelblaue Hose und ein hellblaues Hemd, das er bis zu den Ellbogen hochgekrempelt hat. Das Hemd ist aus Leinen und ein wenig verknittert. Er muss es also schon eine ganze Weile tragen.

Er legt den Arm um Ambers Taille, als sie durch den Raum gehen. Sie setzt sich mir gegenüber in einen Sessel, und er nimmt neben ihr Platz.

Sie sind eine Familie. Ich bin die Außenseiterin.

Das tut weh. Mehr noch als seine Dusche direkt nach dem Sex.

Ob er wohl gestern Abend viel trinken musste, um mich zu vergessen?

Ich schaue ihn an und stelle fest, dass er mich beobachtet. Sehr intensiv sogar, als wollte er unbedingt hinter meine Fassade schauen und meine Gedanken lesen.

Ich versuche, mir nichts anmerken zu lassen, und wende mich erneut Amber zu. »Wie sieht es denn mit dem Relaunch aus?«

»Ausgezeichnet. Wir sind auf einem guten Weg. Ich habe das Personal im Hauptsitz aufgestockt, und wir haben gerade die internationale Anerkennung als Wohltätigkeitsorganisation beantragt, sodass wir auch Spenden aus dem Ausland annehmen dürfen.«

»Wie sieht's mit Werbung aus?«, wirft Jack ein.

»Nächste Woche treffen wir uns mit zwei Agenturen, um über die endgültige Kampagne zu entscheiden. Wir werden wohl Schwerpunkte in Print und Digital setzen und uns die Möglichkeit offenhalten, eine große Sportveranstaltung im Sommer zu sponsern – möglicherweise Kricket.«

Jack verzieht das Gesicht. »Kricket? Ausgerechnet?«

»Ach, komm schon! Lucy hätte es gefallen.« Amber klopft ihm auf die Schulter – ein weiterer Beweis für ihre Vertrautheit.

Seltsam. Eigentlich ist mir noch nie der Gedanke gekommen, dass Jack auch in anderen Welten zu Hause sein könnte.

Hier sind es er und ich und unsere Arbeit. Sie nimmt so viel von meiner Zeit in Anspruch, dass es mich wirklich überrascht, dass er andere Menschen kennt, andere Sachen macht, andere Erinnerungen und Hobbys hat. Dass er Scherze machen kann und eine Vergangenheit hat, in der ich nicht vorkomme.

Hat Jack genervt gestöhnt, wenn Lucy Kricket geschaut hat? Haben sie über seine Abneigung gegen jeglichen Sport außer Rugby gelacht?

Ich versuche, diese Gedanken auszublenden. Aber sie geistern weiter durch meinen Hinterkopf und bleiben haften wie ein unerwünschter Ohrwurm.

»Das wird eine gute Sache«, versichert Amber und zwinkert mir lächelnd zu. Obwohl sie mich quasi zwingt, über Jacks glückliche Vergangenheit nachzudenken, wird sie mir immer sympathischer, und je mehr sie über die Stiftung spricht, desto sicherer bin ich mir, dass wir die richtige Entscheidung getroffen haben. Sie ist bestens über alle Angelegenheiten informiert, die ich mit ihr besprechen muss. Sie ist gründlich, flink und humorvoll. Und sie ist fest entschlossen, die Benefizgala zu einem Erfolg zu machen.

Sie ist Lucys Schwester, und Lucy ist tot, aber plötzlich bin ich auf Amber eifersüchtig. Es ist lächerlich – eine absolut erbärmliche Empfindung. Aber wenn ich sie reden höre, ihre großen roten Lippen und ihr begeistertes Gesicht betrachte, komme ich mir blass und langweilig vor.

Auch im Vergleich zu Lucy wäre ich langweilig gewesen.

Als Amber mit einer Schilderung über die Aussicht aus ihrem Bürofenster beginnt, schweifen meine Gedanken ab. Ich trage eines meiner Lieblingskleider – ein olivgrünes Hemdkleid mit weiten Ärmel und einem U-Boot-Ausschnitt. Ach, es ist so konservativ und langweilig. Genau die Art von Kleidern, die meiner Mutter gefallen. Ich habe es wegen der langen Ärmel gewählt, die normalerweise bis über meine Handgelenke fallen. Meine sind deutlich sichtbar dunkelrot umrandet – eine Erinnerung an Jacks Gürtel.

Ein Brandzeichen! *Danke, du Mistkerl!*

Ich nicke, weil Amber etwas gesagt hat, und betrachte verstohlen Jacks Gesicht.

Auch er schaut auf meine Hände. Sofort weicht die Farbe aus seinem Gesicht. Unbehaglich rutsche ich auf meinem Stuhl hin und her, kreuze die Beine, stelle sie wieder nebeneinander und zupfe an meinen Ärmeln, um die Striemen wieder zu verdecken.

»Amber, den Rest können wir beim Mittagessen besprechen. Ich weiß, dass Gemma jede Menge Mist auf ihrem Schreibtisch liegen hat, den sie erledigen muss.«

»*Deinen* Mist, meinst du wohl.« Amber lacht gutmütig. Sie ist vollkommen entspannt.

»Das ist ihr Job«, betont er.

Amber verdreht die Augen. »Wie Sie mit *dem* klarkommen, ist mir absolut rätselhaft.«

Sie steht auf und streicht ihren Rock glatt. Meine ausgestreckte Hand ignoriert sie; stattdessen umarmt sie mich spontan und herzlich.

»Wir haben schon so oft miteinander telefoniert. Ich habe das Gefühl, Sie bereits so lange zu kennen. Aber es ist schön, dass wir uns endlich auch persönlich begegnet sind.«

»Das sehe ich auch so«, murmele ich und löse mich ein wenig verlegen aus ihrer Umarmung.

»Gemma, ich muss noch kurz mit dir reden.« Jack wendet sich an Amber. »Willst du nicht im Auto auf mich warten? Wir brauchen nicht lange.«

Sie nickt. »Ich muss sowieso noch ein paar Anrufe machen«, erwidert sie und geht hinaus.

Jack begleitet sie zur Tür, die er mit Nachdruck schließt, und dann pirscht er sich an mich heran wie ein Leopard.

Mir bleiben etwa vier Sekunden, um mich zu sammeln. Vier Sekunden, um das Klopfen meines Herzens und das pochende Gefühl zwischen meinen Schenkeln unter Kontrolle zu bringen. Vier Sekunden, um mich daran zu erinnern, dass er mein Boss ist – und ein absolutes Arschloch. Ich erinnere mich noch genau an das Gefühl, als er von mir hinunterrollte und mich zwei Minuten später gebeten hat, sein Bett zu verlassen.

Niemand hat das Recht, mich so zu demütigen. *Niemand.* Und vor allem kein zweites Mal.

»Das hört sich doch alles sehr gut an«, sage ich leichthin und sehr geschäftsmäßig. Bloß nicht persönlich werden. »Ich bin froh, dass sie den Vorsitz bei der Stiftung übernimmt.«

Ein Muskel zuckt an seinem Kiefer, als würde er die Zähne zusammenbeißen. Er greift nach meinen Händen und schiebt die Ärmel über meine Handgelenke, um die Verletzungen in Augenschein zu nehmen. Er betrachtet die roten Stellen, die sein Gürtel auf meiner Haut hinterlassen hat. Er schließt die Augen und streichelt mit den Fingern über die Striemen.

»Du bist verletzt.«

Ich schlucke. Diese Seite an ihm mag ich ebenso wenig wie den Bastard, der unter die Dusche gesprungen ist, sobald er fertig war. Jetzt habe ich allerdings noch mehr Angst. Mein Herz reagiert gefährlich, wenn er seine menschliche Seite herauskehrt und Mitgefühl zeigt.

Rasch ziehe ich meine Hände fort. »Ja, entsetzlich, nicht wahr? Es tut auch höllisch weh.« Dazu verdrehe ich die Augen. »Mein Gott, es sind doch nur ein paar Schrammen.«

Er nickt, aber sein Gesichtsausdruck gefällt mir ganz und gar nicht. »Hör zu, Gemma …« Beim Klang seiner Stimme werden die Schmetterlinge in meinem Bauch erneut lebendig. »Wegen gestern …«

»Schon okay.« Ich lächle einen Sekundenbruchteil lang. »Ich kenne dich schließlich.«

Er schüttelt den Kopf. »Nein, du verstehst nicht.« Frustriert runzelt er die Stirn. »Lass es mich erklären.«

Ich schlucke. *Sei stark. Erinnere dich daran, wie kalt er dich behandelt hat.* »Du brauchst nichts zu erklären«, erwidere ich mit fester Stimme.

Ohne Erklärung bleibt wenigstens einiges im Unklaren. Aber wenn ich sein Bedauern hören muss oder, noch schlimmer, seine Entschuldigungen …

»Es war gut. Ich hatte meinen Spaß. Lassen wir es dabei bewenden.«

Meine Knie sind weich wie Pudding, und mein Mund ist staubtrocken. Ich muss hier raus, denn ich kann nur vernünftig bleiben, wenn Jack und ich uns nicht zu nahe sind.

Aber dieses Mal folgt er mir. Er legt die Hände auf meine Hüfte, und ich bleibe stehen, gefangen zwischen ihm und der dunkel vertäfelten Tür. Ich erstarre. In meinem Kopf schrillen sämtliche Alarmglocken. Seine Nähe ist gefährlich. Leider kann ich sie nicht ignorieren.

»Damit ist die Sache für dich erledigt?«, fragt er. Sein Griff wird fester.

Ich schließe meine Augen und hoffe, dass mein Puls sich beruhigt. Vergeblich …

»Du willst vergessen, wie sich das angefühlt hat? Du willst es nie wieder tun?« Seine Hände wandern tiefer bis zum Saum meines Kleides. »Sag es, und ich lasse dich sofort los. Ich werde dich nicht mehr berühren. Nie mehr.«

Ich nicke, aber die Worte bleiben mir in der Kehle stecken.

»Spreiz die Beine.«

Ich weiß, wenn ich das tue, werde ich endgültig den Verstand verlieren.

»Jack …« Meine Stimme klingt rau.

»Ich habe mich den ganzen Morgen gefragt, ob du auf mich gehört hast«, sagt er ruhig.

Seine Hand fährt unter mein Kleid, an meinem Bein hinauf, bis er den Stoff meines Slips erreicht, daran zieht und das Gummi zurückschnappen lässt, sodass ich zusammenzucke.

»Nein, du hast nicht auf mich gehört. Eine Schande … Denn wenn du keine Unterwäsche tragen würdest, könnte ich dich auf der Stelle nehmen. Hier, gegen die Tür gedrückt. Würde dir das gefallen, Gemma?«

Ich stöhne. Seine Worte wecken Bilder in mir, die mich erstarren lassen.

»Ich werde dich jetzt ficken. Es sei denn, du sagst mir, dass du es nicht willst.«

Ich kann nichts sagen. Ich kann nur ergeben nicken. Ich höre ihn schwer atmen und lächle schwach. Ich will mich umdrehen, aber er hält mich mit eisernem Griff an den Hüften fest.

»Nein. Ich will es *so*.« Er zieht mich zurück und beugt meinen Oberkörper nach vorn.

Statt mir den Slip auszuziehen, packt er ihn mit beiden Händen und zerrt daran, bis er zerreißt. Anschließend lässt er ihn achtlos zu Boden fallen.

Verdattert blicke ich auf den Stofffetzen. »Der war teuer«, sage ich verärgert.

»Er war mir im Weg.«

Ich schließe die Augen und höre vertraute Geräusche. Er öffnet seinen Reißverschluss. Er zerreißt ein Kondompäckchen und streift sich das Gummi über seinen steifen Schwanz. Und dann ist er in mir. Ganz ohne Vorwarnung. Aber seien wir ehrlich – der ganze Vormittag war schließlich nichts als eine Übung in tantrischem Vorspiel. Er fährt mit den Händen über meinen Rücken, während er in mich hineinstößt, und ich spreize meine Finger auf dem Holz. Mein Körper zieht ihn in sich hinein, und genau das ist es, was ich jetzt brauche.

Mir ist gleichzeitig heiß und kalt, und ich bin gerade dabei, zu kommen, als er sich aus mir zurückzieht. Es ist die gleiche Tortur wie am Tag zuvor – der Schock, leer und allein zu sein –, und ich schreie meinen Frust laut heraus.

»Hör nicht auf, verdammt noch mal«, blaffe ich ihn wütend an.

Er hält mich fest und dreht mich um die eigene Achse, presst mich gegen die Tür und küsst mich, bis meine Beine nachzugeben drohen.

»Sieh es als ein Versprechen.« Er macht einen Schritt zurück und schaut mir tief in die Augen. »Eines, das ich einzulösen gedenke.« Dann bückt er sich und greift nach den Überresten meines Slips. Den zerfetzten Stoff lässt er an einem Finger baumeln. »Und so was will ich nie wieder sehen!«

Ich starre ihn wütend an. »Ist das ein Befehl, *Sir*?«

»Und ob das einer ist!«

»Okay. Ich sage der Personalabteilung Bescheid,

dass sie die Klausel in meinen Vertrag aufnehmen sollen.«

Erneut küsst er mich, und ich schmiege mich an seinen Körper. Sofort werde ich wieder gefügig.

»Fick mich weiter«, wispere ich ihm ins Ohr.

»Versprochen ist versprochen.« Die Antwort klingt wie ein fernes Donnergrollen. »Später.«

Fünf Minuten später sitze ich mit gerunzelter Stirn an meinem Schreibtisch.

Was ist da gerade passiert?

Es war, als sei ein Wirbelsturm durchs Zimmer gefahren und habe uns kräftig durchgeschüttelt. Wir brauchen nur einander nahe zu kommen, und *Peng*! Nichts hält uns mehr zurück, und wir benehmen uns wie wilde Tiere.

Ich vergrabe das Gesicht in meinen Händen.

So etwas habe ich noch nie erlebt.

Bisher habe ich meine Männergeschichten immer unter Kontrolle gehabt, und ich habe immer gewusst, was ich von ihnen wollte. Für Beziehungen war derselbe Teil meines Verstandes verantwortlich, der sich auch um meine Karriere und alle anderen wichtigen Dinge in meinem Leben gekümmert hat.

Ich weiß, dass einige Leute von »Liebe auf den ersten Blick« schwadronieren, aber für mich war das immer ein Hinweis darauf, dass sie einen an der Waffel haben.

Ich sage nicht, dass ich glaube, in Jack verliebt zu sein. Ich werde gequält und auf die Folter gespannt, ich bin keine Masochistin, und Jack zu lieben wäre dumm. Aber in seiner Nähe fehlt es mir sowohl an Verstand als auch an Willenskraft.

In unserer Beziehung liegt alle Macht bei ihm. Ich gebe es nicht gern zu – ebenso wenig wie die Tatsache, dass ich sofort dabei wäre, egal, was er vorschlägt, nur um mit ihm zu vögeln. So gut ist er.

Knisternde Spannung durchläuft mich, und ich warte nur darauf, von ihm geerdet zu werden. Aber er bringt mich nicht zurück auf die Erde – er katapultiert mich ins All.

Ich mache ihn genauso verrückt. Ich erinnere mich daran, wie vollkommen er mir ergeben war, als ich seinen Schwanz im Mund hatte.

Ich glaube, Jack gefällt diese Entwicklung ebenso wenig wie mir. Unser Arbeitsverhältnis, das, was wir *zuvor* hatten, hat funktioniert. Gut, ich musste meinen Keuschheitsgürtel enger schnallen, damit ich mich diesem heißen Typen nicht sofort an den Hals werfe. Aber auf professioneller Ebene waren wir ein klasse Team.

Das aufzugeben ist für ihn viel riskanter als für mich. Ich kriege sofort einen anderen Job, wenn ich will – die Headhunter sind ständig hinter mir her.

Ich durchwühle die zweite Schublade meines Schreibtischs und finde die Visitenkarte des hartnäckigsten Anrufers. Andrew Long von Saatchi & Long. Er hat mir im vergangenen Jahr ein paar richtig gute Stellen angeboten, und jedes Mal, wenn ich abgelehnt habe, sagte er, dann müsse ich meinen Traumjob ja bereits gefunden haben.

Wenn er wüsste! Ich werde sehr gut bezahlt, denn Jack weiß, dass er es sich nicht leisten kann, mich zu verlieren. Aber was noch attraktiver ist: Wenn ich bleibe, kann ich Jack-Mistkerl-Grant den ganzen Tag lang anschauen!

Verdammt!

Es ist hoffnungslos. Ich schiebe meinen Stuhl nach hinten, schnippe Andrews Visitenkarte zurück in die Schublade und werfe mir den Gurt meiner Handtasche über die Schulter.

»Ich bin mal weg!«, rufe ich Sophia und Rose im Vorübergehen zu. »Es dauert nicht lange.«

Sophia winkt mir zu. Ohne Slip verlasse ich das Haus, was mich ebenso erregt wie befangen macht. Es ist kalt; ich habe meinen Mantel vergessen, aber das ist mir egal.

Hughes, der am Wagen lehnt, richtet sich auf. »Ma'am?«

»Lungern Sie hier etwa den ganzen Tag rum und warten darauf, dass ich vorbeikomme?«, necke ich ihn. Ich weiß natürlich, wie viel er zu tun hat.

»Immer noch besser, als dem Gras beim Wachsen zuzusehen. Und Sie können tatsächlich darin laufen?«

Grinsend deutet er auf meine Louboutins. Sie haben zehn Zentimeter hohe bleistiftdünne Absätze, und ich komme *sehr gut* damit zurecht.

Ich zwinkere ihm zu. »Mit denen könnte ich einen Marathon laufen.« Heute habe ich mein Haar zu einem Pferdeschwanz gebunden, und ein paar Strähnen flattern mir um die Wangen.

»Ersparen Sie sich die Strapaze lieber.« Die Hand am Türgriff, fragt er mich: »Wohin?«

Ich schaue ihn verständnislos an. Es ist natürlich eine naheliegende Frage, auf die ich ihm allerdings die Antwort schuldig bleibe. »Ich mache nur einen Spaziergang«, erkläre ich stattdessen. »Ich brauche einen Kaffee.«

»Einen Kaffee?« Er mustert mich mit einem sarkastischen Blick. »Hat das Raumschiff seinen Dienst etwa eingestellt?«

Ich schüttele den Kopf. Die teure Maschine, die Jack gekauft hat, macht ausgezeichneten Kaffee. »Okay, Sie haben mich erwischt. Ich möchte ein Schokoladencroissant.«

»Echt?« Sein Grinsen wird breiter. »Eine Schwäche für Süßes … interessant.«

Ich zucke mit den Schultern. »Es gibt so Tage«, erwidere ich.

»Sie brauchen mir nichts zu erklären.«

»Bis bald«, verabschiede ich mich von ihm. Dann

fällt mir noch etwas ein. »Kann ich Ihnen irgendetwas mitbringen?«

»Nein, danke, Ma'am.«

Ich habe sie also im Konferenzraum meines Büros an die Tür und in meinem Besprechungszimmer im Stadtbüro gegen das Fenster gedrückt und gevögelt. Während meine Schwägerin im Wagen auf mich gewartet hat.

Himmel!

Die ganze Verwicklung mit Gemma macht sich allmählich selbstständig. Als ich heute Morgen aufwachte, war mir klar, dass ich mich für mein Verhalten am Tag zuvor entschuldigen muss. Ich wollte ihr sagen, dass es mir leidtut. Dass das Ganze ein riesiger dummer Fehler war.

Als sie mich stehen lassen wollte, bin ich in Panik geraten.

Gemma hört mir offenbar nur zu, wenn ich in ihr bin.

Und jetzt? Werde ich jedes Mal, wenn wir nicht einer Meinung sind, Sex mit ihr haben? Jedes Mal, wenn sie sauer ist?

Amber lacht über irgendetwas, und ich lächle pflichtschuldig, aber meine Gedanken kreisen um Gemma und das Versprechen, das ich ihr gegeben habe – und das ich auf jeden Fall halten werde. Die Vorstellung, ich könnte kneifen, verursacht mir ein seltsames Unbehagen. Also akzeptiere ich das Unvermeidliche. Wir werden wieder vögeln.

Mein Schwanz wird sofort hart und drückt gegen den Stoff meiner Hose. Ist sie noch nackt unter ihrem Kleid? Wartet sie auf mich? Will sie mich?

Ich trinke einen Schluck Wein und antworte irgendetwas auf Ambers Frage, erstaunt darüber, dass ein Teil meines Gehirns offenbar ganz normal funktioniert. Es bekommt mit, was gesagt wird, und sorgt für die richtigen Antworten, obwohl ich nur an meine Assistentin denke.

Ich *liebe* Sex. Ich liebe ihn, weil ich auf diese Weise Lucy und das, was ich nicht mehr habe, vergessen kann. Mit Gemma ist es allerdings etwas anderes – ich kann sie nicht vögeln und einfach abhauen. Ich muss sie jeden Morgen sehen. Was, wenn sie mehr von mir will, als ich ihr geben kann?

»Hallo, Grandma.« Schmunzelnd stelle ich mir vor, wie sie in ihrem kleinen sonnigen Zimmer sitzt.

Ich höre, dass sie Tee trinkt. »Was gibt's, Schatz?«

»Nichts. Wie geht's dir?«

»Es ist Freitagmittag, und du rufst mich an. Also – was ist los?«

Ich schüttele nur den Kopf, aber diese verdammten Tränen, die mich seit Tagen quälen, brennen mir in den

Augen. Ich blinzele verärgert und betrachte eine Familie, die an mir vorbeigeht. Mutter und Vater halten sich bei der Hand, und drei Kinder unterschiedlichen Alters laufen neben ihnen her.

»Ist das Vogelgezwitscher im Hintergrund?«

Ich beiße in mein Schokoladencroissant. Ein paar Krümel fallen mir aufs Kleid. Geistesabwesend wische ich sie beiseite. »Ich bin im Park.«

»Du meinst, du bist den Fesseln deines Schreibtischs entwischt?«

Ich lache. »Ja, Grandma. Von Zeit zu Zeit kann ich wirklich an die frische Luft.«

»Hast du in letzter Zeit mit deiner Mutter gesprochen?«

Ich runzele die Stirn. Grandma ist der einzige Mensch auf der Welt, der meine Beziehung zu meinen Eltern versteht. Sie weiß, dass ich sie liebe, allerdings auf eher pflichtschuldige Weise – sie haben mir schließlich das Leben geschenkt. Aber auch die Selbstzweifel und die Unsicherheit und das Gefühl, dass ich für nichts anderes gut bin als für das Leben, das sie sich für mich vorgestellt haben. Erst Grandma hat mich davon befreit.

»Seit einer Woche nicht mehr.« Eigentlich ist es ein Monat. »Und du?«

»Sie haben mich gestern angerufen. Aus Kambodscha.«

Stirnrunzelnd versuche ich mir meine stets perfekt

manikürte Mutter in Kambodscha vorzustellen. »Bleibt nur zu hoffen, dass das Penthouse im Shangri-La-Hotel ihren Ansprüchen genügt.«

Grandma lacht. »Weißt du, sie arbeiten dort ehrenamtlich.«

Obwohl es ein Standardwitz zwischen mir und Grandma ist, breche ich in schallendes Gelächter aus. Meine Eltern sind unglaublich reich, unglaublich überzeugte Aristokraten, und sie haben offensichtlich einen Punkt in ihrem Leben erreicht, wo sie davon gelangweilt sind und versuchen, aus der Welt »einen besseren Ort« zu machen. Das hat sich bislang darauf beschränkt, Schuhe für arme Kinder in Afrika zu kaufen, sich in Litauen über Kinderhandel zu informieren und jetzt nach Südasien zu fliegen, um »die Armen« mit Impfstoff zu versorgen.

Ich frage mich, wie hilfreich meine Eltern wirklich sind. Meine Mutter fällt beim Anblick von Blut in Ohnmacht, und mein Vater verträgt weder Hitze noch Moskitos oder Armut.

»Ich glaube, sie werden die Reise abkürzen«, sagt Grandma, und es gelingt ihr tatsächlich, den amüsierten Unterton aus ihrer Stimme herauszuhalten.

Ich schaffe es nicht halb so gut. »Oh, das überrascht mich jetzt aber. Ich bin sicher, die kambodschanischen Wohltätigkeitsorganisationen werden heilfroh sein, wenn sie endlich wieder im Flieger sitzen.«

»Nun ja … das Herz haben sie jedenfalls am rechten Fleck«, murmelt sie, und ich nicke.

Vielleicht.

»Sie sollten lieber einer Stiftung Geld geben«, sage ich. »Diese Menschen brauchen Geld. Dann können Experten ihren Job machen, ohne dass Leute aus dem Westen sich von ihrem Schuldbewusstsein freikaufen, weil unser Lebensstil der Grund für dieses ganze Elend ist.«

»Oh, an diesem Satz hast du aber lange gefeilt, stimmt's?«

»Entschuldige, aber ich kann diesen Wohltätigkeitstourismus nicht ausstehen. Wenn ich noch einmal ein Foto sehe, auf dem eine Schulfreundin ein ausgehungertes Kind umarmt, muss ich irgendwas kaputtmachen.«

»Liebling, es ist doch nur für einen guten Zweck. Die Werbetrommel muss auch gerührt werden.«

»Ja, natürlich – und nebenbei erleichtern reiche Leute ihr Gewissen.«

»Hm …«

Ich weiß, dass Grandma jetzt nickt.

»Es ist also nichts passiert?«, wiederholt sie ihre Frage.

Die drei Kinder laufen jetzt über den Rasen, und ihre Eltern schauen ihnen dabei zu. Sie halten sich an den Händen und lachen, als das Kleinste stolpert und auf dem feuchten Gras landet. Eins der älteren Geschwister nimmt es auf den Arm und wirbelt es im Kreis herum, bis das kreischende Lachen des Kleinen an meine Ohren dringt und mich trifft wie ein Schlag ins Gesicht.

Ich bin keine Glucke. Ich will keine Kinder. Die Qualen meiner Kindheit möchte ich keinem anderen zumuten. Nein, nicht dass ich misshandelt worden wäre. Meine Eltern haben mich geliebt. So sehr, dass sie nur die besten Kinderfrauen, Hauslehrer und Reitlehrer für mich ausgewählt und mich auf die besten Schulen geschickt haben. Die besten Schulen, um gut aussehende und passende Ehemänner zu treffen.

Und sie haben mich so sehr geliebt, dass sie meinen Geisteszustand hinterfragt haben, als ich mich in Oxford für ein Doppelstudium – Jura und Wirtschaft – immatrikuliert und eine weiterführende Ausbildung an der Londoner Börse gemacht habe. Aber es war Grandma, die in der ersten Reihe saß, als ich mein Masterdiplom überreicht bekam.

»Ich bin nur ein bisschen groggy«, antworte ich. »Im Moment wächst mir die Arbeit über den Kopf.«

Grandma schweigt eine Weile. Dann fragt sie: »Kommst du morgen zum Mittagessen?«

Morgen? *Mist!* Es ist ja fast schon wieder Wochenende. Aber der Gedanke, Grandma wiederzusehen, verleiht meinem Herzen Flügel. »Mittagessen? Aber klar!«

»Und du holst mich hier aus diesem Höllenloch raus? Füllst mich mit so viel Champagner ab, dass mir ganz schwindlig wird und ich mich unziemlich benehme?«

Ich muss lachen. Das »Höllenloch«, Grandmas luxuriöse Seniorenresidenz, kostet pro Jahr mehr, als manche Menschen in ihrem ganzen Leben verdienen. Sie hat einen persönlichen Butler. Man stelle sich das mal vor! Aber das Personal ist nicht sonderlich glücklich mit ihrer Vorliebe für Champagner. Ich dagegen besorge ihr die alkoholische Brause nur zu gern.

»Darauf kannst du dich verlassen!«

6. Kapitel

Die Arbeit lenkt mich ab. Ich kontrolliere noch einmal die Wyndham-Verträge, suche die dazugehörigen Unterlagen heraus und checke den Terminplan für Australien, beantworte einige dringende E-Mails und überfliege ein paar Lebensläufe von Bewerbern für mehrere leitende Funktionen in der Stiftung. So vergeht der Tag wie im Fluge.

Auf einmal ist es Abend, und ich sitze immer noch an meinem Schreibtisch.

Gerade als ich Feierabend machen will, piepst mein Handy.

Ich bin in der Stadt. Hughes fährt dich her, wenn du fertig bist.

Ich lese den Text drei Mal, und jedes Mal bin ich verwirrter. Gut, vor ein paar Stunden habe ich ihn praktisch darum gebeten, mich zu vögeln. Aber diese SMS ist nicht gerade eine Meisterleistung, was die Kunst des Flirtens und der Verführung anbetrifft.

Brauchst du mich für irgendwas?

Rasch tippe ich meine Antwort ein, werfe mir die Handtasche über die Schulter und schalte das Licht aus.

Du weißt genau, wofür ich dich brauche.

Ich antworte nicht. Ich weiß auch nicht, warum. Ich verlasse das Büro und schenke Hughes ein Lächeln. Er ist wahrscheinlich der einzige Mann in der Firma, der genauso lange arbeitet wie Jack und ich. Er hat keine Familie. Er war in der Armee und kam nach drei Einsätzen im Irak zurück, bereit für etwas Neues. Er ist klug, zuverlässig, und wir vertrauen ihm hundertprozentig.

Wir.

Das sage ich oft, aber ich meine es nicht in einem romantischen Sinn. Es ist nur so, dass wir über die Jahre praktisch Partner geworden sind, ohne dass wir uns groß Gedanken darüber gemacht haben.

»Ich soll Jack in seinem Stadtbüro treffen«, murmele ich.

Als ich sechzehn war, hat mein Dad mich mit Roger Cranston erwischt, als wir gerade in der Küche rummachten. Mir war das so entsetzlich peinlich, dass ich mir die ganze folgende Woche Ausreden überlegt habe, die plausibel erklären sollten, warum Roger vor mir gekniet und meinen Rock hochgeschoben hatte.

Er hat seinen Federhalter fallen gelassen, und ich habe … ähm … nach einem anderen gesucht …

Genauso fühle ich mich in diesem Moment. Das gleiche Gefühl von Verlegenheit. Als hätte ich etwas Falsches getan und müsste mich nun rechtfertigen. Ausgerechnet vor Hughes.

Ich werde rot und vermeide es, ihm in die Augen zu schauen. »Ich brauche noch ein paar Unterschriften von ihm.«

Lächelnd öffnet er die Tür. »Ein langer Tag?«

»Könnte man sagen.« Vorsichtig, damit er nicht die Blöße unter meinem Rock sehen kann, setze ich mich hin und lehne mich auf dem Ledersitz zurück.

Wenig später erreichen wir das Stadtbüro. Hughes begleitet mich bis zu den Aufzügen und zieht die Karte durch den Schlitz, sodass ich ohne Zwischenstopp hinauf zu Jacks Penthouse fahren kann.

»Danke. Gute Nacht, Hughes.«

»Gute Nacht, Ma'am.«

Ich lache. »Sie wissen, dass ich diese Anrede hasse.«

Noch während er mir zuzwinkert, schließen sich die Türen mit einem leisen Zischen.

Als ich Jacks Apartment betrete, weicht mein Lächeln jedoch einem erstaunten Stirnrunzeln. Die Wohnung liegt fast vollständig im Dunkeln. Hinter einer

Glastür ist es hell; neugierig steuere ich darauf zu.

»Hey.«

Jacks Stimme erklingt aus der Tiefe des Korridors. Ich drehe mich um und sehe ihn aus einem der Zimmer kommen, ein Handtuch lose um die Hüften geschlungen.

»Ich hatte nicht so schnell mit dir gerechnet.«

Mein Blick bleibt an seiner nackten gebräunten Brust haften, die sich im Rhythmus seines Atems auf und ab bewegt. Knapp über dem Rand des Handtuchs kann ich die ersten Ausläufer seines Tattoos bewundern.

Ich schlucke und zwinge mich, ihm in die Augen zu schauen. »Wie war dein Tag?« Kurz, knapp und sehr professionell. Auf der sicheren Seite. Gut.

»War okay.«

Er nimmt das Handtuch ab und trocknet sich das Haar damit. Seine Nacktheit macht ihm nichts aus. Sein Schwanz ist halb steif, und am liebsten würde ich sofort auf ihn springen.

Zum Glück hält mich irgendetwas davon ab.

»Und wie war das Essen mit Amber?«

»Gut. Du hattest recht. Sie ist genau die Richtige für den Job.«

»Ich glaube, sie hat die perfekte Kombination aus Erfahrung und Leidenschaft.«

Er nickt langsam und nachdenklich. »Das hat sie, Miss Picton. Erst einen Cocktail?«

Verdammt! Mir gefällt, wie er das sagt. Es ist eine ganz normale Anrede, aber wenn *er* es sagt, komme ich mir wie eine Kurtisane vor.

»Erst?« Ich kann mir den koketten Unterton nicht verkneifen.

Er lässt das Handtuch sinken und schlingt es sich wieder um seine Hüften. Ich bin erleichtert, obwohl ich ihn nicht mehr so lüstern anstarren kann. Wenigstens beginnt mein Blut jetzt nicht zu kochen.

»Erst. Wie in *zuerst* ein Cocktail, und *dann* vögele ich dich um den Verstand.« Grinsend zieht er mich näher.

All das fühlt sich so richtig an, obwohl es eigentlich falsch sein sollte. Peinlich. Kopfschüttelnd schaue ich zu Boden. Doch dann fällt mir ein, dass ich Jack schon seit zwei Jahren kenne. Was immer auch passiert, wir arbeiten zusammen, und ich lasse mich weder von ihm noch von der Situation verunsichern.

»Ein Cocktail klingt gut.«

Er lächelt, und während er meinem Blick standhält, hebt er mein Kleid wie ein Bräutigam den Schleier vom Gesicht seiner Braut und sieht, dass ich darunter nackt bin.

Er gibt einen zufriedenen Laut von sich. »Du hast den ganzen Tag auf mich gewartet, nicht wahr?« Seine Hand streichelt meinen Po und drückt mich fest an sein Handtuch.

»Nun ja, du hast meinen Slip zerrissen«, erinnere ich ihn.

»Du hast nur diesen einen?« Bedauernd schnalzt er mit der Zunge. »Das habe ich nicht gewusst. Tut mir leid.« In seinem Ton liegt natürlich nicht das geringste Bedauern. »Ich werde dir einen neuen kaufen.«

»Damit ich ihn nicht anziehe?«

Er lässt mich los, und ich muss mich zusammenreißen, um mir meine Ungeduld nicht anmerken zu lassen. Lässig schlendert er in die Küche und holt etwas aus dem Kühlschrank. Eine Flasche, deren Etikett ich nicht erkennen kann. Bevor er sie öffnet, schüttelt er sie. Er füllt zwei Gläser mit einer dickflüssigen Substanz, die wie ein Cola-Slushie aussieht.

Vorsichtig nippe ich daran. »Kirsche?« Ich ziehe die Augenbrauen hoch und nehme noch einen Schluck.

»Mein neuer Lieblingsdrink.«

Meine Wangen werden so rot wie das Getränk. »Meiner auch.«

»Gut zu wissen, dass wir flexibel genug sind, um unsere Meinungen zu ändern.« Er zwinkert mir zu. Und dann, als wäre ihm dieser Gedanke gerade erst gekommen, fragt er: »Wie war dein Tag?«

»Geschäftig.« Ich möchte nicht über die Arbeit reden. Das tun wir oft genug. »Ich habe allerdings auch mit meiner Grandma telefoniert und war im Park.«

Er lacht. »Gebe ich dir nicht genügend zu tun?«

Ich mustere ihn entrüstet. »Es war nur eine kurze Pause!«

»War nur ein Scherz.« Sein Blick wird nachdenklich. »Du redest nie über deine Familie.«

»Tu ich wohl«, kontere ich. »Nur nicht mit dir.«

»Verstehe. Warum nicht?«

Meine Miene wird abweisend. »Nun, erstens war unsere Beziehung bis vor Kurzem rein geschäftlich …«

»Das stimmt nicht. Du hast mich nackt gesehen. Und an den meisten Tagen weckst du mich.«

»Ich weiß.« Das Bild, wie er seinen himmlischen Körper auf dem Bett fläzt, bringt mein Blut in Wallung. »Du bist mein Boss …«

»Dann betrachte es als einen Befehl.«

Dass Jack mir Befehle erteilt, gefällt mir. Ich hole tief Luft. Plötzlich ist mir sehr heiß.

»Ein *Befehl*? Du bist mein Chef, wir sind nicht beim Militär.«

Er zuckt mit den Schultern. »Wo ist der Unterschied? Erzähl mir von deiner Großmutter.«

Ich lache ungläubig. »Ernsthaft? Du willst *jetzt* über meine Großmutter reden?«

»Warum nicht?«

Er nimmt einen Schluck von seinem Drink, ohne mich aus den Augen zu lassen. Er fordert mich heraus – wieder einmal. Permanent überschreitet er Grenzen, wenn er mit mir zusammen ist. Und ich liebe es, an seinen Herausforderungen zu wachsen.

»Grandma ist einmalig«, antworte ich nach kurzem Schweigen. »Geradezu revolutionär. Sie hat bis in ihre Siebziger gearbeitet und war immer meine Verbündete. Sie ermutigt mich bei allem, was ich tue, das Beste zu geben und mich nicht zu schonen.«

»Was hat sie denn gemacht?«

»Sie war Krankenschwester. Das ist sie immer noch.« Ich muss lächeln. »Im vergangenen Monat hat sie im Seniorenheim einen Mann gerettet, der einen Herzanfall hatte. Sie hat ihre Strickjacke ausgezogen und ihn so lange reanimiert, bis das Personal zu Hilfe kam.«

»Klingt, als wärst du genauso stolz auf sie wie sie auf dich.«

»Hm …« Geistesabwesend fahre ich mit den Fingerspitzen über mein Handgelenk.

Er bemerkt die Geste und kommt näher. Ehe ich darüber nachdenken kann, was er vorhat, tröpfelt er ein wenig von seinem Kirsch-Daiquiri auf die Stelle, über die ich gerieben habe. Dann führt er meine Hand an seinen Mund, leckt die Tropfen ab und küsst zärtlich meine feuchte Haut.

»Das tut mir leid.«

Jack entschuldigt sich? Das ist ja etwas ganz Neues!

Mit seinen Worten trifft er mich mitten ins Herz. »Ich habe doch gesagt, dass es nicht wehtut«, erwidere ich leise.

»Wenn ich diese roten Abdrücke so sehe, dann glaube ich dir nicht.«

Ich zucke mit den Schultern. Sein Mund auf meiner Haut macht es mir schwer, einen klaren Gedanken zu fassen. »Mir geht es gut. Ich hätte es dir schon gesagt, wenn es mir nicht gefallen hätte. Glaub mir.«

»Das tue ich.«

Er führt meinen Daumen zu seinem Mund und saugt daran. Ich erbebe, als die Lust durch meinen Körper schießt.

»Was gefällt dir denn? Normalerweise?«

»Mit anderen Männern?«, frage ich, und ein Schatten huscht über sein Gesicht, ehe er nickt.

»Ja.«

Ich lege meinen Kopf schräg. »Na ja, weißt du … ziemlich abgefahrene Sachen.«

»Zum Beispiel?«

Er bleibt ganz cool. Damit hätte ich nicht gerechnet.

»Ich werde es dir bald zeigen.«

Er räuspert sich. »Darauf kannst du deinen süßen Arsch verwetten.« Grinsend trinkt er noch einen Schluck.

»Und was gefällt *dir*?« Meine Stimme klingt heiser. »Mit anderen Frauen? Oder ist es dir am liebsten, wenn sie sich mit ›Sex und Hopp‹ zufriedengeben?«

Er schüttelt den Kopf. »Das ist nicht die einzige Voraussetzung, wenn auch eine wichtige.«

»Warum?«, hake ich nach und trinke ebenfalls einen Schluck.

Er legt einen Finger unter mein Kinn und hebt meinen Kopf, sodass ich ihm in die Augen sehen muss. »Weil es das ist, was ich will.«

»One-Night-Stands?«

»In deinem Fall Two-Night-Stands«, antwortet er und zieht mich an sich.

Ich bekomme sein Handtuch zu fassen und reiße es ihm vom Körper. Mit Leichtigkeit hebt er mich hoch und setzt mich auf einen Barhocker. Er lässt mich nicht aus den Augen, als er sich ein Kondom überstreift, und dann nimmt er mich ohne weiteres Vorspiel, dringt tief in mich ein und schlingt meine Beine um seine Hüften. Ich genieße seine besitzergreifende Art, auch wenn mir seine Bemerkung überhaupt nicht gefallen hat.

Die zweite Nacht eines »Two-Night-Stands« bedeutet das Ende.

Aber will ich das nicht auch?

Sind Grenzen keine gute Sache?

Ich beiße mir auf die Lippe. In diesem Augenblick möchte ich nicht darüber nachdenken. Er hält mich fest an sich gepresst.

»Ich mag es, wenn ich so in dir sein kann. Wann immer ich Lust darauf habe.«

Er schiebt mir das Kleid über den Kopf. Jetzt trage ich nur noch meine High Heels und meinen seidenen

BH. Mit einer geschickten Bewegung streift er ihn mir ab, ehe er nach seinem Glas greift und mir etwas von der eiskalten Flüssigkeit über meine Brüste gießt.

Sein Mund auf meinem Nippel ist warm, und ich beuge mich nach hinten, damit er ihn besser erreichen kann. Mit den Lippen fährt er tiefer, während er erneut kraftvoll in mich hineinstößt. Die Art, wie er mich nimmt, erregt und verängstigt mich gleichermaßen. Sein Dreitagebart kratzt rau an meinem Hals. Er nimmt ein Ohrläppchen in den Mund und knabbert daran. Ich stöhne, denn ich will, dass er sich schneller bewegt, tiefer hineinstößt.

»Was willst du?«, fragt er leise.

»Mehr.« Ich schreie das Wort laut heraus und bohre meine Fingernägel in seinen Rücken. Ich hinterlasse mein Zeichen, dass er mir gehören soll, auch wenn ich natürlich weiß, dass es niemals so sein kann.

»So?«

Er dringt tiefer ein. Ich nicke, aber es reicht mir immer noch nicht.

»Mehr …«

Lachend zieht er sich aus mir zurück und hebt mich vom Barhocker.

»Dreh dich um.«

»Hat dir schon mal jemand gesagt, dass du ein herrschsüchtiger Bastard im Bett bist?«

»Wir sind nicht im Bett«, erinnert er mich, und sein Lächeln ist ebenso zynisch wie sexy.

»Du bist ein herrschsüchtiger Bastard beim Vögeln«, verbessere ich mich pflichtschuldig, und er lacht.

»Beklagst du dich etwa?«

Statt einer Antwort folge ich seinem Befehl, drehe mich um und werfe ihm einen Blick über meine Schulter zu.

»Diese verdammten Absätze«, flucht er und beugt meinen Oberkörper nach vorn. Er spreizt er meine Beine und nimmt mich von hinten, massiert mit den Fingern meinen nackten Hintern. »Du kannst dir nicht vorstellen, wie geil das ist.«

Doch, kann ich, denn mit jeder seiner Bewegungen treibt er mich näher an jenen Punkt, an dem ich zu zerbersten drohe. Entfacht eine Flamme, die immer heißer und höher lodert, bis ich in seinen Armen verbrenne.

Die marmorne Arbeitsfläche fühlt sich kühl unter meinen heißfeuchten Handflächen an. Dann schlägt er mit der flachen Hand auf meinen Po, und ich zucke zusammen. Laut schreie ich auf, als Schmerz und Lust durch meinen Körper schießen.

»Wusstest du, dass du hier ein Andenken von mir hast?« Er drückt auf eine Stelle, wo er vermutlich bei unserer letzten Nummer einen Knutschfleck hinterlassen hat.

Ich schüttele den Kopf. Er wickelt sich meinen Pferdeschwanz ums Handgelenk und hält mich fest, sodass ich reglos bleibe, während er weiter in mich hineinstößt. Mit der anderen Hand wandert er an meiner Wirbelsäule hinunter, bis er an meinem Hintern angelangt ist. Mit einem Finger drückt er zu, und das ist etwas so Unerhörtes und Verbotenes, dass ich sofort komme – wie aus heiterem Himmel.

Der Orgasmus ist ungeheuer intensiv. Dabei berührt er nur meine Haut, dringt nicht mit dem Finger in mich ein, aber allein die Vorstellung, was ich ihm zu tun erlaube, bringt mich um den Verstand.

»Oh, verdammt«, stöhne ich zwischen zusammengebissenen Zähnen hervor. Schweißtropfen stehen mir auf der Stirn.

Jetzt dringt er doch mit seinem Finger ein, und ich bocke wie ein Pferd. Sein Schwanz stößt zu, und die andere Hand zieht an meinen Haaren. Es ist zu viel. Vor Lust bin ich ganz schwach.

»Ich kann nicht …«, keuche ich. Mein Blick verschwimmt, mein Körper ist schweißnass.

»Du kannst alles tun, was du willst«, widerspricht er und küsst meinen Rücken.

Er lässt meinen Hintern los und legt die Hände um meine Brüste, spielt quälend vorsichtig mit meinen Nippeln. Ich habe noch nie solchen Sex gehabt. Ich bin noch nie ein Instrument der Lust für einen Mann gewesen. Bisher habe ich immer den Ton angegeben, doch jetzt kontrolliert er mich total, und dieses Gefühl bereitet mir solches Vergnügen, dass ich schon jetzt weiß, ich werde nie mehr dieselbe sein.

»Du bist noch viel besser, als ich gedacht habe«, stöhnt er, und ich presse mich fest an seinen Schoß, passe mich seinem Rhythmus an, bis wir beide gleichzeitig kommen. Er explodiert in mir, während ich ihn fest an mich ziehe.

Ich will ihn nicht verlieren.

Er soll in mir bleiben. Dort gehört er hin.

Ein abwegiger Gedanke. Niemand gehört einem anderen – auch nicht, wenn er in mir steckt.

»Genau das habe ich gebraucht.«

Er tritt einen Schritt zurück, als hätte er genug. Auch ich bin befriedigt, aber es reicht mir noch lange nicht.

»Wir beide haben das gebraucht.«

Auf wackligen Beinen umrunde ich die Küchentheke und schaue ihm in die Augen, während ich einen Schluck von meinem Drink nehme. Aber er starrt auf meine Brüste. Ich blicke hinunter und sehe, dass sie von seinen Bartstoppeln gereizt und gerötet sind.

Er presst die Lippen zusammen und wendet den Blick ab.

Etwas irritiert mich. Ein Gedanke, den ich nicht zu fassen bekomme. Er ist so schlüpfrig wie ein Stück Seife im Badewasser.

»Was ist?«

»Ich habe Japanisch bestellt.«

»Prima. Aber hoffentlich kein Karaoke«, witzele ich.

Er nickt, lächelt aber nicht. *Etwas stimmt nicht.*

»Was ist los?«, wiederhole ich.

»Ich habe auf deinem ganzen Körper Spuren hinterlassen«, antwortet er. »Du bist von oben bis unten mit meinen Knutschflecken bedeckt.«

Stirnrunzelnd berühre ich meine Brüste. Dann zucke ich mit den Schultern. »Na und?«

In seinen Augen blitzt es. »Es macht dir nicht aus, wenn ich dich so brandmarke? Und dass es mich unglaublich antörnt, wenn ich sehe, wo ich überall war?«

Ich lege den Kopf zur Seite und tue verwundert, aber mein Herz schlägt heftiger, und erneut frage ich mich, ob meine Rippen in Gefahr sind.

Langsam schüttele ich den Kopf.

»Großer Gott!« Er fährt sich mit der Hand durchs Haar. »Die ganze Zeit habe ich dich für Miss Moneypenny gehalten. Dabei bist du ein echtes Bond-Girl.«

»Soll das ein Kompliment sein?«

Statt einer Antwort bückt er sich, schlingt sich das Handtuch um die Hüften und stellt sich hinter mich. Mit den Fingern wandert er über meinen Rücken.

»Hier ist ein Fleck.« Er drückt mit dem Finger gegen meine Pobacke. »Und hier auch.« Er legt seine Hand auf meinen Hintern. »Und hier habe ich dich geschlagen. Eine rote Stelle.«

Ich schlucke nervös. Die Beschreibungen meiner Verletzungen sind ebenso erotisch wie beängstigend.

Ich kaue auf meinen Lippen. »Verstehst du nicht?« Ich schaue ihn nicht an, als ich mit ihm rede. »Solange ich hier bin, gehöre ich dir. Ich vertraue dir. Und genau das will ich. Das, was du mit mir machst, törnt mich an. Mehr als alles, was ich jemals erlebt habe.«

Er dreht mich zu sich um und legt den Kopf auf meine Schulter. »Es macht dir nichts aus, dass ich dich nur benutze?«

Mit dieser Frage habe ich nicht gerechnet. Konsterniert schaue ich ihn an.

»Nicht *dich*«, verbessert er sich und schüttelt den Kopf. »Sondern den Sex mit dir.«

Ich versuche, es auf die leichte Schulter zu nehmen. »Sehe ich so aus, als würde es mir etwas ausmachen?«

Er schnaubt frustriert. »Ich will nicht, dass du einfach nur eine von *denen* bist.«

Sein Blick ist auf einmal leer. Ich verstehe nicht, was er mir sagen will.

»Was für eine?«

»Eine von den Frauen, die ich vögele, um *sie* zu vergessen.«

Mir ist sofort klar, dass er Lucy meint. Plötzlich empfinde ich so etwas wie Trauer. Trauer um Jack, um Lucy und um die ganze verfahrene Situation.

»Aber mehr kann es nicht sein.«

Die Entschlossenheit, mit der er den Satz ausspricht, lässt mich frösteln.

Ich nicke nur, obwohl seine Worte wie Handgranaten in meinem Kopf explodieren.

»Verstehe«, sage ich. Und das stimmt.

Das ist das Schlimmste. Ich wusste schon die ganze Zeit, wie es um ihn steht, und trotzdem vögele ich mit ihm und lasse mich von ihm in den Wahnsinn treiben. Dabei sollte ich mich besser meilenweit von ihm entfernt halten.

»Also – was machst du hier? Wie kannst du damit einverstanden sein?«

Eine tolle Frage. Ich wünschte mir, ich hätte sie mir selbst schon früher gestellt.

»Haben wir nicht schon alle unsere Grenzen überschritten? Wir hatten Sex. Spielt der Grund eine Rolle?«

»Ich weiß nicht.« Er lacht verunsichert, sein Blick ist argwöhnisch. »Ich bin normalerweise nicht so ... *brutal.*«

Er beißt mich sanft in die Schulter.

»Aber bei dir ... ich weiß nicht ... Es ist, als ob ich auf einmal zum Tier werde. Ich will dich am liebsten über die Schulter werfen und in meine Höhle ... in mein Bett schleppen.«

»Das hast du doch schon getan.«

Um seine Lippen zuckt es. Weil er weiß, dass es stimmt? »Ja, aber ich will es Tag für Tag tun. Ich will dir Champagner in den Mund träufeln. Du sollst nur existieren, um mir Lust zu bereiten.«

»Vielleicht willst du das nur, weil du genau weißt, dass ich es niemals tun würde«, antworte ich. Hoffentlich merkt er nicht, dass ich sofort bereit für die nächste Runde bin, wenn er so mit mir redet.

»Vielleicht.«

Plötzlich kommt mir eine Idee: ein Tauschgeschäft. »Wie wäre es, wenn du deine barbarischen Tendenzen an mir auslassen könntest?«

»Habe ich das nicht schon?« Seine Worte klingen wie ein Vorwurf gegen sich selbst.

Ich schüttele den Kopf. »Ich glaube, bisher hast du höchstens an der Oberfläche gekratzt.« Ich nehme sein Gesicht in die Hände und streichle seine Bartstoppeln. »Gib mir, was ich will, und ich gebe dir, was du willst.«

»Und was genau willst du, Gemma Picton?«

Ich schlucke meine Furcht hinunter. Was könnte schlimmstenfalls passieren? Dass er Nein sagt?

»Ich will, dass du meine Fragen beantwortest. Ich will dich besser verstehen.«

Warm läuft das Wasser über meine Haut. Ich seife meinen Körper mit sehr viel Duschgel von oben bis unten ein, spüle den Schaum wieder ab, drehe den Wasserhahn zu und hülle mich in ein weiches Badelaken.

Ich trockne mich ab, ehe ich in einen der kuscheligen Morgenmäntel schlüpfe, die hinter der Tür hängen.

Ich bin nervös wie vor einem ersten Date. Aber das ist albern.

Jack lädt nicht zu Dates ein. Und wenn ich genauer darüber nachdenke, gehe ich auch mit niemandem aus.

Uns geht es ausschließlich ums Vögeln. Und ich habe tatsächlich den besten Sex meines Lebens mit ihm erlebt. Aber es ist wirklich nur Sex. Für zwei Nächte? Vielleicht länger? Auf jeden Fall keine Affäre mit Happy End.

Nein, es ist nur Sex. Und es geht um neue Erfahrungen.

Ich will meine Neugier befriedigen – und ich war neugierig auf Jack, seitdem ich für ihn zu arbeiten begonnen habe. Ich habe mich gefragt, welche Dämonen ihn plagen. Was sind das für Geister, die wirklichen und die eingebildeten, die sich in seinem Kopf eingenistet haben?

Abgesehen davon ist es für mich eine Win-win-Situation. Ich liebe seine animalische Leidenschaft. So sehr, dass ich selbst überrascht von mir bin. Auf diese Weise finde ich mehr heraus über die reizvolle dunkle Seite von Jack Grant – und erlebe ihn als Tier im Bett.

Perfekt.

Als ich aus dem Badezimmer komme, hat Jack den Tisch gedeckt, an den locker zwölf Personen passen. Er hat unser Geschirr ans Kopfende gestellt – und dazu eine Kerze. Wie romantisch! Beim Anblick der Flamme schlägt mein Herz ein wenig schneller.

»Erwartest du Gesellschaft?« Meine Stimme klingt ironisch – eine Schutzmaßnahme, um meine Gefühle zu verbergen.

»So würde ich dich nicht bezeichnen«, antwortet er mit einem Augenzwinkern. Sofort beginnt mein Puls zu rasen.

»Stimmt – das hatten wir ja schon ... Wie war das gleich? Ich bin dein Bond-Girl?«

»Zuerst habe ich dich Miss Moneypenny genannt«, erwidert er grinsend.

»Richtig. Aber ich bin keine Mauerblümchen-Assistentin.«

»Du bist *meine* Assistentin«, betont er, kommt um den Tisch herum und zieht einen Stuhl für mich hervor. Sofort spüre ich wieder diese elektrische Spannung, die zwischen uns herrscht.

Meine Nervosität irritiert mich. In Jacks Gegenwart möchte ich nicht nervös sein. Das hier ist schließlich kein Date. Bei einem Date gibt es erst das Essen, dann den animalischen Sex.

Ich setze mich und betrachte die Speisen, die er bestellt hat. Es gibt Sushi, Sashimi, ein Katsu-Curry, Edamame und Miso-Suppe. Ob er weiß, dass Katsu-Curry mein absolutes Lieblingsgericht ist? Bestimmt nicht. Aber wenn doch, wäre es eine nette Geste ...

Er setzt sich mir gegenüber und erhebt sein Glas. Ich neige meines in seine Richtung und stelle es zurück auf den Tisch.

»Es bringt Unglück, wenn man nach dem Anstoßen nicht trinkt.«

»Das habe ich ja noch nie gehört.«

Ich hebe das Glas an die Lippen und nehme einen Schluck. Es schmeckt natürlich hervorragend.

Er lehnt sich auf seinem Stuhl zurück und stützt das Kinn in seine Hand. »Nun, Miss Picton, wir haben eine Abmachung getroffen. Was würden Sie gerne wissen?«

»Du würdest mir wirklich *alles* erzählen?«

»Und du würdest wirklich *alles* mit dir machen lassen?«

Ich nicke. Meine Kehle ist trocken, und ich frage mich, was er wohl mit *alles* meint.

»Nur mal so aus Interesse: Woher willst du wissen, dass ich nicht doch kneife?«

Sein Lachen löst ein wunderbares Kribbeln in meinem Bauch aus. »Weil du du bist. Ich kann mir nicht vorstellen, dass du jemals kneifst. Du bist furchtlos.«

»Nicht unbedingt«, widerspreche ich.

»Nein? Wovor hast du denn Angst?«

Ich trinke noch einen Schluck Wein. Dann breche ich meine Essstäbchen auseinander und nehme ein Stück Lachs-Nigiri. »Ich habe Angst vor Gewittern«, antworte ich. »Ich gerate regelmäßig in Panik.«

»Blitz und Donner?«

Ich nicke. »Genau.«

»Aber warum? Das ist doch nur eine atmosphärische Entladung.«

»Stimmt. Nur ein Wetterphänomen. Trotzdem krieche ich bei einem Unwetter noch immer unter die Decke und warte darauf, dass es vorüberzieht.«

»Weshalb? Und seit wann?«

Ich lächle schief. »Seit ich ein Kind war.«

»Was ist denn passiert?«

»Woher weißt du, dass etwas passiert ist?«

»Ich weiß es eben«, erwidert er mit einem Schulterzucken und greift zu seinen Essstäbchen, um sich ein Stück Karaage-Hühnchen zu nehmen.

»Als ich sieben war, habe ich mich mal selbst aus dem Haus ausgeschlossen. Ich wollte mir ein paar Äpfel aus dem Garten holen, und meine Eltern glaubten, ich läge im Bett. Sie waren mit Freunden zum Abendessen ausgegangen, und mein Kindermädchen dachte, sie hätten mich mitgenommen. Sie hatte die Tür zugeschlossen.«

Noch immer schaudere ich, wenn ich daran denke. Es war eine der schlimmsten Nächte meines Lebens.

»Also bin ich in mein Baumhaus geklettert und habe auf das Ende des Unwetters gewartet. Plötzlich schlug ein Blitz so nahe und so laut ein, dass die Erde unter meinem Baumhaus zu rauchen begann.«

Er nickt nachdenklich, und ich kann mir vorstellen, dass er die Szene in seinem Kopf Revue passieren lässt.

»Wann konntest du denn wieder zurück ins Haus?«

»Erst am nächsten Morgen. Irgendwann bin ich eingeschlafen. Als mein Kindermädchen dann merkte, dass ich verschwunden war, schlug sie Alarm, und das Personal begann mit der Suche. Ich wachte auf, als sie meinen Namen riefen, und alles war gut. Seitdem habe ich allerdings Angst vor Gewittern. Selbst der Geruch von Regen in der Luft macht mich nervös.«

Nachdenklich streicht er sich übers Kinn.

»Du siehst, ich bin nicht vollkommen furchtlos«, beende ich meine Erzählung.

»Viele Leute haben Angst vor Gewitter.«

»Du auch?«

»Nein.« Er lächelt kurz. »Es gibt nicht viel, vor dem ich mich fürchte …«

»Aber?«, hake ich nach.

»Ich habe gewisse Ängste«, gesteht er zögernd.

»Wovor?«

Er brummt etwas Unverständliches. »Das war eine bescheuerte Idee.«

Ich schmunzle. »Angst vor Gespenstern? Vor Spinnen?«

»Nein.« Er schweigt so lange, dass ich mich schon frage, ob er überhaupt antworten wird. Schließlich gesteht er mit rauer Stimme: »Ich habe Angst vor Machtlosigkeit. Davor, dass ich jemanden, den ich liebe, sterben sehe.«

Sofort umfängt mich sein Kummer wie ein Netz, in dem ich rettungslos gefangen bin.

»Du hast jemanden sterben sehen, den du geliebt hast, und du hast überlebt.«

»Gerade so.« Er schüttelt den Kopf. »Versuch das Hühnchen. Es ist köstlich.«

Reglos bleibe ich sitzen. Sein Geständnis steht wie ein Schatten zwischen uns.

»Warst du bei ihr, als sie gestorben ist?«

Er fährt zurück, als hätte ich ihm ins Gesicht geschlagen, und eine Sekunde lang bereue ich unsere Abmachung. Aber ich möchte alles darüber erfahren. Es ist wichtig für mich, es zu verstehen. Ich habe das Gefühl, nicht alle Teile für dieses Puzzle zu besitzen, und ich möchte es Stück für Stück zusammensetzen. Ich will *alles* von ihm kennen.

»Ja.«

»Das tut mir leid.«

»Ich wollte bei ihr sein.«

»Natürlich.« Ich nicke. »Wie lange wart ihr verheiratet?«

»Ein Jahr.« Er räuspert sich. »Können wir über etwas anderes reden?«

Ich empfinde großes Mitgefühl für ihn, aber ich weiß auch, dass es ihm helfen würde, darüber zu sprechen.

Deshalb lasse ich nicht nach. »Du hast gesagt, ich könnte dich fragen, was ich will.«

»Und das ist es, was du wissen willst?«

»Du hast gesagt, du vögelst mich, um sie zu vergessen. Ja, ich will es wissen.«

Er wird blass. »Na gut.« Er beißt die Zähne zusammen. »Was noch?«

Ich trinke einen Schluck Wein und esse noch ein Stück Sushi. Gedankenverloren kaue ich darauf herum. »Sie hatte Krebs?«

Er nickt.

»Und …?«

»Und *was*, Gemma?«

»Na ja, was für einen?«

Er schnauft verärgert. »Lymphozytische Leukämie. Im letzten Stadium. Sie war austherapiert.«

Ich zucke zusammen. »Das tut mir so leid.«

»Warum? Es ist nicht deine Schuld.«

Ich verstehe seine Wut und seine Aggression.

»Und man konnte wirklich nichts mehr für sie tun?«

Unsere Blicke treffen sich, und er schüttelt den Kopf. Ich habe das Gefühl, dass er mir etwas verschweigt, aber ich möchte ihn nicht noch mehr bedrängen. Nicht bei diesem Thema.

Meine Zuneigung ist stärker als meine Neugier. Daher lasse ich es dabei bewenden.

»Das schmeckt wirklich köstlich«, sage ich stattdessen und nehme noch ein Stück.

Er entspannt sich spürbar – als hätte ich ihn aus einer Folterkammer befreit.

»Ja.«

»Verbringst du viel Zeit hier?« Ich lasse meinen Blick durch das luxuriöse Apartment schweifen, als sähe ich es zum ersten Mal.

»Früher«, antwortet er. »Du hattest also ein Kindermädchen?«

»Oh nein – *du* wechselst das Thema nicht.«

Er lacht. »Ich kann tun, was ich will.«

»Das ist nicht unsere Abmachung.«

»Haben deine Eltern ganztags gearbeitet?«

Es sieht Jack ähnlich. Er lässt sich nicht von seinen Fragen abbringen – einfach, weil er es so will.

Ich funkle ihn wütend an. »Nicht wirklich.«

»Und trotzdem wurdest du von einem Kindermädchen erzogen?«

»Ich hatte drei.« Ich zerkaue ein Stück Avocado und spüle es mit einem Schluck Wein hinunter.

»*Drei* Kindermädchen?« Er klingt fast spöttisch. »Warst du so ein Satansbraten?«

Ich verdrehe die Augen. »Hast du meine Gewittergeschichte schon vergessen?«

»Ein Satansbraten, der nachts ausbüxt.« Seine Augen funkeln.

»Ja.«

»Deine Eltern waren reich?«

»Sie *sind* reich«, korrigiere ich.

»Komisch. Hätte ich gewusst, dass du die Tochter eines stinkreichen Typen bist, hätte ich dich nicht angestellt.«

Ich ziehe eine Augenbraue hoch. »Ich bin die Tochter eines stinkreichen Typen und seiner stinkreichen Typin. Herzogin Arabella Picton, um genau zu sein.«

»Echt jetzt? *Damit* hätte ich nicht gerechnet.«

Sein Lachen nimmt mir etwas von meiner Anspannung. Wir haben oft gemeinsam gelacht. Es erinnert mich an all die Jahre, die wir bereits zusammenarbeiten und in denen wir uns so gut kennengelernt haben. Nicht auf *diesem* Gebiet, zugegeben, aber auf andere Art und Weise.

»Warum nicht?«

Er lacht erneut. »Du leistest also nur so zum Spaß Sklavenarbeit für mich?«

Ich runzle die Stirn. »Nein.«

»Aber du wirst doch ein Vermögen erben?«

Ich zucke nur mit den Schultern und denke mir, dass es besser ist, mit Jack nicht über meinen Treuhandfonds zu reden. Ich nehme an, dass er den Betrag, der für mich auf einem Schweizer Bankkonto wartet, sowieso nicht zu würdigen weiß.

»Irgendwann mal.«

»Faszinierend.«

»Nicht wirklich.«

Er nickt. Ich spüre förmlich, wie es in seinem Kopf arbeitet. »Du hast Jura studiert, nicht wahr?«

Ich verdrehe die Augen. »Was glaubst du wohl? Ich bin schließlich deine Rechtsberaterin!«

Er grinst. »Ich kümmere mich nicht darum, was meine Assistentinnen an der Uni treiben.«

Missbilligend schaue ich ihn an, beiße mir aber auf die Zunge. Er will mich provozieren, doch den Triumph werde ich ihm nicht gönnen. »Ich habe Jura und Wirtschaftswissenschaft in Oxford studiert.«

»Lass mich raten … du warst gut?«

Ich halte seinem Blick stand. »Jahrgangsbeste.«

Er legt den Kopf zurück und lacht. Das sanfte Geräusch fühlt sich an, als würde er mich streicheln. »Das überrascht mich nicht.«

»Wie kommt es, dass du das nicht weißt? Du hast mich doch eingestellt.«

»Ja … und ich hatte damit gerechnet, dass du nach einer Stunde wieder gehst.«

»Wirklich? Warum?«

»Weil alle meine anderen Assistentinnen auch nicht länger durchgehalten haben.«

Ich beiße die Zähne zusammen. »Rechtsberaterinnen.«

»Dein Job ist praktisch nicht zu bewältigen.«

»Weil man mit dir so wunderbar zusammenarbeiten kann«, spotte ich.

»Warum auch immer – niemand ist lange geblieben. Warum du?«

»Weil ich Herausforderungen liebe«, antworte ich aufrichtig und recke mein Kinn trotzig vor. Er schweigt. Schaut mich argwöhnisch an. Zwischen uns liegt ein Knistern in der Luft.

»Ich bin eine Herausforderung?«

Ich lache. »Das ist jetzt nicht dein Ernst, oder?«

Er nimmt ein Stück Sushi. Ich schaue ihm beim Essen zu, und plötzlich bekomme ich auch Hunger. Auf ihn. Wie ist es möglich, dass ich ihn schon wieder begehre? Ich brenne lichterloh und wünsche mir nichts sehnlicher, als dass er diese Flammen löscht.

»Warst du schon immer so? Oder erst seit … Lucy?«

Er legt die Stirn in Falten und schweigt. Ich kann sehen, wie die Zahnräder hinter seiner Stirn arbeiten. »Keine Ahnung.«

»Nun, bevor sie … gestorben ist – haben sich deine Angestellten da auch die Klinke in die Hand gegeben?«

Er hebt die Schultern. »Nein.«

Ich nicke bedächtig. Es ist also tatsächlich eine Folge von Lucys Tod. Mein Job, die Tatsache, dass ich jetzt hier bin – alles ihretwegen. Lucy.

»Soll ich dir mal was zeigen?«, fragt er mit einem Funkeln in den Augen.

»Zeig mir, was immer du willst.«

7. Kapitel

Ich befinde mich in einer Art Zwischenwelt.

Weder schlafend … noch wach. Ich liege in seinem Bett, mein Körper bebt vor unsagbarer Lust. Mein Kopf ist leer.

Es ist spät. Irgendwann zwischen Mitternacht und Morgengrauen. Und ich gehöre ihm.

Ich stütze mich auf einen Ellbogen. Mit verschleiertem Blick schaue ich auf Jack hinunter. Er ist wunderschön, und er ist sexy. Er ist erschöpft. Er ist fast eingeschlafen. Doch nur fast. Als ich seinem Blick begegne, sehe ich darin Erwartung.

Verwirrung.

Vorsicht.

»Wie geht es dir?«

Ich lächle. Ich hoffe, es wirkt aufmunternd und nicht so albern, wie ich insgeheim befürchte. »Gut.«

Er nickt kurz, steigt aus dem Bett und fährt sich mit einer Hand durchs Haar, während er in seinem Kleiderschrank kramt. Kurz darauf taucht er in Boxershorts wieder auf. Wenigstens geht er nicht sofort unter die Dusche und wirft mich aus seiner Wohnung.

Aber das wird er bald tun. Ich kenne Jack gut, kann seine Stimmung deuten, und ich bin besorgt. Ich möchte keine Beziehung, aber ich weiß auch nicht, wie wir innerhalb kürzester Zeit von wildem Sex zu betretenem Schweigen übergegangen sind.

»Möchtest du irgendwas?« Seine Stimme klingt rau. »Etwas zu trinken? Kaffee? Eine Dusche?«

»Nein, danke«, antworte ich knapp.

Als ich aufstehe, habe ich das Gefühl, zehn Marathonläufe absolviert zu haben. Mein Körper schmerzt und ist steif, aber ich spüre immer noch die Nachbeben einer bislang unbekannten Lust. Wo ist mein Kleid? Im Wohnzimmer?

Langsam gehe ich auf ihn zu und bleibe wenige Zentimeter vor ihm stehen. Was *er* will, ist kristallklar. Meine eigenen Bedürfnisse sind dagegen viel komplizierter zu erforschen – aber ich *will* sie erforschen.

Meine Selbstachtung erlangt wieder die Kontrolle, und ich trete einen Schritt zurück, ehe Jack mich von sich stoßen kann. »Ich gehe jetzt.«

Verschiedene Gefühle huschen über sein Gesicht. Ich erkenne nur eines – Erleichterung.

»Wirklich?«

Ich lache, trotz des bohrenden Schmerzes in meiner Brust. »Ich bitte dich, Jack. Wir wissen beide, wie das hier läuft.«

Ich drücke ihm einen Kuss auf die Wange und gehe

ins Wohnzimmer. Die Reste unserer Sushi-Orgie stehen noch auf dem Tisch – eine Erinnerung an unseren Versuch eines Dates. So, wie es ganz normale Leute haben. Aber wir sind *nicht* normal. Jeder für sich nicht und ganz bestimmt nicht gemeinsam. Wir sind beide Außenseiter, und was Beziehungen angeht, haben wir schon lange jegliche Normalität hinter uns gelassen.

Ich hebe mein Kleid und meinen BH vom Boden auf und ziehe das Kleid über meinen nackten Körper. Den BH stopfe ich in meine Handtasche, während ich in meine Schuhe schlüpfe.

Ich fahre durch mein langes Haar, um es einigermaßen in Ordnung zu bringen, und werfe es über eine Schulter.

»Martins ist jetzt im Dienst«, sagt er mit einem Blick auf die Uhr über dem Herd. Martins ist einer der jüngeren Fahrer.

Ich schüttele den Kopf. Das Letzte, was ich möchte, ist ein Firmenfahrer, der mich in diesem Zustand sieht – nachdem Jack wie ein Sturm über mich hereingebrochen ist. »Ich nehme ein Taxi.« Jetzt trete ich ganz nahe zu ihm und gebe ihm einen Kuss auf die Wange.

»Wir sehen uns am Montag.«

»Montag …« Er nickt, und es fällt mir jetzt noch schwerer, seinen Gesichtsausdruck zu deuten. »Stimmt. Es ist ja Wochenende.«

Ich versuche, den Kloß in meiner Kehle hinunterzuschlucken. »Und danach kommt unser Termin in

Australien«, erinnere ich ihn, obwohl das wahrscheinlich gar nicht nötig wäre.

»Ja.«

Er mustert mich durchdringend. Ich habe das Gefühl, bei meiner Flucht aus dem Gefängnis hätte mich einer der riesigen Suchscheinwerfer erwischt.

»Alles in Ordnung?«

»Mir geht's gut«, versichere ich ihm.

Wir hatten gerade den besten Sex der Welt – ich bezweifle, dass es jemals für irgendjemanden besser war. Aber ich weiß, dass ich gehen muss. Es ist wichtig. Mein Selbsterhaltungstrieb lässt mir keine Ruhe. Er verlangt nach Abstand zwischen mir und Jack.

Er nickt nur, und jetzt erst bemerke ich, dass er einen Scotch in der Hand hält.

Das tut weh. Ihn mit einem Drink in der Hand zu sehen, erinnert mich daran, was er sonst tut – wie oft er es tut und wie er sich danach verhält. Und ich will nicht, dass es auch zwischen uns so wird.

Mein Selbsterhaltungstrieb ist wieder erwacht, und ich tue das einzig Vernünftige. Ich lächle und verabschiede mich.

»Danke für gestern Abend. Es hat mir Spaß gemacht. Bis bald.«

Damit drehe ich mich um und gehe langsam zur Tür. Das Herz schlägt mir bis zum Hals, und meine Knie sind wie aus Pudding.

Sie geht, und ich bin mir absolut sicher, dass von meinem Leben bald nichts mehr übrig sein wird als ein gigantischer Scherbenhaufen. Was zum Teufel tue ich da? *Ein Mal* mit Gemma zu schlafen, war schon schlimm genug. Aber sie wieder und wieder vögeln? Ihr all meine dunklen Seiten offenbaren und ihr von den Gespenstern erzählen, die mich heimsuchen?

Niemand muss etwas von den Dämonen wissen, die mich quälen.

Ich habe alles im Griff. So bin ich nun mal. Es ist die Fassade, die ich errichtet habe. Keiner soll merken, dass sie Risse hat. Lucy wusste natürlich davon. Amber vermutlich auch; nach Lucys Tod hat sie mitbekommen, wie beschissen es mir ging. Aber Gemma? Ausgerechnet jetzt?

Der Blick ihrer großen und klugen Augen wägt ständig ab, aber er ist auch verständnisvoll. Und wie sie ihr Gesicht verzieht, wenn sie kurz davor ist zu kommen … Die Art, wie ihr Körper unter meinem zittert … *Verdammt!* Ich will sie jetzt – noch einmal – und immer wieder.

Ich schaue zur Tür. Was würde sie wohl sagen, wenn ich ihr hinterherjage? Würde sie glauben, dass ich mehr von ihr will als bloß Sex?

Langsam werde ich wie besessen von ihr. Ich bin in einem Netz gefangen, das immer enger wird. Aber Gemma Picton wird es mir nicht erlauben, dass ich sie zu meiner persönlichen Sexsklavin mache. Obwohl ich glaube, dass sie von all dem genauso fasziniert ist wie ich …

Ein Grund mehr für mich, härter gegen diese verrückte Anziehungskraft anzukämpfen und die Kontrolle zu bewahren.

Mein Zorn und meine Entschlossenheit wachsen von Minute zu Minute. Ich greife nach einem Kristallglas und schmettere es gegen die Wand. Es zerspringt in tausend Splitter, und goldgelbe Flüssigkeit läuft an der Wand entlang. Mit der Hand fahre ich durch mein Haar und betrachte die Sauerei mit einer gewissen Genugtuung.

Sachen ruinieren kann ich gut. Sachen kaputt machen.

Ich sollte mich besser darauf konzentrieren.

Ich glaube nicht, dass ich jemals wieder etwas essen kann. Grandma scheint sich keine Gedanken darüber zu machen. Sie nimmt noch eine Auster – es muss ihre zehnte sein – und schiebt sie sich zwischen die Lippen, die sie sich für dieses Treffen grellrot geschminkt hat.

»Was gibt es denn in Australien?«

Ich schaue hinaus auf die schmale Straße, auf der gerade ein kleiner schwarzer Wagen ziemlich ungeschickt rückwärts in eine Parklücke rangiert. »Arbeit.«

»Immer nur Arbeit …« Sie seufzt.

Ich nicke geistesabwesend.

Jack wird auch dort sein. Da ich schon nach Tokio nicht mitgekommen bin, glaube ich nicht, dass ich aus der Nummer rauskomme.

»Ich verspreche dir, dass ich auch etwas Spaß haben werde. Nur für dich.«

Ich erbebe innerlich, als ich mir vorstelle, was für Spaß das sein könnte. *Jack.* Mit Jack Spaß zu haben, klingt verlockend.

Aber kaum hat mein Herz begonnen, schneller zu schlagen, erinnert mich mein Verstand auch schon daran, wie kühl Jack mich immer behandelt hat. Die Tatsache, dass er sofort verschwindet, nachdem wir die besten Höhepunkte aller Zeiten erlebt haben – und zwar gleichzeitig! –, ist ebenso beleidigend wie einmalig.

Ich muss verrückt sein, das einfach zuzulassen.

Ja, das bist du, zischt mein Verstand. *Er hat dir doch gesagt, dass er dich benutzt. Er liebt noch immer seine tote Frau. Mein Gott, was bist du doch für eine Idiotin!*

»Grandma ...« Ich presse die Lippen zusammen. Ich weiß nicht genau, was ich ihr eben sagen wollte – aber ich weiß, dass es besser ist, ich behalte es für mich.

Sie schluckt die Auster herunter. Grandma ist der einzige Mensch, den ich kenne, der auf den kleinen schleimigen Dingern erst herumkaut – *igitt.* Dabei wirkt sie absolut entspannt.

Mit achtzig ist Grandma noch genauso schön, wie sie in ihrer Jugend war. Ein scharf geschnittenes Profil, inzwischen zerbrechlich und blass, aber mit einem Leuchten in ihren Augen. Ihr weißes Haar fällt elegant auf ihre Schultern, und wenn sie lächelt, zeigt sie makellos weiße Zähne – alle noch ihre eigenen. Auch ihre Figur ist grazil wie eh und je. Sie kleidet sich nach der neuesten Mode, ohne den krampfhaften Versuch, jugendlich zu wirken.

»Irgendetwas liegt dir doch auf dem Herzen.«

Kopfschüttelnd will ich nach meinem Brötchen greifen, aber nachdem ich nervös darauf herumgeknetet habe, ist nur noch ein Haufen Krümel davon übrig.

»Hast du jemals darüber nachgedacht, dass du nach Grandpas Tod jemand anderen kennenlernen könntest?«

Sie schnaubt verächtlich. »Es gibt keinen anderen.«

Über ihre Antwort muss ich lächeln. Allerdings nimmt sie mir zugleich jede Hoffnung – worauf ich gehofft hatte, wage ich nicht einmal zu denken.

»Keinen?«, hake ich nach.

»Keinen.« Sie seufzt. »Dein Großvater war … Was wir miteinander hatten, ist unmöglich zu erklären.« Sie nimmt einen Schluck von ihrem Champagner. Ihr Blick wird noch durchdringender – wenn das überhaupt möglich ist. »Habe ich dir eigentlich mal erzählt, wie wir uns kennengelernt haben?«

Ich schüttele den Kopf, obwohl ich die Geschichte in- und auswendig kenne.

»Lügnerin.« Sie lacht glucksend.

Der Kellner unterbricht uns, aber Grandma fertigt ihn schnell ab, indem sie umgehend eine weitere Flasche Champagner bestellt. Dann schaut sie mich wieder mit ihrem aufmerksamen Blick an.

»Er saß auf dem Rasen in Huntington. Die Knie hatte er angezogen, das Kinn darauf gestützt. Sein Gesicht war abgewandt, aber als ich näher kam, drehte er den Kopf und sah mir ins Gesicht. Es war, als würde er mir all seine Geheimnisse verraten und mich in derselben Sekunde um Hilfe bitten. Er hat mich angesehen, als wüsste er, dass ich der einzige Mensch auf der Erde bin, der sich durch den ganzen Müll seines Lebens wühlen und jenen Jungen finden könnte, der er einmal war.«

Grandmas Blick schweift über meine Schulter in die Ferne. Die Geschichte hat sie schon so oft erzählt, dass ich mich an jedes Wort erinnern kann. Trotzdem beuge ich mich gespannt nach vorn. Der unsichtbare Zauber einer guten Geschichte hält mich gefangen.

»Er saß neben einer riesigen Eiche. Dein Großvater war ein hochgewachsener Mann, groß und stark – wie für einen Kampf gebaut.« Ihre Lippen verziehen sich verächtlich. »Aber nicht stark im Geiste. Seinen Geist hatten sie gebrochen.«

Sie schaut mir wieder in die Augen, und ich kann spüren, wie sie sich damals gefühlt hat. Die Macht von stummer Kommunikation und Verständnis.

»Ich habe mich auf der Stelle in ihn verliebt.«

Mein Herz klopft ein bisschen schneller. »Das kann ich mir nicht vorstellen.«

»Warum nicht?«

»Weil es für mich unbegreiflich ist.«

»Weil du selbst noch niemanden getroffen hast, der es wert ist, dass du ihn liebst«, kontert sie. »Eines Tages wirst du wissen, was ich meine.«

Ich versuche, gleichgültig zu wirken, obwohl mein Puls rast. Ich kann mich einfach nicht beruhigen.

»Ich glaube nicht, dass es immer so funktioniert.«

»Vielleicht nicht. Dein Großvater war wirklich etwas Besonderes.«

»Was ihr zusammen hattet, war etwas Besonderes.« Ich ergreife ihre Hand und drücke sie.

Grandma blinzelt, presst die Lippen zusammen und nickt, als wollte sie das Gespräch beenden. Der Kellner kommt mit der Flasche Champagner und öffnet sie. Grandma schaut ihm bei seiner Vorstellung zu. Sie verzieht keine Miene, als er zwei neue Gläser füllt.

In solchen Augenblicken ist sie ganz die Herzogin: eine Frau, die sich so daran gewöhnt hat, bedient zu werden, dass sie dafür nicht einmal mehr dankbar sein muss.

Ich dagegen bedanke mich bei ihm mit einem Lächeln, als er sich zum Gehen wendet.

Grandma wartet, bis wir wieder allein sind. »Du wirst niemals jemanden kennenlernen, wenn du den ganzen Tag hinter deinem Schreibtisch hockst.«

Jacks Bild schießt mir durch den Kopf. Ich sehe ihn am Türrahmen lehnen, er lächelt mich an und nähert sich meinem Schreibtisch. Mein Magen macht einen Hüpfer.

»Habe ich dir schon erzählt, dass die Stiftung bald ihre Arbeit aufnehmen kann?«, wechsle ich das Thema.

Grandma neigt den Kopf. »Ich bewundere dein Engagement in dieser Angelegenheit. Aber du hast doch selbst Geld. Wenn du für deine Mitmenschen etwas tun willst, warum gründest du nicht deine eigene Stiftung?«

»Vielleicht tue ich das auch – irgendwann. Aber in meinem Job geht es ja nicht nur darum. Das weißt du doch.« Ich stoße einen frustrierten Seufzer aus. »Du hast mich doch immer in meiner Entscheidung für einen Job bestärkt.«

»Du bist sehr klug. Und ich weiß, dass du in deinem Job hervorragende Arbeit leistest. Aber du bringst zu viele Opfer. Ja, ich habe dir immer den Rücken gestärkt, was deine Arbeit angeht, weil ich gehofft habe, dass du neben deiner Karriere noch genügend Zeit für dein eigenes Leben finden würdest. Du bist besser als jede andere, die ich kenne, und du hast das Talent, mehrere Dinge gleichzeitig zu tun. Warum also tust du's nicht?«

Ich senke den Kopf, um ihrem Blick auszuweichen. In dem, was sie sagt, steckt so viel Wahrheit. Aber ihre Kritik schmerzt mich.

»Das tue ich doch.« Es ist eine Lüge, und wir wissen es beide. Aber der Wirklichkeit möchte ich nicht ins Gesicht sehen.

»*Alles* in deinem Leben konzentriert sich auf deine Arbeit. Auf diesen Mann. Ich mache mir Sorgen, dass du eines Tages aufwachst und merkst, was du alles aufgegeben hast. Für *ihn*.«

Mein Herz hämmert gegen meine Rippen. »Er ist fantastisch.«

»Und ein Schweinehund, nach allem, was man so hört.«

Ja. Ein gut aussehender, arroganter, intelligenter, sexbesessener Schweinehund.

War es erst gestern, dass er in mir war? Es fühlt sich an, als sei es schon Ewigkeiten her. Ich bin ganz fiebrig vor Begierde – eine Begierde, die nur er stillen kann. Ich denke nur noch an ihn, ich will ihn riechen, schmecken und berühren …

»So schlimm ist er auch nicht.« Meine Stimme klingt rau und atemlos. Schuld daran ist die Erinnerung.

»Mit ihm und diesem Job wirst du niemals wirklich glücklich werden.«

Ihre Worte klingen fast prophetisch. Ein Schauer läuft mir über den Rücken, und mir wird eiskalt.

»Durch die Welt reisen und das Familienvermögen verprassen – wäre das besser?« Ich ziehe eine Augenbraue hoch. »Du kennst mich doch. Ich *lebe* für das, was ich tue. Vielleicht ist das die Liebe meines Lebens.«

Ein unangenehmes Schweigen breitet sich zwischen uns aus und schnürt mir die Luft ab.

»Na gut«, sagt sie und wechselt dann abrupt das Thema. »Ich mag es gar nicht, wie sie die Hecken geschnitten haben. Sie sehen so gerupft aus.«

Ich habe keine Hintergedanken bei meiner Arbeit für Jack. Es ist kein Geheimnis, dass ich nicht das Gefühl habe, etwas für ihn geopfert zu haben. Es bedeutet nichts, dass ich mich erfüllt und lebendig fühle und voller Energie, wenn ich mit ihm rede, ihn sehe, seine Anweisungen ausführe. Ich will nicht, dass es etwas zu bedeuten hat. Trotzdem habe ich einen furchtbaren Kloß im Hals.

Mist!

Sein Privatjet ist so ziemlich das Luxuriöseste, das man sich vorstellen kann. Cremefarbene Ledersessel zu beiden Seiten des Ganges, hellbeigefarbener Teppichboden und Lampen, die jedem Fünfsternehotel zur Ehre gereichen würden, bieten die perfekte Atmosphäre für Lektüre und machen den Nachtflug zu einem großen

Vergnügen. USB-Buchsen sind in jede Armlehne eingelassen, damit man Handys und Tablets jederzeit aufladen kann. Dazu kommen mehrere Schlafzimmer, ein Konferenzraum und ein kleines Kino.

Mit zur Ausstattung gehört anscheinend auch ein grübelnder Milliardär, der im Heck des Flugzeugs sitzt, den Kopf über einen Stapel Unterlagen gebeugt, die ihn ganz und gar in Anspruch zu nehmen scheinen.

Ich beachte ihn gar nicht. Jedenfalls tue ich so.

Wir haben kaum ein Wort miteinander gewechselt, seit ich Freitagnacht sein Apartment verlassen habe.

Übers Wochenende war das nicht schwer. Nach zwei Flaschen Champagner und ein paar Lektionen fürs Leben von Grandma sind wir beide shoppen gegangen und haben ihr eine neue Handtasche für den Hochzeitstag meiner Eltern gekauft. Dabei haben wir uns die ganze Zeit gegenseitig vorgespielt, dass uns vor diesem verdammten Abend nicht graut.

Von Jack habe ich die ganze Zeit nichts gehört, und erst, als ich am Sonntagabend in meine eigene Wohnung zurückgekommen bin, war mir klar, dass ich eigentlich damit gerechnet hatte. Dass er mir eine SMS schickt oder mich anruft oder vielleicht eine E-Mail von ihm in meinem Postfach wartet.

Diese beiden Tage ohne das geringste Lebenszeichen von ihm haben sich endlos lange hingezogen.

Der Gedanke an ihn hat mich so beschäftigt, dass ich

mir am Montagmorgen vorgenommen habe, so gleichgültig und unbeteiligt wie möglich zu erscheinen. Sein kühles Verhalten wollte ich mit absoluter Gleichgültigkeit strafen – koste es, was es wolle.

Aber auch am Montagmorgen habe ich ihn nicht gesehen. Er kam spät, ging früh und hat kein Wort mit mir gewechselt.

Obwohl ich seine Unterschrift für einige Dokumente benötigt hätte, habe ich ihn nicht angesprochen.

Stattdessen habe ich mich unter meinem Schreibtisch versteckt, als er an meinem Büro vorbeikam.

Total verrückt, nicht wahr?

Na ja, vielleicht auch nicht …

Wir haben gefährliches Terrain betreten. Ich weiß nicht, ob es ihm klar ist. Bei mir jedenfalls schrillen sämtliche Alarmglocken. Ich will Jack Grant nicht so begehren, wie ich es tue. Ich will ihn nicht nur in meinem Bett, sondern ich will ihn in *jeder* Hinsicht.

Ein Leben ohne ihn kann ich mir nicht mehr vorstellen.

Wir sind jetzt schon fast einen ganzen Tag unterwegs und haben kaum mehr als ein beiläufiges »Hallo« ausgetauscht, als er die Maschine betrat – zehn Minuten zu spät. In seinem teuren Anzug wirkt er noch attraktiver und verführerischer als sonst.

Ich habe mir einzureden versucht, dass es mir egal ist, wie sich unser Verhältnis entwickelt. Habe ich etwa damit gerechnet, dass er auf mich zustürmt und mich küsst? Dass er mich leidenschaftlich umarmt und an sich drückt? Und mir versichert, dass er niemals mehr auch nur drei Tage ohne mich sein möchte?

Er hat doch unmissverständlich klargemacht, was er will.

Es sollte genau das Gleiche sein, das ich will.

Ein paar Sekunden lang schließe ich die Augen und schlage die Beine übereinander. Ich bin überrascht, als ich bereits einen Augenblick später geweckt werde.

»Wir landen.« Jacks Hände liegen auf meinen Hüften. Instinktiv schiebe ich sie beiseite.

Er beugt sich über mich und schließt meinen Sitzgurt. Dabei kommt er meinem Gesicht sehr nahe, und als er lächelt, macht mein Herz einen Satz.

»Habe ich dir schon gesagt, dass du schnarchst?«

Ich erröte. »Ich weiß. Ich leide unter einer leichten Form von Asthma.«

Er grinst und setzt sich neben mich. Sofort reagiert mein Körper auf seine Nähe, was mich ziemlich sauer macht.

Ich rutsche in meinem Sitz nach hinten und schaue auf meine Armbanduhr. In Sydney ist es sechs Uhr. Ich muss mehr als eine Stunde geschlafen haben. Erfrischt fühle ich mich trotzdem nicht.

Zwischen uns entsteht ein ungemütliches Schweigen. Debbie, eine der Stewardessen, unterbricht die

Stille. »Wir landen pünktlich. Kann ich Ihnen noch etwas bringen?«

»Wasser, bitte.« Ich werfe ihr ein Lächeln zu und konzentriere mich wieder auf die Unterlagen, mit denen ich mich die ganze Zeit über beschäftigt habe.

Nun ja, was man so konzentrieren nennt. Ich kann schließlich nur den winzigen Teil meines Verstandes dafür entbehren, der nicht beständig mit Jack beschäftigt ist. Mit seiner Nähe, seinem männlichen Geruch. Mit der Wärme, die sein Körper abstrahlt, wenn er wie jetzt mit gespreizten Beinen neben mir sitzt, die Arme entspannt auf die Lehnen gelegt. Er ist so nahe, dass ich meinen Gurt lösen und auf seinen Schoß klettern, seine Hose öffnen und ihn in mich einführen könnte.

Himmel! Wie sehr ich mir das wünsche!

Als er mich anschaut, wird mir wieder ganz heiß. Kann er etwa meine Gedanken lesen?

Ich klopfe mit meinem Füller auf das Dokument, das ich gerade lese, und versuche, an weniger riskante Dinge zu denken.

Aber Jack legt seine Hand auf meine, und prompt beginnt mein Puls zu rasen. »Hattest du ein schönes Wochenende?«, will er wissen.

Ich muss lachen. »Ja.«

Er nickt und verzieht den Mund. »Ich weiß gar nicht, wie ich mich dir gegenüber verhalten soll.«

Plötzlich habe ich Mitleid mit ihm. Und ehrlich gesagt auch mit mir. Wir beide segeln in unbekannten Gewässern.

»Ich bin immer noch ich.«

»Aber es ist anders.«

»Ja … Hast du dich jemals nach meinem Wochenende erkundigt, *bevor* wir Sex hatten?«

Ich senke meine Stimme, da Debbie mit meinem Glas Wasser in die Kabine zurückgekommen ist. Sie stellt es auf meinen Seitentisch. Für Jack hat sie eine Dose Limonade mitgebracht.

Sobald sie wieder verschwunden ist, zwinkert er mir zu. »Mit Kirschgeschmack.«

Mistkerl! Er weiß genau, was er mir damit antut.

Mein Puls hämmert wie verrückt, und ich lächle ihn gequält an, ehe ich mich wieder meinen Unterlagen widme.

»Morgen triffst du dich um sieben Uhr mit dem Bürgermeister zum Frühstück. Ich werde mir in der Zwischenzeit das Firmengelände anschauen, dann setze ich mich mit deinem australischen Geschäftsführer Clint Sheridan wegen der Neueinstellungen in Verbindung. Mit dem Unterhändler des Vertrags mit Neuseeland essen wir im *Aria* zu Mittag, und Clint hat dich zum Abendessen zu sich nach Hause eingeladen – zusammen mit einigen der anderen Geschäftsführer.«

»*Uns* eingeladen, meinst du wohl.« Durchdringend schaut er mich an.

»Das ist rein geschäftlich. Mich brauchst du nicht dabei …«

»Ich will dich aber dabeihaben«, unterbricht er mich mit fester Stimme, und einmal mehr wird mir klar, dass er ja mein Chef ist.

Hätten wir keinen Sex gehabt, wäre es mir nie in den Sinn gekommen, *nicht* hinzugehen. Aber jetzt versuche ich, die Grenzen zwischen Beruf und Privatleben aufrechtzuerhalten, und er durchschaut mich sofort.

»Du hast am meisten zu diesem Deal beigetragen. Du solltest also auch anwesend sein.«

Nachdenklich spitze ich die Lippen. »Klar.«

Es lohnt nicht, darüber zu streiten. Wir sind schon zu hundert ähnlichen Veranstaltungen gegangen. Diese Einladung wird kaum anders sein.

Er nickt zufrieden, wirkt aber zerstreut. »Müssen wir reden?«

Reden? Worüber? Über uns? Was soll ich sagen? Und was soll er sagen?

Ich schlucke meine Verwirrung hinunter und antworte mit einer Gegenfrage. »Müssen wir das?«

Er streckt die Hand aus und streichelt mit dem Daumen über meine Lippe. Schmetterlinge beginnen in meinem Bauch zu flattern.

»Wahrscheinlich nicht. Es ist auch egal.«

Ich schaue nach vorne und rücke unmerklich von ihm ab. Vielleicht ist es wirklich egal. Vielleicht ist das nur ein unbedeutender Flirt, und in ein paar Wochen werde ich mich fragen, warum ich mich bloß so sehr darüber aufgeregt habe. Warum ich ihn so nahe an mich herangelassen habe.

Ich hoffe, dass es so sein wird. Denn einen anderen Fall will ich mir nicht ausmalen.

8. Kapitel

Ich liebe Australien. Wir kommen nicht oft hierher. Aber wenn Jack erst mal sein Büro hier eröffnet hat, wird sich das wohl ändern.

Hitze und Feuchtigkeit schlagen mir entgegen, sobald sich die Flugzeugtüren öffnen. Selbst im klimatisierten Flughafengebäude herrscht eine schwüle Atmosphäre, und sofort taucht vor meinem inneren Auge ein Swimmingpool auf, in den ich mich stürzen kann.

Eine Limousine wartet auf uns, auch einige Reporter der großen Tageszeitungen sind gekommen. Manchmal vergesse ich, was für eine große Nummer Jack ist. Für mich ist er einfach nur »Jack«, weil ich ihn in zwei Jahren gemeinsamer Arbeit so gut kennengelernt habe. Für den Rest der Menschheit allerdings ist er ein Tycoon und geheimnisvoller Wohltäter.

Ich weiß noch, dass ich von Ehrfurcht ergriffen war, bevor ich ihn kennenlernte. An die Aussicht, für ihn zu arbeiten, knüpfte ich all meine Hoffnungen.

Inzwischen ist es mein Alltag geworden.

Während der ganzen Zeit waren Jack und ich ziemlich unzertrennlich. Ich bin seine rechte Hand. Er hat mich zwar als seine Rechtsberaterin angestellt, aber mein Arbeitsgebiet hat sich ständig verändert und vergrößert und umfasst mittlerweile eine ganze Bandbreite von Aufgaben. Da ich genauestens über seine Projekte informiert bin, kann ich jederzeit für ihn einspringen – Verhandlungen zu Ende führen, in seinem Namen sprechen. Auf unseren Reisen wohnen wir entweder in benachbarten Hotelzimmern oder in einem seiner Apartments.

Die kurzen Wege haben sich stets als vorteilhaft erwiesen, wenn wir spätnachts noch irgendwelche Dinge recherchieren oder Konferenzen für den nächsten Tag vorbereiten mussten. Diese Nähe ist für uns ganz selbstverständlich geworden. Doch die Vorstellung, sein Penthouse in Woolloomooloo mit ihm zu teilen, beunruhigt mich doch ein bisschen. Nicht, weil ich Angst vor *ihm* hätte. Vielmehr habe ich Angst vor dem, was ich von ihm will – was ich brauche. Vor dem, was uns erwartet, wenn wir auf engem Raum zusammen sind, und sei es auch nur für einen Augenblick.

Meine Befürchtungen werden nicht geringer, als wir unser Ziel erreichen. Auf der Fahrt dorthin ist mir nämlich wieder eingefallen, wie fantastisch dieses Penthouse ist. Ausgesprochen luxuriös und überaus romantisch.

Solche Überlegungen sind vollkommen unangebracht, und ich verjage sie auf der Stelle. Verfluchte

Romantik! Wir sind Kollegen, die zufälligerweise miteinander schlafen. Das ist alles.

Das Penthouse befindet sich in einem umgebauten Hafengebäude. Jack hat die gesamte obere Etage vor fünf Jahren von irgendeiner Hollywood-Berühmtheit gekauft und mehrere Apartments zu einer großen Wohnung zusammenlegen lassen. Sie bietet eine atemberaubende Aussicht auf den Hafen von Sydney. Von hier oben aus kann ich die Brücke und eine wunderschöne kleine Insel sehen. Ein Balkon umgibt das ganze Gebäude, und in einem mit Glas abgeteilten Raum befindet sich ein langgestreckter Swimmingpool.

Ich schaue auf das Wasser. Mein Wunsch steht mir ins Gesicht geschrieben.

»Hast du heute Abend schon was vor?«

Jack steht direkt hinter mir. Ich drehe mich nicht um, aber ich spüre seine Nähe. Ich bebe am ganzen Körper und würde ihn am liebsten zu Boden werfen und mich auf seinen Schoß setzen.

»Nein. Ich muss mich erst an die Zeitumstellung gewöhnen.«

»Das habe ich schon, Baby.« Grinsend tritt er an die große Panoramascheibe und betrachtet den Hafen. »Außerdem habe ich riesigen Hunger. Ich könnte ein Pferd verschlingen.« Er dreht sich zu mir um, betrachtet mich von Kopf bis Fuß und wieder zurück. Sein

Blick bleibt an meinem Dekolleté hängen. »Sollen wir ausgehen?«

Wegen der feuchten Hitze kleben mir die Kleider am Körper, und ich bin todmüde. Aber auch vorsichtig. Mir ist klar, dass wir ein paar Grenzen beachten sollten. Wenn wir beide allein ausgehen, hieße das, dass wir erneut eine Mauer durchbrochen haben.

Ich lächle und hoffe, dass es höflich aussieht. »Ich werde eine Runde schwimmen, bevor ich irgendetwas anderes tue. Du brauchst nicht mit dem Essen auf mich zu warten.«

Ich gehe in den Flur, wo unsere Koffer stehen, und rolle meinen in das Zimmer, in dem ich auch bei unserem letzten Aufenthalt gewohnt habe. Mit Nachdruck schließe ich die Tür hinter mir. Dann lehne ich mich mit dem Rücken gegen das Holz und atme tief durch, ehe ich den Koffer öffne und meinen schlichten schwarzen Badeanzug heraushole. Ich ziehe ihn an, betrachte mich kurz im Spiegel, schlinge mir ein Handtuch um die Hüften und gehe zurück ins Apartment.

Ich höre ihn bereits, noch bevor ich ihn sehe, und mein Unterleib zieht sich lustvoll zusammen. Mit kräftigen Armen pflügt Jack durchs Wasser. Hätte mir jemand erzählt, dass er an den Olympischen Spielen teilgenommen hat – ich hätte es geglaubt. Seine gebräunte Haut glitzert wie Gold in der australischen Sonne.

Tapfer versuche ich, die Hitze zwischen meinen Beinen zu ignorieren, werfe mein Handtuch auf eine Liege und springe ins kalte Wasser. So lange es geht, halte ich den Atem an. Dann tauche ich auf und schwimme bis ans andere Ende. Ich lege die Arme auf den von der Sonne erwärmten Beckenrand und betrachte den Hafen, der unter uns liegt.

Es sieht aus, als hätte jemand Tausende von Diamanten ins Wasser geworfen, die auf der Oberfläche schwimmen. Das Glitzern ist ein unglaublicher Anblick.

Er schwimmt zu mir. »Du bist sauer auf mich.«

Er berührt mich nicht, aber ich kann jedes seiner Worte wie eine Fingerspitze auf meinem Oberkörper spüren.

Langsam drehe ich mich zu ihm um. Mein nasses Haar klebt mir am Kopf, meine Wimperntusche ist verschmiert. »Nein.«

Seine Miene ist ungehalten. »Ich bin nicht gut in solchen Sachen. Erzähl mir, was ich getan habe, damit ich weiß, was los ist.«

»Was du *getan* hast?« Die Frage ist so albern, dass ich fast lachen muss. Gleichzeitig habe ich das Gefühl, in Tränen auszubrechen. »Du hast überhaupt nichts *getan*, Jack. Ich dachte, wir hätten einen Deal. Sex – gut. Arbeit – gut. Und dazwischen ist nichts.«

Doch unvermittelt fällt mir ein, was meine Grandma

mir von ihrer ersten Begegnung mit Grandpa erzählt hat. Ich schaue Jack an, und mein Herz beginnt sofort zu rasen. *Verflucht!*

Er weicht meinem Blick nicht aus. Ich spüre geradezu, wie es in seinem Kopf rumort. »Du bist Ende zwanzig?«

»Sechsundzwanzig«, stelle ich klar. Aus irgendeinem verrückten Grund ist der Unterschied wichtig für mich. Bin ich etwa eitel, was mein Alter angeht? *Wirklich?*

»Und du hattest noch nie eine Beziehung?«

»Warum fragst du das?«, will ich wissen, aber er hat natürlich recht.

»Ich kann mir nicht vorstellen, dass du irgendjemandes Freundin bist.«

»Vielen Dank«, murmele ich und konzentriere mich wieder auf die Aussicht.

Sein Finger berührt mich so leicht an der Schulter, dass ich mich frage, ob ich es mir vielleicht nur eingebildet habe. Aber dann fährt er mit der Kuppe über meinen nassen Arm bis zu meinem Ellbogen, legt die Hand darum und drückt ihn leicht. Ich drehe mich ganz zu ihm herum, und er stößt sich vom Beckenrand ab und zieht mich mit sich.

Ich bin eine gute Schwimmerin und kann ohne seine Hilfe über Wasser bleiben. Trotzdem weicht er mir nicht von der Seite. Sein hübsches Gesicht mit den meergrünen Augen und seine gebräunte Haut bezaubern mich.

»Irre ich mich?«

Ich schüttele den Kopf. »Nicht unbedingt.« Wider Willen muss ich lächeln. »Ich bin schon mit vielen Männern ausgegangen. Und ich bin mit ihnen zusammengeblieben, wann und solange es mir gepasst hat. Aber ich hatte immer anstrengende Jobs und nicht viel Zeit, um das ganze Abendessen-und-Kino-Programm durchzuziehen.«

Er lacht. »Das klingt verdammt langweilig.«

Genau meine Meinung. »Wie hast du sie kennengelernt?«

Den Namen seiner Frau brauche ich nicht zu erwähnen. Wir wissen beide, wen ich meine. Er holt tief Luft und schaut in eine andere Richtung, die Lippen fest zusammengepresst.

»Ist schon okay, wenn du nicht darüber reden willst«, sage ich schnell und will fortschwimmen, aber er packt mich am Handgelenk und zieht mich zu sich. Das freut mich. Ich will, dass er mich braucht, und seine Reaktion zeigt mir, dass ich gute Chancen habe. In meinem Herzen breitet sich ein Lächeln aus.

»Du fliehst dauernd vor mir, wenn du nicht deinen Willen bekommst. Ist dir das schon aufgefallen?«

Ist es mir aufgefallen? »Ich fliehe nicht. Ich schwimme weiter«, versuche ich, witzig zu sein. »Und mit meinem Willen hat das gar nichts zu tun. Ich habe einfach das Gefühl, gegen eine Wand zu reden, wenn ich mit dir spreche. Es ist leicht, die Distanz zu wahren, wenn man ständig weggestoßen wird.«

Er reißt die Augen auf. Anscheinend hat er verstanden, was ich meine. »Sie hat in einem Restaurant in Edinburgh gearbeitet.« Bei der Erinnerung daran verzieht sich sein Gesicht vor Schmerz. »Ich hatte gerade ein Meeting hinter mir und war auf dem Weg ins Hotel. Es war schon spät, aber ich wollte noch etwas essen.« Er räuspert sich, doch seine Stimme klingt immer noch rau. »Und da habe ich sie gesehen.«

Sein Blick verklärt sich, und ich spüre einen Stich von Eifersucht.

»Sie räumte gerade auf, und ich habe sie ziemlich nervös gemacht.«

»Nervös? Warum?«

Erst jetzt erinnere ich mich daran, wie ängstlich ich bei meinem ersten Treffen mit Jack war. Ich hatte meine Gefühle hinter einer Fassade von Großspurigkeit versteckt, was meine Nervosität allerdings kein bisschen verringerte. Seine männliche Ausstrahlung und seine Energie waren überwältigend. Ich habe noch nie einen Menschen wie ihn kennengelernt.

»Sie hatte keine guten Erfahrungen mit Männern gemacht«, erklärt er mit gepresster Stimme.

»Das tut mir leid«, murmele ich.

»Mir hat's auch leidgetan.« Er lächelt gequält. »Der Typ, den sie verlassen hat, kurz bevor wir uns kennengelernt haben, schien sie als seinen persönlichen Fußabtreter zu benutzen.«

Wie muss sich so etwas anfühlen? Ich habe es nie erlebt. Die Angst und die Demütigungen, die man in einer solchen Situation empfinden muss, kann ich mir nicht einmal vorstellen.

»Schrecklich«, sage ich.

»Ja.« Er nickt. »Jedenfalls …«

»Also habt ihr angefangen, euch zu treffen?«

Er zuckt zusammen. »Eine Woche nachdem wir uns kennengelernt haben, habe ich ihr einen Antrag gemacht. Ich bin nicht so gut, was diese Date-Rituale angeht. Dafür habe ich zu wenig Geduld.« Er lächelt entschuldigend. »Stattdessen bin ich mit der Tür ins Haus gefallen.«

Ich muss lachen. »Warum überrascht mich das nicht?«

Es ist ein weiterer Beweis dafür, dass Jack stets bekommt, was er will – sofort und ohne Kompromisse. Immerhin hat er zwei Jahre gebraucht, bis ihm klar wurde, dass er meinen Körper will. Und bis jetzt sieht es nicht so aus, als wollte er mehr. Er beschreibt seine Liebe zu Lucy so, wie Grandma ihre zu Grandpa beschrieben hat. Vielleicht ist das ja die Art, wie es normalerweise läuft, und ich habe es bloß noch nicht gemerkt, weil ich so etwas noch nie selbst erfahren habe.

Es ist offensichtlich, dass Jack mir gegenüber nicht so empfindet. Prompt spüre ich so etwas wie Eifersucht.

»Ich wollte, dass sie ein schöneres Leben hat. Ich wollte alles gut machen. Ihr die Schmerzen nehmen, sie zum Lächeln bringen und dafür sorgen, dass sie fröhlich ist.«

»Das hast du bestimmt geschafft«, entgegne ich aufrichtig.

Ich habe nur wenige Fotos von Lucy in seinem Haus und, ja, auch im Internet gesehen, als ich in einem Anfall von morbider Neugier Recherchen über sie angestellt habe. Auf allen Fotos lächelt sie.

»Ich habe sie umgebracht, Gemma.« Er schaut mich an und schlägt dann die Augen nieder. »Wenn sie mich nicht kennengelernt hätte, wäre sie vielleicht noch am Leben.«

Ich erstarre. Auf ein solches Geständnis war ich überhaupt nicht vorbereitet. Das ergibt doch überhaupt keinen Sinn. Und dennoch – die Art, wie er Alkohol in sich hineinkippt, nachdem er mit jemandem geschlafen hat … Ist es möglich, dass da eine dunkle Wahrheit im Hintergrund lauert? Nein! Ich kenne Jack. Ich kenne ihn durch und durch. Er ist theatralisch und meint es nicht wörtlich.

»Was meinst du damit?«

Er schluckt und schließt die Augen. »Sie war schwanger. Wir hatten es gerade erfahren. Und der Test hat gezeigt, dass sie Krebs hatte. Ich wollte, dass sie sofort mit der Behandlung beginnt, aber das hätte eine Abtreibung bedeutet.«

Auf einmal empfinde ich große Trauer – für Jack, für Lucy und für das Baby, das sie hätten haben können. Ich halte mich nicht gerade für den mütterlichen Typ, aber ich weiß sofort, welche Entscheidung sie getroffen hatte – und warum.

»Sie wollte es nicht tun.«

»Nein.« Seine Miene ist grimmig. »Selbst mit einer Therapie gab es so gut wie keine Hoffnung.« Er räuspert sich. »Aber sie hätte eine Chance gehabt. Wäre sie nicht schwanger gewesen.« Zornig schüttelt er den Kopf.

»Dann wäre der Krebs erst entdeckt worden, wenn es bereits zu spät gewesen wäre«, antworte ich leise.

Das Mitgefühl für ihn lässt mich weich werden. Wie hätte ich angesichts seines Verlustes hart bleiben können? Ich nehme sein Gesicht in die Hände, ziehe ihn näher und küsse ihn sanft. Vielleicht kann ich ihm diese grundlosen und doch niemals endenden Gewissensbisse nehmen.

Er bleibt stumm. Er erwidert meinen Kuss nicht. Seine Schuld umhüllt uns wie ein Mantel, aber dann, als hätte es in seinem Kopf ›klick‹ gemacht, stöhnt er in meinen Mund, legt die Hände auf meinen Hintern und hebt meine Beine, um sie um seine Hüfte zu schlingen. Er drückt mich gegen seine Erektion, und ich vergesse seine Traurigkeit. Für diesen einen Moment. Für eine weitere Nacht.

Jetzt verstehe ich, wie er diesen Schicksalsschlag bewältigt.

Mit Hilfe von ein paar One-Night-Stands will er dieses schreckliche Schuldgefühl vergessen.

Eine andere Frau, in die er sich vergraben kann und bei der er vergisst, dass er Lucy geschwängert und dass sie sich wegen des Babys gegen eine Behandlung entschieden hat.

Seine Worte schwirren mir durch den Kopf. *»Ich wollte, dass sie ein schöneres Leben hat. Ich wollte alles gut machen. Ihr die Schmerzen nehmen, sie zum Lächeln bringen und dafür sorgen, dass sie fröhlich ist.«*

Genau die gleichen Gefühle empfinde ich für Jack.

Und ich weiß auch, wie ich ihn von dem Kummer ablenken kann, mit dem er leben muss. Ich küsse ihn leidenschaftlich, während ich mich gegen seinen Schwanz presse. Ich schiebe meine Hand in den Gummibund seiner Badeshorts, umfasse seinen Hintern und drücke ihn fest an mich.

Er weiß Bescheid. Er weiß, wo seine Rettung liegt. Mit weit ausholenden Schritten durchquert er den Pool und setzt mich auf den Beckenrand. Ohne sich von meinen Lippen zu lösen, steigt er aus dem Wasser, legt sich auf mich, schwer und nass, und drückt mich auf die Fliesen. Unsägliche Begierde explodiert in mir.

Natürlich drängt es ihn, diese Bürde aus seinem Kopf zu bekommen. Aber ich will es auch. Ich muss ihn spüren. Nur das ergibt im Moment Sinn.

»Du bist wie ein Engel«, murmelt er, während er mir den Badeanzug vom Körper streift. Der Stoff ist feucht und klebt mir an der Haut, aber seine Hände sind stark und zielstrebig. Er schiebt ihn mir über die Beine, hinunter bis zu den Füßen, bis ich ihn wegtreten kann. Dann küsst er mich wieder, und ich greife nach seinem Schwanz und will ihn in mich hineinschieben.

Doch er hält inne und schaut mich an, als wollte er mich etwas fragen – als bräuchte er noch etwas Weiteres.

Ich lächle ihn an. »Bitte …«

Er drängt sich in mich, und alles beginnt, sich um uns zu drehen, als die Lust wie eine Welle über mich kommt.

Wir wollten einen klaren Schnitt machen, aber davon kann keine Rede mehr sein. Dieses Mal ist es nicht nur Sex … Es ist eine Explosion wie in Zeitlupe, die meinen Körper von Kopf bis Fuß erbeben lässt – und ich fürchte, dass sie irgendwann auch mein Herz in Mitleidenschaft zieht.

9. Kapitel

»Ich liebe diese Stadt.«

Unsere Blicke treffen sich. Sein Lächeln ist entwaffnend, und sofort reagiert mein Körper. Ich könnte schwören, dass meine Brüste ihm entgegenstreben. Ich fühle mich rundum glücklich.

»Sie ist wirklich schön.«

Zwischen uns steht eine Pizzaschachtel, deren Inhalt wir zur Hälfte gegessen haben. Er nimmt sich noch ein Stück, und ich betrachte seine Finger, die die Kruste umfassen.

Der Sex am Pool hat etwas in mir zerbrechen lassen, und ich bin froh darüber – denn es hat mich auf andere Weise wieder aufgebaut. Ich bin eine andere geworden. Er ist ein anderer geworden. Nichts ist mehr, wie es war.

»Sie wirkt so sauber. So neu.« Wieder lächelt er. »Ganz anders als dort, wo ich aufgewachsen bin.«

Es fällt mir nicht leicht, mich auf die Unterhaltung zu konzentrieren. Ich möchte schon erfahren, wohin sie führen wird, aber das Gefühl von Lust ist nur schwer zu ignorieren.

»Dublin?«

»Ja. Jedenfalls in einem Vorort. Ein schmutziger kleiner Stadtteil im Osten.« Er zieht die Nase kraus.

»Fährst du manchmal noch dorthin?«

»Nein.« Er wirft den Pizzarand in die Schachtel zurück, steht auf und reicht mir seine Hand.

Ich erhebe mich ebenfalls und ergreife sie. Wann habe ich aufgehört, ihn zu hinterfragen; wann bin ich ein Teil von ihm geworden? Und warum macht mir das nicht mehr zu schaffen?

»Meine Eltern sind nach Kerry gezogen – in ein kleines Haus am Meer. Man kann meilenweit auf die See hinaussehen. Es ist wunderschön dort.«

»Aber du magst Städte lieber?«, hake ich nach, während er mich zu sich zieht und festhält.

Sachte wiegt er uns hin und her und tanzt mit mir auf dem Balkon seines Apartments. Der Mond wirft sein silbernes Licht über das Opernhaus von Sydney.

»Mir gefällt die Lebendigkeit in großen Städten«, antwortet er. »Mit kleinen kann ich nichts anfangen.«

Ich lege den Kopf schräg. »Ich weiß nicht …«, sage ich nachdenklich. »Ich glaube, Großstädte können fast noch langsamer sein als Dörfer. Es kommt darauf an, wie man seine Zeit verbringt. In der Stadt ist es sicherlich sehr anonym. Hast du jemals Lust gehabt, dich darin zu verlieren? Du kannst am zweiten Weihnachtstag über die Oxford Street spazieren, ohne dass dich irgendjemand sieht.«

Er legt seine Wange an meine. Da ist sie wieder. Diese Empfindung, die mir sagt, wie richtig sich das anfühlt. Ich weiß, dass es ein sehr gefährlicher Gedanke ist – einer, der mir sicherlich noch Schmerzen bereiten wird.

»Ich kann mit Fug und Recht behaupten, dass ich niemals überlegt habe, über die Oxford Street zu laufen – am allerwenigsten am zweiten Weihnachtstag. Wie kommst du denn auf diese verrückte Idee?«

Lächelnd lehne ich den Kopf an seine Brust. »Nun ja, ich nehme an, du würdest eher jemanden losschicken, um zu besorgen, was immer du auch brauchst.«

Er lächelt zustimmend.

»Aber du wohnst in Hampstead. Das ist ja quasi eine Stadt in der Stadt – und die kleinste, die man in London finden kann.«

»Jedenfalls ist sie nahe an allem dran. Und darf ich dich darauf hinweisen, dass du ebenfalls dort wohnst?«

»Ich bin nach Hampstead gezogen, weil *du* da lebst.« Ich bleibe stehen und schaue ihn peinlich berührt an. »Ich meine, weil dort meine Arbeit ist«, verbessere ich mich rasch, aber meine Wangen sind gerötet, und ich weiche seinem Blick aus. »Du weißt schon … angesichts der Stunden, die man sonst unterwegs ist.«

»Ich weiß, was du meinst«, erwidert er, und sein Lächeln entfacht ein Feuer in meinem Körper. »Wo hast du vorher gewohnt?«

»In ›Elephant and Castle‹.«

Er lacht. »Das muss deinen Eltern sehr gefallen haben.«

Sie haben es gehasst. »Warum sagst du das?«

»Du hattest drei Kindermädchen und ein Baumhaus, das groß genug war, um darin zu übernachten. Ich könnte mir vorstellen, dass eine Wohnung in ›Elephant and Castle‹ in ihren Augen ein sozialer Abstieg für dich war.«

Er wirbelt mich herum, als würden wir zu einem Song tanzen, den nur er hören kann.

»Sie fanden es ziemlich schräg, das stimmt. Aber von dort bin ich schneller zur Arbeit gekommen, und ich hatte gute Freunde in der Nähe. Außerdem bin ich samstags gern auf den Borough Markt gegangen. Der war ebenfalls nur wenige Minuten entfernt.«

»Um Lebensmittel einzukaufen?«

»Nein. Fürs Kochen fehlt mir die Zeit. Aber ich liebe frische Blumen.« Ich atme tief ein. »Und Käse. Ich bin immer von Stand zu Stand gelaufen und habe alle möglichen Käsesorten gekauft, die mir gefallen haben. Nachmittags habe ich sie dann mit einem Glas Wein genossen.«

»Das klingt verdammt gut.« Er grinst.

»War es auch.«

»Und das alles hast du aufgegeben, um für mich zu arbeiten?«

»Nicht alles.« Ich zwinkere ihm zu. »Es gibt zum

Beispiel einen fantastischen Käseladen auf der High Street.«

»Auch einen Blumenladen?«

»Natürlich.« Ich schaue über seine Schulter auf das nächtlich funkelnde Sydney. Etwas zieht mich magisch zu ihm hin, aber ich weiß, es wäre verrückt, dieser Anziehungskraft nachzugeben.

»Lass mich raten. Du magst weiße Lilien.«

Ich bin überrascht, dass er überhaupt ein paar Blumensorten kennt – ganz zu schweigen von der Tatsache, dass er Spekulationen über meine Lieblingssorte anstellt.

»Nein.« Ich schüttele den Kopf. »Ich mag Pfingstrosen und Ranunkeln. Sie wirken auf mich irgendwie so unordentlich, dass mir jedes Mal das Herz aufgeht.«

»Wie poetisch«, neckt er mich und hält mich fest im Arm.

Sein Körper mit all seinen Muskeln, Ecken und Kanten ist mir inzwischen wunderbar vertraut. Trotzdem schlägt mein Herz so wild, als berührten wir uns zum ersten Mal.

»Ich finde sie ungezogen«, erwidere ich schmunzelnd. »Als hätte ihnen jemand gesagt: Wir machen aus euch die schönsten prallen Blümchen in der Welt – aber nur, wenn ihr hoch hinaus in den Himmel wachst. Da haben sie sich alle angeschaut und ›Nö‹ gesagt. Hast du dir mal ihre Stängel genauer angesehen? Sie winden und winden sich, als würden sie durch einen Gewittersturm tanzen.«

Sein Lächeln ist geheimnisvoll. Rätselhaft. In manchen Augenblicken ist er wirklich undurchschaubar.

»Nein.«

»Nein? Du bist anderer Meinung?«

»Nein, ich habe mir ihre Stängel nie so genau angeschaut wie du. Und ich habe sie auch nicht vermenschlicht.«

»Dann führen Sie aber ein ziemlich trauriges Leben, Sir.«

Sein Lachen kommt tief aus seinem Brustkorb. »Offenbar. Möchtest du Nachtisch?«

»Mir fallen gerade ein paar Dinge ein, die ich bevorzugen würde.«

Lachend schüttelt er den Kopf und verschwindet in die Küche.

Ich habe das Gefühl, der Boden unter meinen Füßen wird gerade ganz heiß.

Kurz darauf kehrt er mit zwei Kaffeetassen in der Hand zurück – allerdings ohne Kaffee. In jeder ist ein Bällchen Vanilleeis.

Das ist zwar süß von ihm, aber nach einem solchen Dessert steht mir gerade überhaupt nicht der Sinn. Noch ehe ich ihm das sagen kann, zeigt er mir seine andere Hand, die er auf dem Rücken versteckt hat, und lässt zwei Kirschen vor meiner Nase baumeln.

In jede Tasse legt er eine. Ich muss schmunzeln.

»Statt Sahnehäubchen«, erklärt er. Eine Geste, die gleichermaßen süß und sexy ist. Sexy, weil ich eine Kirsche nie wieder nur als einfache Kirsche sehen werde, und süß, weil es *unser* gemeinsames Ding ist.

Wir haben ein gemeinsames *Ding*.

Er taucht einen Löffel in das Eis und führt ihn an meine Lippen. Kaum habe ich es probiert, lässt er den Löffel sinken, küsst mich und leckt mir das Eis von meiner Zunge.

Der Nachtisch ist vergessen.

Dieser Kuss ist anders als alle anderen, die wir zuvor getauscht haben. Er ist weich. Sanft. Vorsichtig.

Er scheint mich zu brauchen wie die Luft zum Atmen. Ich lächle gegen seine Lippen.

Trotz allem, was wir bisher erlebt haben, scheint mir dieser Moment der intimste zu sein. Als seien wir auf jeder Ebene unseres Daseins miteinander verbunden.

Dann jedoch trägt unser verzweifelter Hunger aufeinander den Sieg davon. Seine Hände zerren an meinem Bademantel und berühren meinen nackten Körper genauso begierig wie bei unserem ersten Zusammensein. Es ist, als wollte er sich selbst bestrafen – bestrafen dafür, dass sein Begehren so wild und animalisch ist.

Er drückt mich gegen die halbhohen Glasplatten, die die Terrasse eingrenzen, sein Körper eng an meinen gedrängt. Dabei küsst er mich auf den Mund, auf den

Hals, wandert tiefer, bis seine Bartstoppeln über die empfindliche Haut meiner Brüste kratzen. Er nimmt einen Nippel zwischen die Lippen und saugt daran, bis sich in meinem Kopf alles dreht.

Tiefer und tiefer wandert er, bis er schließlich vor mir kniet. Ich heiße seine Lippen dort willkommen, wo ich sie am dringendsten brauche; seine Zunge ist die Erfüllung all meiner Wünsche. Ich umklammere das Geländer, während er mit seiner Zunge auf und ab fährt, und stöhnend dränge ich mich gegen seinen Mund. Er weiß jetzt genau, was mir gefällt, und er braucht nicht lange, bis die Hitze mich mitreißt.

Mein lustvolles Seufzen dringt durch die dunkle Nacht. Ich lege den Kopf in den Nacken und betrachte die Sterne über Sydney, während ich zwischen seinen Lippen komme. Mein Höhepunkt ist so intensiv, dass mir fast die Sinne schwinden. Ich schwanke und stürze beinahe zu Boden, aber seine starken Hände umfassen meine Hüften, und er zieht mich an sich, als er sich erhebt.

»Du bist wundervoll«, murmelt er und küsst mich auf die Stirn.

Heiß brennt mir der Atem in den Lungen. Alles an diesem Moment ist einfach nur – wunderbar.

Als sich unsere Blicke treffen, spüre ich ein Brennen in meinen Augen. *Jetzt bloß nicht heulen!* Wie peinlich wäre das denn? Aber da liegt etwas in seinem Blick, das mich zutiefst berührt und mir ein Gefühl von Unwirklichkeit vermittelt. Als würde er über etwas nachdenken und wüsste nicht, wie er es ausdrücken soll.

Ich schaue ihn unentwegt an, während ich darauf warte, dass mein Atem wieder regelmäßig und mein Puls langsamer wird. Er öffnet den Mund. Mein Herz setzt einen Schlag lang aus. Dann sagt er mit diesem anzüglichen Grinsen, das ich inzwischen so liebe: »Lass uns ins Bett gehen.«

»Sie sind also seine bessere Hälfte – rein geschäftlich betrachtet?«

Ich lächle Clint Sheridan geistesabwesend zu, aber meine Augen sind fest auf Jack gerichtet. Am anderen Ende des Raumes wird er von Geschäftspartnern belagert.

»Genau genommen bin ich sein Rechtsbeistand«, erkläre ich und verziehe die Mundwinkel.

»Aber man erzählt sich, dass Sie sich schon um seine gesamten Projekte kümmern.«

»Wirklich?« Ich hebe eine Augenbraue und nehme einen Schluck von meinem Champagner. »Nun ja, er hat eine Menge Projekte am Laufen.«

»Das kann ich mir vorstellen.«

Ich mag Clint. Da er die Geschäftsstelle in Australien leitet, werde ich viel mit ihm zu tun haben – zumindest in der Anfangsphase. Er ist ein bisschen nervös, aber ich denke, wenn er sich erst einmal eingearbeitet hat, wird er ein witziger und kompetenter Kollege sein. Selbst in den wenigen Stunden, die wir in seinem geräumigen Apartment im Norden Sydneys verbracht haben, ist er schon ein bisschen lockerer geworden.

Die Aussicht ist überwältigend und ganz anders als die aus Jacks Penthouse. Unter uns glitzert die nächtliche Stadt und erstreckt sich bis zum Horizont. Die berühmte Harbour Bridge erstrahlt aus irgendeinem Grund ganz in Rot. Es wirkt schon fast ein wenig unheimlich, wie sie über dem Wasser schwebt – als wäre sie ein Wächter, mit dem nicht zu spaßen ist, oder ein schützendes Leuchtfeuer. Am Horizont zuckt ein Blitz über den Himmel und macht die Aussicht noch spektakulärer.

»Die Nachtvorstellung beginnt.«

Schmunzelnd folgt Clint meinem Blick. Oder hat er mein unwillkürliches Zusammenzucken bemerkt, weil ich mit einem Donner rechne? Ich widerstehe der Versuchung und frage ihn nicht, ob ein Unwetter vorhergesagt wurde. Schließlich bin ich kein kleines Mädchen mehr. Inzwischen akzeptiere ich meine Ängste und weiß, dass sie unbegründet sind.

»Wohnen Sie schon lange hier?«, erkundige ich mich stattdessen.

»Ein paar Jahre.« Er stützt sich auf die Rückenlehne eines dunklen Holzstuhls und trinkt sein Bier. »Ich habe die Wohnung bereits gekauft, als nur die Pläne vorlagen. Ursprünglich wollte ich sie vermieten. Aber dann – Scheidung.« Er verzieht das Gesicht, als ob ein einziges Wort seine ganze Geschichte erzählen könnte.

»Tut mir leid – das wusste ich nicht.«

»Woher auch?«

Sein Lächeln ist entwaffnend. Er sieht wirklich gut aus. Seltsam, dass es mir nicht schon vorher aufgefallen ist. Aber ich schätze, einen anderen Mann attraktiv zu finden, wenn ich mit Jack schlafe, ist genauso, als würde ich mitten in den Niagarafällen eine Dusche nehmen. Doch ich kann es nicht leugnen. Clints Augen sind fast so schwarz wie die Nacht, sein dunkles Haar ist voll und dicht, seine Haut gebräunt. Er ist kräftig gebaut: ausgeprägter Nacken, muskulöse Arme – als würde er sich auch auf einem Rugby-Feld heimisch fühlen und nicht nur im Konferenzraum.

Lecker.

»Sie haben recht. Es geht uns schließlich nichts an, ob Sie verheiratet sind oder nicht.«

»Sind Sie es?«

Amüsiert schaue ich ihm in die Augen. »Absolut nicht.«

»Finden Sie das lustig?«

In seinem Blick liegt Neugier. Ich vermute, ich bin in dem Alter, in dem Frauen sich bereits für einen Weg entschieden haben. Entweder haben sie eine Beziehung, sind verlobt, planen die Hochzeit, sind verheiratet, haben die Nase voll von der Ehe … Bei mir trifft das alles nicht zu. Heirat war für mich noch nie ein erstrebenswertes Ziel. Die Ehe meiner Eltern ist ein abschreckendes Vorbild für mich …

Wie aus heiterem Himmel muss ich an die bevorstehende Feier zu ihrem Hochzeitstag denken. Dass ich der Institution Ehe so wenig vertraue, kann ich durchaus meinen Eltern zuschreiben. Das Schweigen meiner Kindheit lastet wie ein schweres Gewicht auf meinen Schultern.

»Höchstens insofern, als ich kaum Zeit finde, einen Urlaub zu planen – geschweige denn so etwas wie das hier …« Ich deute mit ausgestrecktem Arm auf das Treiben um uns herum.

»Kluge Entscheidung. Die ganze Sache wird ohnehin überbewertet.«

Ich ziehe die Augenbrauen hoch und nippe an meinem Glas. Geistesabwesend lasse ich meinen Blick durch den Raum schweifen. Gesichter und Gestalten verschwimmen ineinander. Ich suche nichts Bestimmtes, schaue mich eher aus Gewohnheit um. Hin und wieder suche ich Jacks Blick, und jedes Mal versetzt es mir einen Schlag in die Magengrube. Plötzlich fühle ich mich wie ein Neandertaler, der seinen Besitz verteidigen muss …

Mit einiger Mühe konzentriere ich mich wieder auf

Clint. »Ich glaube, das lässt sich leicht sagen, wenn man gerade eine Scheidung hinter sich hat.«

»Ich hätte niemals heiraten dürfen«, erwidert er mit einem Schulterzucken. »Ich habe jedenfalls meine Lektion gelernt.«

»Und welche?«

»Gemma?«

Ich drehe mich um. Jack steht neben mir; seine Miene ist nichtssagend.

»Störe ich?«

»Ich habe nie verstanden, warum Leute so was fragen. *Natürlich* störst du.« Ich lächle, um meinen Worten die Schärfe zu nehmen, aber ich spüre, wie Cliff sich anspannt.

»Dann macht weiter«, fordert Jack mich auf. In seinem Blick liegt eine Herausforderung.

»Clint hat mir gerade erzählt, warum Heiraten ein riesiger Fehler ist.«

Ich wende mich von Jack ab und konzentriere mich auf Clint. Das war ein Fehler, denn sofort spüre ich Jacks Hand auf meinem Hintern. Da ich mit dem Rücken zur Wand stehe, kann es jedoch niemand sehen.

Seine Finger kneten meine Muskeln, und ich spüre seine Wärme sogar durch den Stoff meines Kleides.

Plötzlich zittern mir die Knie.

»Jedenfalls war es das für mich«, schränkt Clint mit einem jovialen Lächeln ein.

»Das tut mir leid«, sagt Jack und drückt ein wenig fester zu. Die Berührung sendet heiße Blitze durch meinen Körper. »Ich brauche Gemma für eine Konferenzschaltung. Können wir hier irgendwo ungestört telefonieren?«

Mein Herz hämmert so gewaltig, dass ich wieder einmal befürchte, es könnte mir aus der Brust springen.

»Natürlich. In meinem Büro.« Clint dreht sich um und führt uns über den Flur.

Jacks Hand wandert höher, er lässt sie jedoch fallen, als er Clint folgt. An der dritten Tür des hell erleuchteten Flurs bleibt Clint stehen. Er hat nicht mitbekommen, dass Jack mich berührt – und natürlich auch keine Ahnung, was Jack und ich wirklich vorhaben.

»Fühlen Sie sich wie zu Hause«, fordert er uns auf. »Brauchen Sie irgendwas? Wasser? Kaffee?«

Jack schüttelt den Kopf, und Clint lässt uns stehen. Jack schließt die Tür hinter sich. Das Büro ist riesig und bietet eine ganz andere Perspektive auf den Hafen. Die Einrichtung besteht aus einem Schreibtisch in der Mitte und einem Sofa an der Wand. Auf dem Bücherregal stehen eine Kaffeemaschine und eine Minibar.

Jack unterbricht meine Bestandsaufnahme.

Er küsst mich. Dabei hebt er mich hoch und drückt mich eng an sich.

»Was tust du mir an?«, murmelt er, die Lippen an meine gepresst.

»Ich weiß nicht, was du meinst«, murmele ich. Aber seine Zunge spielt mit meiner und macht es mir unmöglich weiterzureden.

Er zieht mein Kleid hoch, bis er meinen nackten Hintern entblößt hat. Er stöhnt, als er mich berührt, und drückt mir seinen harten Schwanz zwischen die Beine. Ich will mehr von ihm spüren, will ihn in mir spüren. Doch er drängt sich zu dicht an mich, sodass ich ihn nicht zu fassen bekomme, ihn nicht in mich hineinschieben kann.

Er fährt mir mit der Hand durchs Haar. Mit der anderen drängt er sich zwischen meine Beine, spürt die warme Feuchtigkeit. Er fährt mit dem Finger daran entlang, und ich seufze in sein Ohr. Ich bin feucht und heiß und bereit für ihn.

Jetzt schiebt er den Finger in mich hinein – nur einen Finger, aber es reicht aus, um meinen Körper zum Beben zu bringen. Ich brauche ein wenig Abstand, Luft zum Atmen, aber seine Zunge nimmt meinen Mund in Besitz, während sein Finger in mir spielt. Ich kann meine Lust kaum noch kontrollieren. Sie füllt mein Inneres, meine Brust, mein Herz, und bringt mein Blut zum Kochen.

Erneut stöhne ich auf, und seine Hände krallen sich in meinem Haar fest. Ich bin seine Gefangene, und ich würde es nicht anders wollen. Sein Finger spielt mit meiner empfindlichsten Stelle, und ich zittere am ganzen Körper, der ihm gehört und über den er verfügen kann.

»Komm. Komm für mich«, flüstert er in mein Ohr, als hätte er meine Gedanken gelesen. Ich tue alles, was er von mir verlangt.

Ich kann mich kaum noch auf den Beinen halten. Würde Jack mich nicht festhalten, ich läge längst auf dem Boden, ein willenloses und kraftloses Bündel auf dem Teppich in Clint Sheridans elegantem Büro.

Jack küsst mich und lässt seinen Finger in mir tanzen, ohne mir die geringste Atempause zu gönnen. Die Lust kommt in immer höheren Wellen über mich. Ich stöhne, jammere, winsele, klammere mich an ihm fest, spanne jeden Muskel meines Körpers an, während das Blut in meinen Adern kocht. Ich verglühe förmlich in seinen Armen.

Kaum ist der erste Orgasmus über mich hereingebrochen, spüre ich schon, wie der nächste sich anmeldet. Es ist ein wahnsinniges Gefühl: Die Wellen des verebbenden Höhepunkts werden überlagert von den anrollenden des nächsten. Ich halte mich an seinem Jackett fest, während die Welt um mich herum explodiert. Das Einzige, was mich festhält, sind Jacks kräftige Arme.

Doch er ist noch nicht fertig mit mir. Während ich noch unter dem Ansturm meines zweiten Höhepunkts erbebe, öffnet Jack den Reißverschluss seiner Hose.

Er nimmt seinen Schwanz in die Hand, und mir ist klar, was er vorhat.

»Warte«, keuche ich heiser.

Verwundert hält er inne und schaut mich fragend an.

»Setz dich«, fordere ich ihn mit einer Kopfbewegung zum Sofa auf.

Er nickt bereitwillig. Auf dem Weg dorthin fischt er ein silbernes Päckchen aus der Innentasche seines Jacketts und reicht es mir. Ich reiße die Verpackung mit den Zähnen auf, und kaum hat er auf dem Sofa Platz genommen, streife ich ihm das Kondom über. Rittlings setze ich mich auf ihn und lasse ihn so tief wie möglich in mich eindringen. In seinem Blick lese ich pure Lust und freue mich diebisch, dass er kurz davorsteht, den Verstand zu verlieren – genauso, wie er mich immer in den Wahnsinn treibt.

Während ich ihn reite, umklammert er meine Hüften und passt sich meinem Rhythmus an, den ich vorgebe und kontrolliere. Immer wenn er anfängt zu stoßen, rutsche ich so weit nach oben, dass nur noch die Spitze seines Penis in mir ist. Stöhnend wirft er den Kopf nach hinten, und ich lache triumphierend. Ich küsse seinen Hals, seine Kehle und spüre die Hitze, die von seinem Körper ausgeht. Wir sind beide fiebrig vor Verlangen.

Jetzt packt er fester zu und zieht mich tiefer auf sich hinunter. Er drückt mich fest an sich, und es dauert nicht lange, bis der dritte Höhepunkt mein Innerstes zerreißt.

Über den nächtlichen Himmel zuckt ein Blitz – das Gewitter ist näher gekommen, aber ich achte nicht darauf. Selbst als der Regen gegen die Panoramascheiben zu trommeln beginnt, existiert für mich nur unser ganz persönlicher Sturm, der uns beide umtost und in unseren Seelen tobt.

10. Kapitel

Er beobachtet mich, und ich versuche, mir meine Gefühle nicht anmerken zu lassen. Aber als Blitz und Donner fast gleichzeitig über unseren Köpfen explodieren und der Regen gegen die riesigen Fensterscheiben prasselt, beginne ich zu zittern.

»Du hast ja wirklich Angst«, murmelt er verwundert, während er die Hände auf meine Schultern legt und mir die leichte Jacke abstreift, die ich trage.

»Habe ich nicht«, lüge ich und trete einen Schritt beiseite, damit er nicht bemerkt, dass ich am ganzen Körper zittere.

Ich bohre die Fingernägel in meine Handflächen und starre hinaus in das tobende Unwetter. Es ist wirklich ziemlich heftig, und es gefällt mir überhaupt nicht. Wäre ich jetzt alleine, würde ich meine Kopfhörer aufsetzen und mich unter meine Decke verkriechen, um das Ende des Sturms abzuwarten. Jetzt kann ich das nicht, denn er schaut mich noch immer unentwegt an.

Meine Stimme klingt unsicher. »Es war so ein schöner Tag. Wo kommt das auf einmal her?«

»Das sind die Tropen«, erklärt er und streift seine Schuhe und sein Jackett gleichzeitig ab.

Das Jackett ist an den Rockschößen zerknittert. Dort habe ich meine Finger darin vergraben, während er mich immer wieder zum Höhepunkt gebracht hat.

»Die Hitze staut sich auf und entlädt sich in einem Sturm.«

»Warum kommt mir das bekannt vor?«

Er lächelt verständnisvoll. Wir sind unser eigenes tropisches Wettersystem. Drückende Hitze, stürmische Winde und plötzliche Überschwemmungen ohne Vorwarnung. Dazu jede Menge Blitz und Donner.

Ein Blitz erhellt den Raum mit einem geisterhaften Licht, und ich zucke zusammen. »Herrje!«

»Es ist doch nur ein Sturm«, beruhigt er mich, kommt näher und legt einen Finger unter mein Kinn. Er hebt meinen Kopf an. Sein neugierig-durchdringender Blick verunsichert mich noch mehr. »Der geht vorbei.«

Unwillkürlich krampft sich mein Magen zusammen, als mir die Doppeldeutigkeit seiner Bemerkung bewusst wird. Macht er das mit Absicht? Redet er über die aufgeladene Atmosphäre, die uns umgibt und verwirrt? Meint er uns damit? Natürlich wird es vorbeigehen. Was sollte ich anderes erwarten?

»Setz dich zu mir.«

Er nimmt meine Hand, drückt sie fest und zieht

mich an sich. Er führt mich zu dem weißen Ledersofa, von dem aus man einen fantastischen Ausblick auf den Hafen hat. Das Opernhaus ist in ein gespenstisches weißes Licht getaucht, und der Regen hüllt es in eine Nebelwolke, sodass es aussieht wie ein gigantisches Raumschiff aus einer anderen Galaxie, das auf der Erde gelandet ist.

»Sogar die Luft riecht anders.« Ich schnuppere die knisternde, elektrisch aufgeladene Atmosphäre.

»Ja.« Das Wort klingt rau.

Ich will mich neben ihn in den Sessel setzen, doch er zieht mich auf seinen Schoß. Sein Kuss ist sanft und zärtlich, und trotzdem macht er mir Angst, weil er mich damit mitten ins Herz trifft.

Ich gerate in Panik. Es ist zu viel. *Alles* ist zu viel. Ich sitze im Auge von zwei Stürmen, und ich habe keine Ahnung, ob ich beide mit heiler Haut überstehen werde.

»Heute Abend ist es ja ganz gut gelaufen«, sagt er, während er meinen nackten Arm streichelt. Er tröstet und verwirrt mich zugleich.

»Was hältst du von dem Team?«, frage ich in der Hoffnung, mich auf sicheres Gebiet zu retten, wenn wir übers Geschäft reden. Ich brauche etwas Vertrautes, an dem ich mich festhalten kann.

»Sie sind kompetent«, antwortet er nachdenklich. »Aber von Ryan halte ich nicht allzu viel.«

»Warum nicht?«

Er zuckt mit den Schultern. Sein gestärktes Hemd reibt über meine nackte Haut. »Bauchgefühl.«

»Er hat beste Referenzen.«

»Ich weiß.«

Er fährt sich mit der Hand übers Kinn, und ich erinnere mich daran, wie diese Finger in mir waren, wie sie mich festgehalten haben, als ich gekommen bin. Es kribbelt in meinem Bauch, und ich werde sofort feucht, als ich mich daran erinnere, was wir eben erst getan haben.

»Irgendetwas stimmt nicht mit ihm. Ich kann es nicht erklären.«

Ich lasse den Abend noch einmal Revue passieren und versuche, Jacks Bedenken nachzuempfinden. Dann schüttele ich den Kopf. »Wir werden sehen.«

»Er hat eine dreimonatige Probezeit?«

»Ja. Ich kann aber in zwei Monaten noch mal herkommen und schauen, wie er sich macht, wenn es dir wichtig ist.«

»Das wäre gut.«

Ein Blitz zuckt über den Himmel, und ich fahre zusammen.

Er lehnt die Stirn an meine Schulter – eine merkwürdig ermutigende Geste.

»Waren deine Eltern eigentlich sauer auf dich?«

»Meine Eltern? Wieso?«

Inzwischen müssten sie wieder in England sein. Ich sollte sie vielleicht besuchen. Der Gedanke hat etwas ziemlich Ernüchterndes.

»Damals, als du im Baumhaus geschlafen hast.«

»Oh.« Ich rücke näher an ihn heran. »Sie waren außer sich.« Dann schüttele ich den Kopf. »Nein, das ist nicht wahr. Sie waren enttäuscht.«

»Enttäuscht?«

»Enttäuscht, weil man nicht so auf mich aufgepasst hat, wie sie es erwarteten. Und es war ihnen peinlich, weil die Leute denken könnten, sie hätten unqualifiziertes Personal eingestellt.« Ich ziehe eine Grimasse. »Vielleicht haben sie sich auch geschämt, dass sie nicht nach mir geschaut haben, als sie nach Hause zurückgekommen sind. Die meisten Eltern würden so etwas ja tun.«

»Du hast wohl kein besonders gutes Verhältnis zu ihnen?«

»Warum fragst du das?«

»Na ja ... so, wie du über sie redest ...«

»Nein, unser Verhältnis ist nicht das allerbeste. Sie sind nicht gerade begeistert von dem Leben, das ich führe.«

»Wirklich? Hatten sie sich etwas Besseres vorgestellt als einen Abschluss mit Auszeichnung von der Uni in Oxford?«

»Das kannst du laut sagen. Ich sollte jemanden heiraten, der standesgemäß ist – mit einem Landsitz, der allerdings nicht größer als unser eigener sein sollte. Außerdem hätten sie es gern, wenn in *Harper's Bazaar* über mich berichtet würde und ich Einladungen zum Tee im Kensington Palace bekäme.« Ich verdrehe die Augen. »Ach, ich habe keine Lust mehr, darüber nachzudenken, was sie für mich wollten.«

»Du kommst mir nicht gerade vor wie ein Society-Girl.«

»Bin ich auch nicht.« Energisch schüttele ich den Kopf. »In einer Woche haben sie Hochzeitstag, und da wird sich das Who's who des gesamten britischen Adels versammeln. Und ja – *Harper's Bazaar* wird auch darüber berichten.«

»Du würdest lieber nicht hingehen?«

»Ich *muss*«, antworte ich. »Es ist nur …«

Ein krachender Donner lässt die Fensterscheiben erzittern. *Wir werden sterben!*

Er hält mich fester in den Armen. »Es ist nur …?«

Ich weiß nicht, ob er mich vom Gewitter ablenken will oder ob er tatsächlich an meiner verkorksten Familie interessiert ist. Aber reden bedeutet Ablenkung, und Ablenkung ist gut. Und da ich ihm ohnehin mein Innerstes offenbart habe, fällt es mir jetzt schwer, meine Gedanken vor ihm zu verbergen.

»Ich muss immer als Beweis für ihr Glück herhalten. Ihre Ehe ist ein Erfolg. Sie haben ein Kind. Eine Erbin. Im Ernst, sie bezeichnen mich jedes Jahr als Erbin, wenn sie das Glas erheben – das ist meine Funktion in ihrem Leben. Die Rolle der Erbin.« Angewidert schüttele ich den Kopf. »Wie ich das hasse! Ich hasse es, seitdem ich begriffen habe, was sie von mir erwarten. Oder *nicht* erwarten. Dass ich da bin, ist genug für ihre Bedürfnisse. Was ich will, ist egal; ja, sie empfinden es sogar als Affront, wenn ich eine eigene Meinung äußere. Und dass ich für dich arbeite, schlägt dem Fass ohnehin den Boden aus.«

»So, wie du über sie redest, klingen sie wie egoistische Monster.«

Ich muss lachen. »Wirklich?«

»Sind sie das denn?«

Seine Finger streicheln meine Haut, wärmen mich und entfachen die Lust aufs Neue.

»Sie sind das Produkt ihrer Erziehung«, antworte ich. Doch dann fällt mir ein, dass es nicht fair ist, Grandma indirekt dafür verantwortlich zu machen. Mein Vater ist selbst zu dem geworden, was er ist. »Oder das, was die Gesellschaft von ihnen erwartet hat. Ich weiß es nicht. Sie sind sehr … steif. Kalt. Gefühllos.«

Um seine Mundwinkel zuckt es. »Komisch. Genauso hätte ich dich auch vor ein paar Wochen beschrieben.«

Konsterniert schaue ich ihn an. »Es ist ein Unterschied, ob man professionell distanziert oder grundsätzlich gefühllos ist.«

»Ja.« Mit dem Finger streichelt er meine Wange. »Du warst beides.«

»War ich nicht.« Ich bin beleidigt.

»Wenn ich mit dir gesprochen habe, hätte ich mir danach an einem Eisblock die Hände wärmen können.«

Empört will ich aufstehen, aber er hält mich fest. »Warum hast du dich in meiner Gegenwart so verhalten?«, will er wissen.

»Das habe ich gar nicht«, widerspreche ich.

Aber Jack lässt nicht locker. »Bei keinem anderen bist du so. Mir ist es erst aufgefallen, als ich dich mit Wolf DuChamp habe reden sehen. Und jetzt, wo ich dich noch aufmerksamer beobachte, stelle ich erst recht fest, dass du dich nur mir gegenüber so verhältst.«

»Ja … schon. So bin ich nun mal.«

»Nein.« Er bleibt hartnäckig. »Die Jungs aus der Filiale von Tokio nennen dich ›Gem‹, als wärt ihr die engsten Freunde. Auch Rose und Sophia gegenüber bist du sehr zugänglich. Amber findet dich ganz toll. Nur bei mir …«

Ich öffne den Mund, um zu widersprechen, aber wie könnte ich das? Er hat vollkommen recht. Ich habe Jack Grant getroffen und sofort eine Mauer um mich hochgezogen, weil ich ahnte, was passieren würde. Ich wusste, dass es Probleme geben würde – Probleme, die wir niemals in den Griff bekommen würden.

»Was habe ich also an mir, Gemma Picton, dass du mich behandelt hast, als hätte ich die Pest?«

Das Herz hämmert mir in der Brust. Diese Unterhaltung ist riskant. Wahrheit und Aufrichtigkeit sind viel zu gefährlich. Sie verraten viel zu viel von mir.

»Vielleicht habe ich gedacht, dass du Freundlichkeit als Ermutigung auffassen könntest«, murmele ich und versuche, es humorvoll klingen zu lassen.

»Das befürchtest du aber nicht bei Wolf oder Barry oder Clint?«

Ich bleibe ganz ruhig, obwohl ich innerlich bebe. »Nein«, flüstere ich.

Himmel! Was tut er mir an? Im Moment scheint er ganz einfach nur Jack zu sein, aber mein Verstand erinnert mich nachdrücklich daran, dass der Mann sein milliardenschweres Vermögen praktisch aus dem Nichts erschaffen hat. Er ist brillant, rücksichtslos und berechnend. Und fest entschlossen.

»Seit wann wusstest du, dass das hier passieren würde?« Durch den dünnen Stoff meines Kleides streichelt er meinen Nippel.

Scharf atme ich ein. »Ähm … etwa seit dem Abend, als du mich geküsst hast … und berührt …«

Das ist eine Lüge. Ich wusste es von dem Moment an, als ich den Job angenommen habe. Die Nähe zu ihm würde das Unvermeidliche nach sich ziehen. Wenn ich jetzt so darüber nachdenke, kann ich kaum glauben, dass ich es geschafft habe, die Katastrophe zwei Jahre lang hinauszuzögern.

»Ich glaube, du hast mich schon länger begehrt.«

»So, das glaubst du?« Ich räuspere mich, und als ich jetzt aufstehe, hält er mich nicht mehr zurück.

Ich spüre seinen Blick auf meinem Rücken, als ich in die Küche gehe, um mir ein Glas Mineralwasser zu holen. Die aufsteigenden Luftbläschen haben etwas geradezu Hypnotisches.

»Ja.«

Er steht ebenfalls auf, und ich schaue ihn hilflos an.

»Was soll ich sagen?« Ratlos hebe ich die Schultern. »Ich kannte dich, Jack. Ich *kenne* dich. Ich weiß, dass du deine Frau liebst. Ich weiß, dass du mit anderen Frauen schläfst, um sie zu vergessen. Machst du mir etwa einen Vorwurf, weil ich diesen Irrsinn nicht ausufern lassen will?«

»Nein.« Er fährt sich mit der Hand durchs Haar und lächelt zerstreut. »Ich mache mir einen Vorwurf, weil ich es so weit habe kommen lassen.«

Auf seinen breiten Schultern liegt eine gewaltige, unsichtbare Last.

»Ich mache mir Vorwürfe, weil ich nicht so stark bin wie du. Du wolltest mich, aber du hättest nie den ersten Schritt gemacht, nicht wahr?«

»Natürlich nicht. Du bist schließlich mein Boss. Und dann sind da noch all die Frauen, die in deinem

Schlafzimmer ein und aus gehen. Das hier ist wohl das Dümmste, das ich jemals gemacht habe.«

»Ja.« Er nickt zustimmend und sieht mir fest in die Augen. »Aber du willst nicht, dass es aufhört.«

Ich schüttele den Kopf, denn ich will endlich ehrlich ihm gegenüber sein. »Willst du das denn?«

»Nein.« Sein Lächeln wird breiter. »Sieht ganz so aus, als hätte ich vor etwas anderem Angst.«

»Wovor denn?«

»Davor, wie sehr ich dich begehre. Dich brauche. Und ich habe Angst, dich zu verletzen.«

»Das wirst du nicht.«

Obwohl er nickt, weiß ich, dass er nicht überzeugt ist. Ich bin es auch nicht. Dass Jack mich verletzt, steht genauso fest wie der Morgen, der in ein paar Stunden über dem Hafen heraufziehen wird. Aber es ist mir egal. Ich habe mich einverstanden erklärt, und jetzt bin ich wie ein Baum inmitten eines Sturms, der versucht, den Halt zu bewahren, selbst wenn es mir den Boden unter den Füßen wegzieht.

Unvermittelt ist die Stimmung bedrückt geworden. Ich möchte sie aufheitern. Ich möchte ihn zum Lachen bringen. Seine Wärme und seine Zufriedenheit spüren.

»Ich glaube, als Jugendlicher warst du ein ziemlicher Mistkerl.«

Das Echo unserer vorigen Unterhaltung hallt noch

immer durch den Raum, aber er bemüht sich sichtlich, es zu ignorieren. »Wie kommst denn du darauf?«

»Hmm … vergiss nicht, mit wem du redest. Du bist dickköpfig und egoistisch …«

»Egoistisch? Echt jetzt? Dabei kümmere ich mich doch immer zuerst um dich …«

Mein Gesicht wird ganz heiß, und ich bin sicher, es ist feuerrot. »Ich meine nicht im Bett«, murmele ich.

Er belohnt mich mit einem Lachen. Herzlich und rau. Mein Herz klopft schneller.

»Verstehe.«

Vielleicht bemitleidet er mich. Er durchquert die Küche und lehnt sich an die Arbeitsfläche. Ich stelle mir seine Tätowierung unter dem Stoff seiner maßgeschneiderten Hose vor, strecke die Hand aus und lege sie auf seine Hüfte.

»Eigentlich war ich ein braves Kind«, erzählt er, ohne auf meine Berührung zu reagieren.

Mir gefällt die Intimität. Mehr, als sie sollte. Ich mag es, ihn jederzeit anfassen zu können und ihm nahe zu sein.

»Deine Widerborstigkeit hat sich bei dir also erst später entwickelt?«

Er lacht. »Vermutlich.«

Er streicht mir über die Wange. Ich atme tief ein – den Moment, den Duft. Alles. Ich lege sie als Erinnerungen beiseite, um mich später an ihnen zu erfreuen –

an diesem perfekten Augenblick, den ich unbedingt aufbewahren will.

»Ich bin von zu Hause weggegangen, um die Schule zu besuchen.«

»Du warst auf einem Internat?«

Er nickt. »Ich habe ein Stipendium bekommen.«

»Und du nennst mich eine Streberin?«, necke ich ihn.

Er lächelt nachsichtig. »Mir blieb keine Wahl. Es gab nur eine Möglichkeit, um aus dem verschlafenen Nest rauszukommen, in dem ich aufgewachsen bin. Ich war erfolgreich, weil die Aussicht auf Misserfolg einfach zu trostlos war, um sie in Betracht zu ziehen. Sie dagegen, Mylady, werden von etwas angetrieben, das ich nicht verstehe. Du hattest doch alles. Du bist mit einem goldenen Löffel im Mund geboren worden und einem Stammbaum, der bis zur Magna Charta zurückreicht ... Es wäre für dich ganz einfach gewesen, dein Leben unter diesen Umständen zu führen. Und es wäre ein gutes Leben gewesen.«

»Kommt darauf an, wie man ›gut‹ definiert«, entgegne ich. »Ich habe jedenfalls niemals reingepasst.«

»Das kann ich einfach nicht glauben.«

»Warum nicht?«

»Du könntest überall hineinpassen.«

»Aber ich *wollte* mich bei diesen Leuten nicht zu Hause fühlen.«

Er runzelt die Stirn. »Okay, deine Eltern sind Spießer. Was ist mit deinen Freunden?«

»Die meisten meiner Freunde habe ich erst später kennengelernt. An der Universität. Und später bei Goldman und Deloitte.«

»Und hier? Bei mir?«

Mein Herz setzt einen Schlag lang aus, weil ich glaube, dass er von sich spricht. Es liegt so eine köstliche Möglichkeit in seiner Frage, dass ich mich sofort wieder nach ihm verzehre.

Doch dann fährt er fort. »Wolf. Barry. Du scheinst jeden zu kennen, der für mich arbeitet.«

»Richtig.« Auf einmal spüre ich eine unendliche Leere in meinem Inneren. »Das ergibt sich eben so. *Deine* Eltern müssen stolz auf dich sein«, bringe ich das Gespräch wieder auf ihn, denn ich mag es nicht, dass er den Finger in meine Wunden legt.

»Ja.«

Er rückt näher zu mir, und ehe ich weiß, wie mir geschieht, hebt er mich auf die Arbeitsplatte, spreizt meine Beine und stellt sich dazwischen.

Er ist so nahe bei mir, dass ich mir sicher bin, er kann das Hämmern meines Herzens hören. Übertönt wird es nur von dem Sturm, der draußen vor den Fenstern tobt.

»Meine Eltern glaubten, im besten Fall würde ich Buchhalter werden. Genau wie mein Vater und sein

Vater zuvor. Ich war schon immer gut mit Zahlen. Als ich ihnen erzählte, dass ich meine erste Firma gekauft habe, sind sie aus allen Wolken gefallen.«

»Das kann ich mir vorstellen.«

Er lacht heiser, fährt mit den Lippen über die weiche Haut an meinem Halsansatz, befeuert mit den geschickten Schlägen seiner Zunge meinen Puls. Tief aus meiner Brust dringt ein Stöhnen.

»Es klingt so einfach, wie du das erzählst. Du wolltest kein Buchhalter werden, also hast du das stattdessen gemacht.«

»Das?« Er streift mir den Träger meines Kleides über die Schulter, sodass er über meinen Arm herunterrutscht.

Sein Kuss ist süß wie Honig. Mit der Zunge liebkost er meine nackte Haut, wie nur Jack Grant es kann. Es fühlt sich an, als sei ich nie zuvor geküsst worden. Der Kuss ist ebenso schüchtern wie intim, und ich beuge mich näher zu Jack. Oder weiche ich zurück vor ihm? Wer weiß das schon. Die üblichen Gesetze der Schwerkraft scheinen nicht mehr zu gelten.

»Woher weißt du, dass mein Stammbaum bis zur Magna Charta zurückreicht?«, will ich wissen.

»Ich habe mich erkundigt«, antwortet er zwischen zwei Küssen.

»Was?«

Sein Mund wandert tiefer. Gleichzeitig nimmt er

meine Hand und küsst mein Handgelenk. Ich schließe die Augen, als seine Zungenspitze über meine Haut gleitet.

»Ich habe im Internet über dich recherchiert«, bestätigt er, legt seine Hand auf meinen Hintern und zieht mich näher zu sich.

Ich lege meine Beine um seine Taille. »Warum?«

»Weil du mich neulich nachts überrascht hast. Mir wurde klar, dass ich das eigentlich hätte wissen sollen.«

»Was genau?«

»Alles. Deine Herkunft, deine Familie.«

Ich lache.

»Was ist so komisch?«

»Nur, dass du ... na ja, du schaust im Internet nach, statt mich zu fragen.«

»Fragen hätte zu viel Zeit gekostet.«

»Und die haben wir nicht?«

»Ich bin ungeduldig.« Er grinst.

»Das wusste ich gar nicht«, kontere ich sarkastisch.

Seine Hände, die auf meinen Knien liegen, beginnen höher zu wandern. Er berührt mich nur ganz leicht, als er die empfindliche Haut auf der Innenseite meiner Schenkel erreicht.

»Findest du das merkwürdig?«

Ich kann mich kaum auf seine Frage konzentrieren. »Finde ich *was* merkwürdig?«

Leicht wie ein Schmetterlingsflügel berühren seine Lippen meinen Mund. Jeder Zentimeter von mir sehnt sich nach seiner Berührung. »Dass ich im Internet nach dir gesucht habe.«

»Ach so.« Ich runzle die Stirn. »Das ist schon ein bisschen krass. Aber nein – bei dir muss man mit so etwas wohl rechnen.«

Sein Lachen verursacht mir eine Gänsehaut.

»Weil ich krass bin?«

»Weil du *du* bist«, berichtige ich ihn. »Dominant, entschlossen – wunderbar. So wie du eben bist.«

Einen Moment lang schweigt er. Mit diesem Kompliment hat er wohl nicht gerechnet. Dann entspannt er sich, seine Lippen kehren zu mir zurück, und mein Herz bekommt Flügel, damit es über meinem Körper schweben kann. Es fühlt sich so *richtig* an, so *perfekt*. Unvermittelt komme ich mir vor wie im Himmel.

»Erzähl mir bloß nicht, dass du dich nicht über mich informiert hast…« Seine Finger erreichen den Reißverschluss meines Kleides und ziehen ihn tiefer. Mein Körper ist empfindlich bis aufs Äußerste. Jede seiner Berührungen fährt durch mich hindurch wie ein elektrischer Schlag.

Natürlich habe ich das getan. Ich habe mich über ihn *und* seine Frau informiert. Und natürlich zögere ich, ihm das zu gestehen.

»Ich habe mich bei dir um eine Stelle beworben«, erwidere ich. »Da liegt es doch nahe, dass ich wissen will, mit wem ich es zu tun habe.«

Sein Lachen zeigt mir, dass er mir nicht glaubt. Oder dass er zumindest weiß, dass ich es mit der Wahrheit nicht so genau nehme.

»Warum hast du dein Büro aus der Stadt verlegt?« Die Frage platzt heraus, ehe mir bewusst wird, dass sie mich schon seit Längerem beschäftigt.

Er hat meinen Reißverschluss zur Hälfte heruntergezogen. Jetzt hält er inne. Sein Mund ist so nahe bei meinem, dass ich ihn am liebsten sofort küssen würde. Aber die Frage steht zwischen uns, und ich will eine Antwort.

»Wie bitte?«

»Ich meine … da wir uns gerade gegenseitig ausfragen … « Ich schlucke hart. »Ist es wegen Lucy?«

Seine Miene verzerrt sich. Vor Kummer?

Entschlossen schüttele ich den Kopf. »Vergiss es. Ich hätte nicht fragen sollen.«

»Nein.« Seine Stimme klingt wie ein Reibeisen. »Ist schon okay.«

Ich hätte ihn genauso gut ohrfeigen können.

»Es *war* wegen Lucy. Am Ende war sie so krank. Ich habe mein Büro im Haus eingerichtet. Das Schlafzimmer in der Nähe meines Arbeitszimmers … das war ihres.«

Himmel! Wie konnte ich das nicht wissen? Seine kleine »Lasterhöhle« war das Sterbezimmer seiner Frau …

Ich schaudere, als mir die makabre Traurigkeit dieser Situation bewusst wird.

»Nachdem sie gestorben war, wollte ich nicht, dass … das Leben wieder normal wird. Allein die Vorstellung war mir unerträglich.«

Er seufzt. Seine Leidenschaft scheint wie verflogen, als er meinen Reißverschluss komplett öffnet. »Es gibt keine Anleitung zum richtigen Trauern.«

»Natürlich nicht.«

»Trotzdem hatte ich gehofft, besser mit der Situation fertigwerden zu können.«

Er schließt die Augen, um sich vor mir zu schützen. Aber wenigstens redet er weiter. Das ist genug. Es *muss* genug sein.

»Wir hatten Monate, um uns darauf vorzubereiten. Um uns zu wappnen. Sie war so weit. Am Ende war ihr Leben …« Er unterbricht sich, als befürchte er, Lucy zu verraten. »Sie war bereit zu gehen. Mein Therapeut hat mir gesagt, weil ich so lange für Lucy stark sein musste, ist für mich selbst nichts mehr übrig geblieben.«

»Du gehst zu einem Therapeuten?«

»Ich *bin* hingegangen. So lange, bis er mir diesen Mist erzählt hat. Als ob man einen anderen nur bis zu einem gewissen Grad unterstützen könnte. Als ob ich über Lucys Bedürfnisse meine eigenen vergessen hätte.«

»Ich glaube nicht, dass er es so gemeint hat. Lucys Krankheit muss dir sehr zugesetzt haben. Ich kann mir vorstellen, dass du so viel Energie für ihre Bedürfnisse aufgewendet hast, dass du nicht wusstest, was du mit dir anfangen sollst, als sie dann gestorben war.«

»Meine Welt ist zusammengebrochen«, entgegnet er tonlos.

Er tut mir so leid. Aber das sage ich ihm nicht, weil ich mich nicht wiederholen will. Mein Kleid ist mir auf die Hüften gerutscht. Ich trage keinen BH, und er hält meine Brüste umfasst, als sei ich sein Rettungsring auf hoher See.

»Sie liegt immer noch in Trümmern«, erwidere ich leise.

»Inzwischen ist es anders.«

Mit der Kuppe seines Daumens reibt er über meinen Nippel, den Blick nach unten gerichtet. Er ist voll und ganz auf meinen Körper konzentriert und sieht nicht die Person, die dazugehört.

»Inwiefern?« Ich muss es wissen. Ich will es verstehen.

»Ich trauere um sie, aber ich funktioniere wieder. Die schlimmsten Tage sind nicht die, an denen ich trauere.«

»Nein?«

»Nein, Gemma.«

Er hebt mich von der Arbeitsplatte herunter und trägt mich hinüber zum Schlafzimmer. Aber ich möchte dieses Gespräch nicht beenden. Noch nicht.

»Was sind denn die schlimmsten Tage?«, hake ich nach. Mit der Schulter stößt er die Tür auf.

Er legt mich aufs Bett, doch ich setze mich wieder auf. Mein Kleid liegt wie ein Gürtel um meine Taille, und es ist mir egal, dass er meinen nackten Körper sieht.

»Tage wie dieser. Tage, an denen ich glücklich und abgelenkt bin. Tage, an denen ich vergesse, mich an sie zu erinnern. Die schlimmsten Tage sind inzwischen die, an deren Ende mir klar wird, dass ich überhaupt nicht an sie gedacht habe. Tage wie heute, wenn meine Gedanken nur um *dich* kreisen.«

Das Herz wird mir schwer, denn ich bin ein ganz schlechter Mensch, weil mir sein Geständnis gefällt – selbst als mir klar wird, dass ich mich über meinen Sieg über eine Tote freue.

Lucy wünscht sich, dass er glücklich ist, rede ich mir ein. Also stelle ich mich auf die Zehenspitzen, um ihn zu küssen, und ziehe ihn zu mir aufs Bett.

»Dass du glücklich bist, bedeutet ja nicht, dass du sie weniger liebst«, tröste ich ihn, knöpfe sein Hemd auf und streichle seine Brust. »Es bedeutet nur, dass du ein

Mensch bist und dass die Zeit weitergeht. Das ist ganz normal. Es ist natürlich.«

Er bleibt stumm, aber sein Kuss reicht mir als Antwort. Liebevoll und zärtlich und ein Versprechen seines Körpers, das in Worte zu fassen er noch nicht bereit ist.

Vor Gemma haben nur Nieten für mich gearbeitet. Ich hatte eine todsichere Methode entwickelt, um sie auf die Probe zu stellen: Ich betraute sie mit Aufgaben, die absolut unwichtig waren, fragte aber dann nach Lösungen für die *wirklich* wichtigen Projekte. Damit wollte ich herausfinden, ob sie in der Lage waren, selbstständig zu denken und zu arbeiten.

Gemma ist die Einzige, die diesen Test bestanden hat. Sie ließ sich nicht aus der Ruhe bringen, wenn ich etwas ganz anderes von ihr wissen wollte, als ich angekündigt hatte. Innerhalb kürzester Zeit hatte sie Antworten auf meine neuen Fragen gefunden. Sie gab ehrlich zu, wenn sie etwas nicht wusste, und wenn ich ihr sagte, dass ihre Unfähigkeit eine Folge ihrer schlechten Vorbereitung war, musterte sie mich mit einem Blick, bei dem andere weiche Knie bekommen hätten.

Ohne zu murren, machte sie Überstunden, flog mit mir nach Paris, auch wenn ich sie erst eine Stunde vor dem Abflug über meine Pläne informierte. Sie hat sich kein einziges Mal beklagt. Als ich eines Tages in ihr

Büro kam, hatte sie den Kopf auf ihren Schreibtisch gelegt und schlief tief und fest. Ihr Haar umgab sie wie ein Heiligenschein.

Da sagte ich mir zum ersten Mal, dass sie für mich tabu war. Obwohl ich sie begehrte und mein Körper sofort reagierte. Ich stellte mir vor, wie sie all meine Wünsche erfüllte. Wie ich sie mir zu eigen machte. Aber es wäre nur ein flüchtiges Vergnügen. Und obwohl ich sie damals kaum kannte, wusste ich instinktiv, dass sie wie ein seltenes, faszinierendes Artefakt war, das ich niemals berühren würde, aus Angst, es zu zerbrechen.

Und jetzt stehe ich hier.

Und sie ist bei mir.

Irgendwann in der Nacht, nachdem ich eingeschlafen bin, muss Gemma in ihr Zimmer zurückgegangen sein, weil sie die unsichtbaren Grenzen zwischen uns respektiert, die wir nach unserem intensiven Gespräch stillschweigend wieder errichtet hatten. Nachdem ich ihr mehr über mich preisgegeben habe als jemals irgendeinem anderen Menschen zuvor.

Das macht mich wütend. Es macht mich wütend, dass sie diese Grenzen selbst jetzt noch akzeptiert.

Ich will mich nicht an diese Regeln halten – und gehe hinüber in ihr Zimmer.

Die Sonne ist noch nicht aufgegangen, aber am Himmel dämmert bereits das Versprechen auf einen neuen

Tag. Weiches Licht fällt durch die Jalousien und lässt ihre Haut schimmern wie Seide. Ich überlege, wie es wohl wäre, zu ihr unter die Decke zu schlüpfen. Sie an mich zu ziehen und wach zu küssen.

Aber der Tag bricht an, und sie ist noch genauso tabu für mich, wie sie es vor zwei Jahren war.

11. Kapitel

Mein Flugzeug landet um sieben. Wie schnell kannst du bei mir sein?

Beim Lesen der Mitteilung muss ich zwar lächeln, aber das Herz wird mir schwer. Seit einer Woche bin ich aus Australien zurück, und auch Jack ist bald wieder zu Hause. Er musste noch eine Woche länger bleiben, weil es Probleme mit der Weinplantage in Neuseeland gab. Sieben Tage und Nächte habe ich in einem Fegefeuer der sexuellen Frustration verbracht.

Ich sehne mich nach ihm und vermisse ihn. Ich vermisse ihn so sehr, dass ich an meinen Gefühlen nicht länger zweifeln kann.

Ich bin verliebt in ihn.

Ich liebe ihn.

Und ganz wie Grandma mir vorhergesagt hat, hat es mich getroffen wie ein Blitz aus heiterem Himmel. Es ist eine Tatsache, die feststeht wie ein unerschütterliches Naturgesetz und ebenso selbstverständlich existiert wie die Schwerkraft, Sauerstoff und Regen.

Ich streiche mein hellgrünes Seidenkleid glatt und wünsche mir, es wäre seine Hand, die mich berührt.

Morgen früh ...?

Ich warte ein paar Sekunden, aber er antwortet nicht. Jack hat W-LAN an Bord seines Jets, und er steht dauernd in Kontakt mit dem Rest der Welt. Daher zweifele ich nicht daran, dass er meine Nachricht erhalten hat. Ich stelle mir vor, wie seine Mundwinkel nach unten sinken, während er mit der Tatsache klarzukommen versucht, dass ich nicht sofort auf seine Vorschläge eingehe.

Meinst du mit morgen früh 19.05 Uhr abends?

Jetzt muss ich doch lachen. Ich trage etwas Rouge auf, um mehr Farbe zu bekommen. Mein Make-up ist exquisit – da ich mich nicht selbst geschminkt habe, kann ich das ruhig sagen. Mein Haar ist zu einer altmodischen Dauerwelle frisiert, und über einem Ohr steckt ein Diamantclip, was meinen »Great Gatsby«-Look vervollständigt.

Ich greife zu meiner Stola, schlüpfe in meine Schuhe und nehme mein Telefon zur Hand.

Schön wär's! Meine Eltern feiern Hochzeitstag – schon vergessen?

Ich stopfe das Handy in meine Tasche und klemme sie mir unter den Arm.

Mein Fahrer wartet schon. Nicht Hughes. *Mein* Fahrer. Seine Dienste nehme ich nur in Anspruch, wenn ich in Familienangelegenheiten unterwegs bin. Mum und Dad mögen es, wenn ich die kleinen Rituale befolge, die ihnen sehr wichtig sind. Zum Beispiel, indem ich mich chauffieren lasse.

»Hallo …« Zerstreut lächle ich ihn an, während ich mich auf die Rückbank sinken lasse. Ich schaue auf mein Handy.

Mist. Habe ich vergessen. Kannst du die Party nicht schwänzen?

Wieder lache ich.

Das kannst du vergessen.

Was trägst du zur Party?

Ich halte mir das Handy vors Gesicht und mache ein Foto, kontrolliere rasch, ob ich gut getroffen bin, und schicke es ihm.

Seine Antwort kommt umgehend.

Verdammt heiß, Lady Gemma.

Einen kurzen Moment lang denke ich tatsächlich darüber nach, die Party zu schwänzen – zum Teufel mit den Konsequenzen! – und stattdessen zu Jack zu fahren. Meine Eltern wären außer sich, aber ich denke, die Sache wäre es wert.

Ich schreibe zurück:

Was trägst DU denn?

Kurz darauf werde ich mit einem Foto belohnt. Ich starre auf das Display, und mein Herz klopft wie verrückt in meiner Brust. Er sieht großartig aus. So schön. So gefährlich, dunkel und irritierend schön.

Ich betrachte seine Augen und habe das Gefühl, ihn tatsächlich anzusehen.

Du fliegst im Anzug? Was ist aus der Bequemlichkeit geworden?

Da er nicht sofort antwortet, lege ich mein Handy in meine Tasche, schaue aus dem Fenster und lasse die Umgebung auf mich wirken. Die Feier findet im Ritz statt – wo sonst? –, und der Wagen gleitet in zügigem Tempo über die Straßen von Hampstead bis ins West End, vorbei an den Kensington Gardens.

Als wir anhalten, schaue ich noch einmal auf mein Handy. Nichts.

Ich bin enttäuscht, aber ich werde ihn ja bald sehen. Morgen. Und die Zeit, die wir verloren haben, werden wir nachholen.

Allein der Anblick seines Fotos reicht aus, um mich wieder ganz durcheinander zu machen. Aber ich brauche mehr. Er muss mich festhalten. Ich will seine Arme um mich spüren, ihm in die Augen schauen und fühlen, dass sein Herz nur für mich schlägt …

»Ma'am.« Der Chauffeur öffnet mir die Tür. Ich lächle ihn an und steige hinaus in die kühle Abendluft.

Blitzlichter zucken mir entgegen. Darauf war ich nicht vorbereitet. Eigentlich hätte ich es mir denken können; schließlich findet hier eine Gesellschaft statt, die ziemliches Aufsehen erregt. Ich zwinge mich zu einem Lächeln, neige den Kopf ein wenig nach vorn und steuere auf die großen Glastüren zu.

Die Party findet im Musiksalon statt. Als ich ihn betrete, erinnere ich mich daran, wie ich schon einmal hier war – beim Geburtstag meines Grandpas. Der Raum ist in Gold- und Rottönen gehalten, ein Musterbeispiel an Eleganz und Luxus. Die Wände sind mit Blumenmotiven bemalt, und die schweren Vorhänge sehen aus, als würden sie mindestens eine Tonne wiegen.

Ich komme zu spät. Zwar nur zehn Minuten, aber alle anderen sind schon da. Der Saal ist voll. Ein Streichquartett sorgt für die musikalische Untermalung, und vor meinen Eltern steht eine lange Schlange von Gästen, um sie zu begrüßen. Es ist wie eine Szene aus einem Roman von Jane Austen.

Ich überlege, ob ich mich verdrücken kann, ehe sie mich entdecken, und nach Grandma suchen soll. Ich wette, dass sie sich in der Nähe der Bar aufhält …

Genau in diesem Moment fällt der Blick meiner Mutter auf mich, und sie winkt mich zu sich hinüber.

Ich unterdrücke einen Fluch und schalte mein Lächeln ein. »Mum.« Ich drücke ihr einen Kuss auf die Wange. »Du siehst wunderschön aus.«

Das tut sie wirklich. Mum ist immer beeindruckend. Und nach ihrem philanthropischen Ausflug – mehr kann man es wirklich nicht nennen – hat ihr Teint eine gesunde Bräune angenommen. In ihrem cremefarbenen knielangen Seidenkleid sieht sie fast aus wie eine Braut. Dad trägt einen Smoking.

»Willkommen zu Hause«, begrüße ich sie.

»Stimmt. Du hast recht. Seit unserer Rückkehr haben wir uns ja noch nicht gesehen.« Missbilligend verzieht sie den Mund.

»Ich war in Australien«, entschuldige ich mich und wünsche mir sofort, ich hätte es nicht getan. Warum zum Teufel entschuldige ich mich? Sie waren ja auch nicht unbedingt scharf darauf, mich wiederzusehen. »Hattet ihr eine gute Reise?«

Mein Vater murmelt etwas Unverständliches.

»Auf jeden Fall.« Meine Mutter nickt. »Wir überlegen bereits, im nächsten Jahr wieder zu fahren – nicht wahr, Darling?«

Dads Leidensmiene spricht Bände. »Wir schauen mal.«

»Ist Grandma auch hier?«

Wieder nickt meine Mutter und lässt ihren Blick durch den Saal schweifen. »Dort drüben.«

»Ich schau mal nach ihr«, sage ich, als würde ich ihr einen Gefallen tun. Dabei tue ich *mir* den Gefallen.

»Hast du deine Rede dabei?«, ruft Mutter mir nach.

Ich zucke zusammen. *Verdammt!* Warum habe ich vergessen, dass ich eine Ansprache halten muss?

Ich bahne mir einen Weg durch die Menge, bis mein Blick auf Grandma fällt. Ihre schlanke Figur steckt in einem schwarzen Kleid, dazu trägt sie ein Bolerojäckchen mit eingewirkten Silberfäden. Auf dem Kragen sind dunkle Seidenblumen angebracht. Sie hat es tatsächlich geschafft, sich anzuziehen wie für eine Beerdigung.

Freudig gehe ich zu ihr. »Hey!«

»Oh, Gott sei Dank, verdammt noch mal! Endlich jemand, den ich wirklich mag.«

Einige Gäste hören ihren Fluch und suchen missbilligend ein wenig Abstand zu ihr. Grinsend küsse ich ihre faltigen Wangen.

»Recht hast du. Ich habe das Gefühl, die Gesellschaft

ist noch langweiliger als letztes Jahr.« Ich trommele mit den Fingern auf die Bar, während ich Blickkontakt mit dem Barkeeper suche. »Champagner, bitte.«

Er füllt ein Glas mit Bollinger und reicht es mir. Grandma gibt ihm ein Zeichen, ihr nachzuschenken. Ich verkneife mir ein Grinsen und frage mich, wie viel sie schon getrunken haben mag. Sie kann trinken wie ein Seemann, und das Alter hat daran nichts geändert.

»Wo ist mein Koala?«

»Dein … was?«

»Du warst doch in Australien, oder?«, fragt sie ungeduldig.

»Oh. Ja, sicher. Und ich fürchte, du musst selbst in den Busch gehen, um einen zu sehen.«

»Und ich fürchte, du hast mal wieder zu viel gearbeitet, um in den Busch zu gehen?«

»Hmm …«

Ich habe nicht nur gearbeitet. Als ich mich an unsere anderen Aktivitäten erinnere, wird mir ganz heiß. Jacks Berührungen waren es wert, um die halbe Welt zu fliegen.

»Ich habe allerdings Delfine gesehen – von Jacks Balkon aus. Es war ein ganzer Schwarm. Erstaunliche Tiere, die sich im Wasser vergnügt haben.«

»Sie waren auf dem Balkon?«

Ich muss schmunzeln. »Nein, Grandma, sie waren im Hafen.«

»Natürlich, Darling.« Sie schlürft ihren Champagner. »Erinnerst du dich noch an den Geburtstag deines Großvaters?«

»Ja. Ich musste daran denken, als ich hereinkam.«

»An diesem Abend war er so glücklich. Im Kreise seiner Lieben.« Seufzend schaut sie sich im Saal um. Ihre Augen glänzen ein wenig feucht. »Der Bürgermeister ist auch hier.«

Ich folge ihrem Blick. »Ja. Dad und er haben bei einigen Projekten zusammengearbeitet.«

Grandma zieht die Augenbrauen hoch, als würde sie auch das missbilligen. Ich nehme einen Schluck Champagner.

»Du hattest also eine schöne Zeit?«

»Ja. Australien ist fantastisch. Ich liebe Sydney.«

»Warum bist du dann zurückgekommen?«

»Du wiederholst dich«, antworte ich schmunzelnd.

»Darling, das Leben ist zu kurz für nichtssagende Nettigkeiten, und ich liebe dich zu sehr, um dich anzulügen.«

»Ich lebe nun mal *hier*. Und ich würde dich wahnsinnig vermissen.«

»Ich komme dich besuchen.«

Ein alter Freund unseres Vaters unterbricht uns, und während der nächsten zwanzig Minuten machen Grandma und ich höflichen Small Talk. Dabei stoßen wir uns unauffällig – na ja, vielleicht doch nicht so unauffällig, wie wir glauben – mit den Ellbogen an und bemühen uns, nicht die Augen zu verdrehen.

Jetzt gesellt sich noch ein anderer Gast zu uns – und etwas später Grandmas Patentochter Laurena, – die ist noch mal eine ganz andere Nummer! Und im Handumdrehen ist es halb acht.

Jack dürfte mittlerweile gelandet sein. In seinem Anzug. Er sieht so gut aus … und ich vergeude hier meine Zeit!

Seufzend konzentriere ich mich wieder auf die Unterhaltung, der ich nur mit einem Ohr lausche, nicke, wenn es angebracht ist, und bin wirklich dankbar, als mein Vater mich zum Tanzen auffordert. Die Tanzfläche ist ziemlich klein – ein Zugeständnis an die Tatsache, dass so viele Gäste gekommen und die wenigsten am Tanzen interessiert sind.

Dad und ich dagegen haben immer gerne getanzt. Er legt seine Arme um mich, und ich erinnere mich daran, dass ich als kleines Mädchen auf seinen Füßen gestanden habe und er sich zum Takt der Musik mit mir bewegt hat. Mit Dad zu tanzen ist allemal besser, als belanglose Gespräche mit den Freunden meiner Eltern zu führen.

Ich habe ein bisschen Mitleid mit Grandma, weil ich sie den stinkreichen Wölfen zum Fraß vorgeworfen habe. Über meine Schulter hinweg sehe ich, wie sie umringt wird, und frage mich schmunzelnd, worüber sie sich wohl mit ihnen unterhält.

»Wie läuft's denn bei der Arbeit, Schatz?«

Ich schaue meinen Vater an. »Sehr gut.«

»Wirklich? Wie schade.«

»Wieso?«

»Sidney hat mir gerade erzählt, dass er eine Rechtsberaterin mit deinen Fähigkeiten sehr gut gebrauchen könnte.«

»Bürgermeister Black?«, frage ich mit einem spöttischen Lächeln.

»Er bewundert dich schon lange. Er hat mich gefragt, ob ich ein Treffen arrangieren könnte.«

»Ich habe einen Job, Daddy. Einen Job, den ich liebe.«

Und plötzlich, als hätten ihn meine Gedanken und Wünsche herbeigezaubert, steht Jack neben mir und hat nur Augen für mich. Seine Miene ist unergründlich. Es gibt nur noch ihn und mich – nur noch *uns*.

»Jack?« Ich bleibe stehen und löse mich von meinem Dad, indem ich einen Schritt zurücktrete. Mir stockt der Atem. »Was machst du denn hier?«

»Du hast mich eingeladen. Erinnerst du dich nicht?«

Das habe ich nicht getan, und wir beide wissen es nur zu genau. Doch darüber werde ich nicht vor meinem Vater mit ihm diskutieren.

»Natürlich.« Ich nicke. Das Blut rauscht in meinen Ohren. »Ich vergaß – Dad, das ist Jack Grant. Mein … ähm … Chef.«

Jack schüttelt meinem Vater mit gesundem Selbstbewusstsein die Hand. »Mylord.«

Mein Vater ist beeindruckt – wie die meisten Menschen, die Jack zum ersten Mal begegnen. Das gefällt mir. Obwohl er dagegen ist, dass ich so viel arbeite, und auch nicht gerade erfreut darüber, dass mir mein Job so viel bedeutet, versteht er doch offenbar, wie fasziniert ich von Jack bin.

»Sie gestatten?«

»Oh … aber natürlich.«

Mein Vater tritt zur Seite, aber ich bekomme es gar nicht mit, weil ich mich voll und ganz auf Jack konzentriere, der jetzt seine Arme um mich legt.

Seine Nähe und seine einzigartige Ausstrahlung überwältigen mich. Er bewegt sich perfekt im Takt der Musik. Ich spüre seinen Körper, seine Muskeln, seine Härte, und es kribbelt in meinem Bauch.

»Warum bist du wirklich hier?«

Seine Miene ist mir ein Rätsel. Ein gequälter Gesichtsausdruck. Oder Zorn?

»Du wirkst irgendwie verkrampft. Ich habe dich noch nie so erlebt.«

Ich nicke langsam. Glaubt er, das erklärt alles?

»Also …?«

»Ich wusste nichts mit mir anzufangen …«

»Oh.« Ich spüre einen Stich der Enttäuschung. »Verstehe.«

Was habe ich denn erwartet? Eine feurige Liebeserklärung?

»Ich bin deinetwegen hier«, erwidert er leise und streichelt meinen Rücken. »Ich wollte dich sehen. Und du warst hier.«

»Deshalb bist du gekommen?« Ich wiederhole mich, aber es ist mir egal. Mein Herz fühlt sich so leicht an, dass ihm bestimmt bald Flügel wachsen.

»Genau.«

Sein Lächeln löst unbeschreibliche Gefühle in meinem Unterleib aus.

»Nun, ich bin mir gar nicht sicher, ob ich im Moment überhaupt hier sein möchte.«

Sein Lachen bringt mich fast um den Verstand. Am liebsten würde ich mir die Kleider vom Leib reißen und schreien: *Nimm mich! Jetzt!!*

»Dann läuft ja alles nach Plan.« Er grinst. »Wie war deine Woche?«

Passiert das gerade wirklich? Ist Jack Grant tatsächlich zu Gast auf der Feier zum Hochzeitstag meiner Eltern, tanzt mit mir, streicht mir über den Rücken, fragt mich, wie meine Woche war, erzählt mir, dass er mich vermisst hat? Oder träume ich das alles nur? Das alles ist so fantastisch und unwirklich – und wunderbar …

»Anstrengend. Und deine?«

Wow! Ich klinge ja ganz normal. Gut gemacht, Mädchen!

»Perfekt.« Er zwinkert mir zu – es sieht so sexy aus. »Neuseeland ist herrlich, und ich habe mir ein hübsches kleines Weingut gegönnt.«

Ich seufze sehnsüchtig. »Das glaube ich gern.«

Er lacht. »Beim nächsten Mal kannst du es mit eigenen Augen sehen.«

»Ja …«

Ich versuche, mich nicht in Tagträumen zu verlieren, in denen Jack und ich Hand in Hand durch Reihen von Weinreben schlendern und glücklich lächelnd den Sonnenuntergang betrachten. Tagträume sind schön, aber leider zu weit entfernt von der Realität.

»Jack Grant?«

Ich spüre sein Seufzen, das er allerdings gut zu verbergen weiß, als er sich dem Mann zuwendet, der uns angesprochen hat. Ich erkenne ihn wieder. Allerdings fällt mir sein Name gerade nicht ein.

»Adam.« Jack nickt, lässt aber die Hände nicht von meiner Taille. »Wie geht's denn immer so?«

»Himmel, wir haben uns ja seit Jahren nicht gesehen! Ich habe natürlich immer mal geschaut, was du so machst. Bemerkenswerte Karriere! Hast du einen Moment Zeit? Ich würde gern mit dir über ein Projekt reden, mit dem ich mich gerade beschäftige.«

»Eigentlich …«, beginnt Jack, und mein Herz macht einen Satz.

Aber wir erregen bereits Aufmerksamkeit, und ich

bin mir nicht sicher, ob einer von uns das jetzt schon möchte.

Ich räuspere mich und trete einen Schritt zurück. »Kein Problem.« Innerlich zucke ich zusammen, als ich merke, wie eiskalt meine Worte klingen. Ich lächle, um diesen Eindruck abzuschwächen. »Ich wollte ohnehin noch mal nach Grandma schauen.«

»Ach, sie ist auch hier?« Verständnisvoll schaut Jack mich an, und mir wird ganz warm ums Herz. »Ich freue mich schon darauf, sie kennenzulernen.«

Er schaut mich einen Moment zu lange an, und eine Sekunde lang sind wir beide der Mittelpunkt des Universums.

Mit einem Lächeln und einem Hüftschwung drehe ich mich um und gehe fort, denn ich weiß, dass er heute Abend nicht nur hergekommen ist, weil er mich mag, sondern weil wir gleich Sex haben werden. Ich kann es kaum erwarten.

»Allmählich verstehe ich dich besser«, murmelt Grandma, während sie Jacks Profil begutachtet.

Er ist mit Adam ins Gespräch vertieft. Dabei wirkt er ausgesprochen geschäftsmäßig. Bei seinem Anblick bekomme ich sofort wieder Herzklopfen.

»Was meinst du damit?« Ich setze mich neben sie und klaue einen Schluck Champagner aus ihrem Glas.

Grandma tätschelt mein Knie. »Es ist wohl nicht nur ein Job.«

Ich überlege kurz, ob ich widersprechen soll, aber sie ist schließlich Grandma. Sie würde mich sofort durchschauen.

»Was meinst du damit?«, frage ich stattdessen vorsichtig. Und warte.

»Habt ihr was miteinander?«

Vertrau Grandma. Ich beiße mir auf die Unterlippe. »Nicht wirklich. Na ja, irgendwie schon …«

»Verstehe.« Sie legt den Kopf schräg, ohne Jack aus den Augen zu lassen. Sie scheint ihn regelrecht auseinanderzunehmen. »Interessant …«

»Nicht wirklich.« Ich schüttele den Kopf. »Und es ist noch sehr … früh. Ganz neu.«

»Ein Geheimnis?«, hakt sie nach und schaut mich verschwörerisch an. Die Vorstellung von einem Geheimnis gefällt ihr ganz offensichtlich. Ich seufze. Jetzt gibt es für sie kein Halten mehr.

»Ja. Ein Geheimnis«, bestätige ich nach einem Moment.

»Sehr schön. ›Geheim‹ ist mein zweiter Vorname.« Sie zwinkert mir zu und tätschelt mir erneut das Knie.

Es vergeht mehr als eine Stunde, bis ich wieder in Jacks Nähe komme, und bis dahin kann ich es kaum noch abwarten, ihn zu berühren. Ihn zu küssen. Mit ihm allein zu sein. Auf dem Weg zu ihm weiche ich einigen Gästen aus, und ich habe ihn fast erreicht, als meine Eltern die Bühne betreten und die Musik verstummt. Auch die Gäste unterbrechen ihre Gespräche.

Meine Mutter ist ein Naturtalent, wenn es um Ansprachen geht. Vor vielen Menschen zu reden, fällt ihr leicht. Die Rolle der glücklichen Ehefrau beherrscht sie perfekt. Mein Vater spricht einen Toast auf sie aus, und dann stellen sie mich vor. Ihre Erbin.

Grrr!

Ich setze ein Lächeln auf und gehe auf dem Weg zur Bühne so nahe an Jack vorbei, dass seine Hand meine Hüfte streift und meinen Körper elektrisch auflädt.

Ich werde die verdammte Lobrede halten, und danach verschwinden wir sofort. Er und ich. Mit ihm allein zu sein, ist alles, woran ich im Moment denken kann.

Alle Leute schauen mich an, aber ich habe nur Augen für Jack. Mit seinen Blicken scheint er mich sogar aus der Ferne zu liebkosen. Zwischen meinen Beinen pocht es heftig. Begierde ist ein sehr drängendes Gefühl, und es hat mich vollkommen im Griff.

»In letzter Zeit habe ich viel über Liebe und Ehe nachgedacht. Über das Vertrauen, das es braucht, um diesen Schritt zu tun. Wir können mit den besten Absichten eine Beziehung beginnen und trotzdem feststellen, dass sie nicht funktioniert. Dass unsere Liebe allein nicht ausreicht – dass sie die Entfernung zwischen zwei Menschen nicht überwinden kann. Oder wir verlieren möglicherweise den Menschen, den wir auf der Welt am meisten lieben, und haben das Gefühl, dass uns ein Seelenverwandter gestohlen wurde. Unsere einzig wahre Liebe.«

Ich schaue Jack an und blinzele ein paar Tränen weg.

»Oder wir verlieben uns, heiraten, und alles ist perfekt. Ein echtes Happy End.«

Ich wende mich meinen Eltern zu und lächle sie an. Hoffentlich bedeutet ihnen diese verschwommene Beschreibung von Liebe irgendetwas. Es ist schwer zu sagen. Botox hat dafür gesorgt, dass die Gefühlsregungen meiner Mutter auf das Nötigste reduziert wurden. Man erkennt nur noch leichte Anflüge von Missbilligung, Ungeduld, Belustigung und Langeweile. Da ich nicht weiß, was sie davon gerade empfindet, konzentriere ich mich wieder auf die versammelten Gäste.

»Wenn meine Grandma davon erzählt, wie sie meinen Grandpa kennengelernt hat, klingt es fast so, als wäre dieses Treffen eine göttliche Fügung gewesen. Es lag etwas Unvermeidliches darin – etwas, gegen das sie nicht hätten ankämpfen können, selbst wenn sie es gewollt hätten.«

Ich werfe Grandma ein Lächeln zu, und die Tränen in ihren Augen machen mich stolz, weil sie weiß, dass ich sie verstehe. Ich begreife, was sie empfunden hat.

»Ich glaube, die Ehe ist eine bemerkenswerte Einrichtung, und ich gratuliere meinen Eltern zu ihrem dreißigsten Hochzeitstag. Auf Mum und Dad.«

Ich hebe mein Glas und lächle ihnen zu.

Meine Mutter nickt zum Dank. Dad wirft mir einen Kuss zu. Die Menge stimmt in meinen Toast ein, und ich verlasse die Bühne.

Mein Champagnerglas stelle ich auf einem Tisch ab, ohne irgendjemand anderen anzusehen. Stattdessen laufe ich mit durchgedrücktem Rücken und entschlossenen Schritten zur Tür.

Ich verabschiede mich nicht von Grandma. Ebenso wenig beachte ich die anderen Gäste, die mir zu meiner Rede gratulieren wollen. Starr schaue ich geradeaus, bis ich den Saal verlassen habe. Endlich frei!

Ich gehe weiter, steige die Treppe ins Foyer hinunter, das ich mit laut klappernden Absätzen durchquere. Das Einzige, was ich bewusst wahrnehme, sind mein Atem und meine Schritte. An der Glastür bleibe ich stehen.

Ich muss nicht lange warten. Nicht einmal eine Minute lang.

Er sagt kein Wort. Die Hand auf meinem Rücken ist warm und vertraut, und in meinem Magen flattern Schmetterlinge. Fast werden mir die Knie weich.

Er geleitet mich aus dem Ritz, und ich begrüße Hughes mit einem Lächeln. Ich überlege, ob ich einen Schritt beiseitetreten soll, um Jack nicht allzu nahe zu sein, aber er lässt mich nicht. Seine Hand klebt förmlich an mir, und als ich in den Wagen steige, berührt er mich an der Schulter und dreht mich zu sich herum.

In seinen Augen liegt so viel Gefühl, aber ich kann nicht sagen, was er genau empfindet. Ich weiß nur, dass er mich mit der gleichen brennenden Leidenschaft begehrt, die auch in mir lodert.

»Fahren wir?«, frage ich ihn.

»Und ob wir das tun.«

Und dann küsst er mich auf die Nasenspitze, als wäre es das Natürlichste auf der Welt.

Dabei liebe ich ihn doch auch so schon genug.

12. Kapitel

»Carrie?«

Meine Stimme klingt heiser, und meine Augen brennen, als ich ans Telefon gehe. Ich bin müde. Wie spät ist es, verdammt noch mal?

Ich blinzle in die Dunkelheit von Jacks Zimmer und spüre Panik in mir aufsteigen.

Ich habe in seinem Bett geschlafen. Neben ihm. Die ganze Nacht.

Oder etwa doch nicht? Er liegt nicht neben mir, und sein Kissen fühlt sich kühl an.

Mein Blick fällt auf den Wecker auf seinem Nachttisch. Es ist nicht so früh, wie ich befürchtet habe – gerade einmal kurz nach acht. Aber es ist wirklich Sonntag, und in der vergangenen Nacht habe ich vermutlich nur eine Stunde geschlafen.

Ich werde rot, als ich mich daran erinnere, wie wir uns wieder miteinander vertraut gemacht haben. Kaum hatten wir sein Apartment betreten, sind wir wie zwei Verzweifelte übereinander hergefallen, hastig und gierig. Danach wurden wir langsamer, liebevoller. Begaben uns auf eine Forschungsreise. Genossen das Wiedersehen. Schließlich übernahm Jack wieder die Führung, nutzte wie immer meine Bedürfnisse aus, um mich zu dominieren und zu kontrollieren. Und warum auch nicht? Schließlich liebe ich es.

Mir wird bewusst, dass ich seit Wochen nicht mehr mit meiner Freundin gesprochen habe – seit wir unser geplantes Treffen verschoben haben. »Alles in Ordnung?«, frage ich.

»Ähm … sollte ich das nicht besser *dich* fragen?«

»Warum?«

Stirnrunzelnd fahre ich mit einem Finger über die blütenweiße Bettdecke. *Wo steckt Jack bloß?* »Was ist denn los?«

»Du hast wohl heute noch nicht in die Zeitung geschaut?«

Ich schüttele den Kopf und krame in meinem Gedächtnis nach, welcher von Jacks Geschäftsabschlüssen noch nicht in trockenen Tüchern ist. Was könnte schiefgelaufen sein?

Ich unterdrücke einen Fluch, während ich aus dem Bett krieche, und noch ehe ich die Füße auf den Boden stelle, liest Carrie laut vor: *»›Die Schöne und der Milliardär‹ …«*

Scheiße!

»Was ist das?«

»Soll ich es dir vorlesen?«

»Nur das Wichtigste«, murmele ich und lasse resigniert den Kopf hängen.

»›Der berühmte Milliardär, Wohltäter und Witwer Jack Grant scheint den Weg ins Leben zurückgefunden zu haben. Gestern Abend wurde er mit Lady Gemma Picton im *Ritz* gesehen und … bla, bla, bla …‹« Carrie wird leiser, ehe sie fortfährt: »›Das Paar arbeitet seit einigen Jahren zusammen, aber es sieht so aus, als habe ihre Beziehung die nächste Stufe erreicht. Ist es möglich, dass Großbritanniens beliebtester Milliardär bald vom Markt ist?‹« Sie macht eine Pause, um die Worte wirken zu lassen. »Es gibt auch ein paar Fotos.«

»Das kann ich mir vorstellen.«

Ich stehe auf und greife nach Jacks Morgenmantel, der an der Tür hängt. Er ist aus dunkelblauem Frotteestoff und reicht mir bis zu den Füßen. Er riecht nach ihm, und meine Sinne reagieren erwartungsgemäß darauf.

»Welche Zeitung?« Ich verknote den Gürtel und lege meine Hand auf die Türklinke.

»Die *Daily Gazette*.«

»Ach so«, entgegne ich erleichtert. »Das ist okay. Wie kommst du dazu, *so was* zu lesen?«

»Meine Cousine hat mir den Artikel gemailt. Sie weiß, dass wir befreundet sind.«

»Na toll. Aber ich denke, sonst wird ihn keiner lesen.«

»Tut mir leid, Schätzchen. Der Bericht steht auch im *Telegraph*.«

Ich schließe die Augen. »Scheiße.«

»Stimmt es denn?«

Carrie klingt ehrlich besorgt.

Meine Antwort ist ebenso schnell wie gelogen. »Nein.«

»Auf dem Foto seht ihr beide sehr vertraut miteinander aus«, stellt sie fest.

»Bilder lügen. Hör mal, ich … ich melde mich später bei dir, okay?«

Noch ehe sie etwas erwidern kann, lege ich auf und marschiere aus dem Schlafzimmer.

Jack ist bereits angezogen. In der Hand hält er eine Tasse Kaffee. Gedankenverloren blickt er hinunter auf die Stadt London, die sich unter seinem Apartment bis zum Horizont erstreckt.

Auf dem Tisch liegen einige Zeitungen, die ich sofort in Augenschein nehme. Ich bin wie vom Donner gerührt, als ich feststelle, dass eine von ihnen uns sogar die Titelseite gewidmet hat: Schnappschüsse, auf denen wir jeweils allein zu sehen sind, sowie Fotos, die uns bei der Arbeit zeigen. Die Fotostrecke erweckt den Eindruck, als pflegten wir bereits seit Jahren einen sehr vertrauten Umgang miteinander.

Natürlich gibt es auch das unvermeidliche Bild von Jack und Lucy an ihrem Hochzeitstag. Ihre Augen, ihr

Lächeln und ihre strahlende Miene ziehen mich in ihren Bann.

Nun sind wir also alle drei auf einer Zeitungsseite vereint für alle Ewigkeit – und jeder, der möchte, kann uns künftig immer wieder anschauen.

»Es tut mir leid«, murmele ich, obwohl ich gar nicht genau weiß, wofür ich mich eigentlich entschuldige.

»Warum?« Er dreht sich zu mir um. An seiner Schläfe zuckt ein Muskel.

Er sieht unwahrscheinlich gut aus – und gleichzeitig ausgesprochen schrecklich. Unter dem gebräunten Teint ist seine Haut aschfahl.

Mit einer Kopfbewegung deutet er auf die Zeitungen. »Das ist nicht deine Schuld.«

»Ich weiß.« Bedächtig schüttele ich den Kopf. »Aber es ist trotzdem … nicht gut.«

Ein kurzes zustimmendes Nicken. »Ich habe Amber schon auf die Mailbox gesprochen«, murmelt er und fährt sich mit der Hand über die Bartstoppeln. »Um es ihr zu erklären.«

Ich nicke. Es ist sehr anständig von ihm, Lucys Schwester sofort zu informieren.

»Diese verdammten Schmierfinken von Paparazzi!«, schimpft er unvermittelt, und ich zucke zusammen, als er mit der flachen Hand auf einen Stuhl schlägt. »Ich wünschte, sie würden mich endlich in Ruhe lassen.«

»Du bist immerhin berühmt«, erinnere ich ihn, und

obwohl die Anspannung im Zimmer quasi mit Händen zu greifen ist, muss ich schmunzeln.

Aber ihm ist nicht nach Späßen zumute. Ich werde wieder ernst.

»Ich nehme an, dass meine Eltern daran nicht unbeteiligt sind.«

»Ich hätte nicht kommen sollen.«

Seine heftige Reaktion überrascht mich. Ich verstehe, dass er verärgert ist; ich bin es ja auch. Diese Artikel sind aufdringlich und unangebracht. Und der Zeitpunkt könnte nicht ungünstiger sein – gerade, als unsere Beziehung eine positive Entwicklung erlebt und kurz davorsteht, perfekt zu werden, drängt man uns in eine Position, in der wir erklären müssen, wie wir zueinander stehen. Dennoch …

»Jack«, sage ich laut, um seine Aufmerksamkeit auf mich zu lenken. »Es ist nicht das Ende der Welt, oder?«

Er starrt mich an, und ich weiß nicht, ob er darüber nachdenkt, warum ich die Lage nicht verstehe, oder sich zu beruhigen versucht. Jedenfalls sagt er kein Wort.

Ohne Koffein kann ich das alles nicht verarbeiten. So viel steht schon mal fest. Ich gehe in die Küche, fische eine Kapsel aus der Dose und lege sie in die Kaffeemaschine. Das Surren des Geräts ist das einzige Geräusch in dem geräumigen Apartment. Ich lasse den Kaffee durchlaufen und trinke einen Schluck. Dass ich mir die Zunge verbrenne, kommt mir seltsam passend vor.

»Jack«, sage ich noch einmal.

Er sieht mich an, als würde er mich nicht erkennen. Vor einem Monat hätte mir das noch einen Schrecken eingejagt, aber jetzt nicht mehr. Nicht nach allem, was wir miteinander erlebt haben.

»Verdammt noch mal, Jack. Du rastest ganz grundlos aus. Das ist nur eine blöde Klatschgeschichte. Wir können sie einfach ignorieren.«

»Ich raste *grundlos* aus?«, wiederholt er ruhig, aber unüberhörbar verärgert über meine Naivität. »Grundlos?«

»Ja – grundlos. Was ist denn schon dabei? Was ist dabei, wenn wir beide miteinander ausgehen? Wen kümmert das? Was ist schlimm daran?«

»Mein Gott …« Er wendet mir den Rücken zu, seine Schultern sind angespannt.

»Ich meine es ernst.«

Ich trinke noch einen Schluck Kaffee, aber als er weiterhin aus dem Fenster starrt, stelle ich die Tasse geräuschvoll auf die marmorne Arbeitsfläche, fasse ihn am Arm und will ihn zu mir umdrehen. Doch er bleibt hartnäckig – jeder Zoll der Geschäftsführer, der Boss, kalt, professionell, gefühllos. Und dennoch kämpft er innerlich mit seinen Gefühlen. So gut kenne ich ihn mittlerweile.

»Wir schlafen seit mehr als einem Monat zusammen. Wir hatten verdammt noch mal Sex in Clint Sheridans Homeoffice, und wir sind fast jeden Tag zusammen. Ist dir niemals in den Sinn gekommen, dass das irgendwann an die Öffentlichkeit dringen muss?«

»Ich habe nie darüber nachgedacht«, antwortet er unwillig. »Sonst wäre ich bestimmt sehr viel vorsichtiger gewesen.«

Ich ändere meine Taktik. Diese Antwort kann ich später noch analysieren.

»Warum ist es denn eine so große Sache?«

Ich schaue ihm ins Gesicht, selbst als er den Blick abwendet. Mir entgeht keine Gefühlsregung in seiner Miene, und es ist ein bisschen so, als würde man vom sicheren Ufer aus beobachten, wie ein Schiff versinkt. Und ich kann ihm nicht helfen, kann nicht zu ihm gelangen. Er wird von einem Meer verschluckt, das ich nicht überqueren kann.

»Abgesehen von der rücksichtslosen Verletzung meiner Privatsphäre?«

Das lasse ich nicht gelten. »Du bist ein großer Junge und an Publicity gewöhnt. Also – warum regst du dich so auf?«

»Es ist einfach zu viel.« Müde schüttelt er den Kopf und fährt sich erneut mit der Hand über die Bartstoppeln. »Gemma, hör zu … Ich habe heute Morgen einen Termin. Ich bin ohnehin schon spät dran.«

Seine Worte schlagen Funken an der Zündschnur meiner Geduld, und ich versuche gar nicht erst, meine Empörung zu verbergen. »Einen *Termin*?«, frage ich verächtlich.

»Ja, einen Termin. Ich bin zum Frühstück verabredet.«

»Soll das ein Witz sein?«

Ich lege meine Hand auf seine Brust. Einen Moment lang bleibt er regungslos stehen. Sein Lächeln wirkt aufgesetzt. Dann tritt er einen Schritt zurück. Meine Hand sinkt nieder. Wir berühren uns nicht mehr.

Seine Stimme klingt kalt und autoritär. »Du kannst natürlich bleiben, so lange du willst. Hughes wird dich …«

»Scheiß auf Hughes!«, fluche ich. »So einfach wirst du mich nicht los. Verdammt noch mal, Jack! Ich habe das lange genug ertragen. Deine verdammten Stimmungsschwankungen. Erst willst du mich, wir haben Sex, und dann verschwindest du wieder.«

Eine Ader pocht an seiner Schläfe. Am liebsten würde ich ihm eine saftige Ohrfeige versetzen.

»Man hat uns also fotografiert, wie wir gemeinsam eine Party verlassen. Na und? Die Leute glauben also, wir sind zusammen. Na und? Soll ich dir mal was sagen? *Das sind wir!*«

Er macht einen Schritt zurück, als hätte ich ihm tatsächlich ins Gesicht geschlagen.

»Wir schlafen miteinander. Arbeiten zusammen. Wir kennen uns in- und auswendig. Wo also liegt das verdammte Problem?«

»Ich kann mich jetzt nicht damit auseinandersetzen.«

Je lauter und aufgeregter ich werde, desto ruhiger scheint er zu sein. Das macht mich noch wütender. Ich habe das Gefühl, mich in einem schrecklichen Hamsterrad zu drehen und keinen Schimmer zu haben, wie ich herauskommen kann.

»Wir müssen reden«, sage ich. Meine Stimme zittert wie ein Blatt im Sturm.

»Ja, das müssen wir.«

Dass er mir sofort zustimmt, beunruhigt mich eher, statt mich zu erleichtern.

»Aber nicht jetzt. Ich habe heute Morgen wirklich einen wichtigen Termin, Gemma.«

Ich kenne seinen Terminkalender genau; ich weiß, wann er wo ist, aber ich kann mich beim besten Willen nicht an einen einzigen Eintrag für den heutigen Tag erinnern.

»Was denn für einen Termin?«

Schuldbewusst wendet er den Blick ab. Ich bin außer mir vor Wut. Lügt er mich an? Will er um jeden Preis vermeiden, dass wir wie erwachsene Menschen über unsere Beziehung reden, und erfindet deshalb irgendwelche Gründe, um mich loszuwerden?

Na schön! Eher gehe ich, als ihn anzuflehen, mich zu

lieben. Irgendwie habe ich nämlich das Gefühl, dass ich genau das gerade tue.

Aber gerade als ich wie ein beleidigter Teenager weglaufen will, verkündet er tonlos: »Heute ist Lucys Geburtstag.«

Bumm! Die Bombe ist explodiert, und ich habe das Gefühl, seine Worte ziehen mir den Boden unter den Füßen weg.

»An Lucys Geburtstag frühstücke ich immer mit Amber. Und in Anbetracht dieser Sache …«, aufgebracht deutet er auf die Zeitungen, »… wäre es, glaube ich, ausgesprochen unhöflich, zu spät zu kommen.«

»Lucys Geburtstag.« Ich nicke, aber meine Gedanken überschlagen sich, und mein Herz zieht sich schmerzhaft zusammen.

War dieses Glas eigentlich schon die ganze Zeit da? Ein Glas Scotch steht auf dem Tisch.

Ich schließe die Augen.

Er schläft mit Frauen, um Lucy zu vergessen. Und genau das ist vergangene Nacht passiert.

Oh Gott! *Oh Gott!* Vor Panik kommt mir die Galle hoch.

»Deshalb musstest du mich gestern Abend unbedingt sehen«, sage ich mit gepresster Stimme. »Es ging gar nicht um mich, stimmt's?«

Dabei war ich mir so sicher, dass wir in unserer Beziehung Fortschritte gemacht haben – dass er gestern gekommen ist, weil er *mich* gebraucht hat. Weil er mich vermisst hat.

Aber so war es nicht, oder? Es ging um Lucy. Es geht immer nur um Lucy.

In seinem Blick liegt eine Mischung aus Kummer und Qual. Das ist mir jetzt egal. Ich löse den Gürtel des Morgenmantels und lasse ihn über die Schultern gleiten, während ich in sein Schlafzimmer gehe. Meine Sachen liegen auf dem Boden verstreut, wo wir sie vergangene Nacht achtlos hingeworfen haben – erkaltete Überbleibsel unserer Leidenschaft, leblose Wegweiser auf seinem Pfad der Buße.

Mit zitternden Fingern ziehe ich mein Kleid an, den Slip lasse ich weg. Jack stellt sich in den Türrahmen. Ich höre ihn, ehe ich ihn sehe, doch ich beachte ihn nicht. Ich schlüpfe in meine Schuhe.

»Verdammt, ich bin so ein Idiot. Du musstest *vergessen*. Du wolltest auf keinen Fall an sie denken, und deshalb musste es letzte Nacht sein. Stimmt's?«

Anstatt meine Frage zu beantworten, murmelt er nur: »Kann das nicht bis morgen warten?«

Verletzender hätte er nicht antworten können.

Ich beiße die Zähne zusammen und nicke. Ich bin auf hundertachtzig, deshalb sollte ich jetzt besser auf voreilige Entscheidungen verzichten.

»Du bist ein Arschloch«, murmele ich und dränge mich an ihm vorbei. Mit meiner Schulter treffe ich ihn zufriedenstellend hart an der Brust, als ich ihn beiseiteschiebe.

Auf halbem Weg zur Wohnungstür ändere ich unvermittelt meine Meinung und drehe um. Mit Tränen in den Augen trommele ich gegen seinen Brustkorb. Ich schlage mit den Fäusten auf ihn ein, und dann stelle ich mich auf die Zehenspitzen, um ihn zu küssen. Leidenschaftlich und heftig.

Ich will ihn mit meinem Kuss bestrafen, aber trotzdem muss ich schluchzen. Ich hasse ihn, ich hasse Lucy. Ich hasse das alles so sehr, und ich will, dass er es versteht.

Dann reiße ich mich von ihm los. Mein Atem geht stoßweise, und aus meinen Augenwinkeln tropfen heiße Tränen.

»Es geht hier nur um dich und mich. Um nichts anderes. Und auch um niemand anderen. Es geht *nur um uns,* Jack. Hast du das kapiert?«

Es macht mich wütend, wie ungerührt er das alles über sich ergehen lässt. Er hat die Hände in die Hüften gestemmt und atmet ganz ruhig.

»Morgen«, sagt er leise. Es klingt wie eine Bitte, und ich nicke.

Aber wer weiß, was morgen sein wird.

Morgen beginnt ein neuer Tag. Morgen wird unser Ende sein.

Wohin ich auch schaue, sie ist überall. Sie ist zwischen den zerknitterten Laken meines Bettes, in dem Handtuch, mit dem ich mich nach dem Duschen abtrockne, in der Zahnbürste, die neben meiner auf dem Waschtisch des Badezimmers steht. Sie ist im halb ausgetrunkenen Kaffee auf der Küchentheke und in der Kaffeepfütze, die entstanden ist, als sie die Tasse so energisch abgestellt hat.

Vorhin ist es mir nicht aufgefallen, aber sie muss ziemlich wütend gewesen sein, als sie das getan hat. Gemma verschwendet niemals Kaffee.

Unwillkürlich muss ich lächeln, doch schnell werde ich wieder ernst.

Erneut trete ich vor den Tisch mit den Zeitungen und betrachte Lucy. Es ist, als hätte man mir ein Messer ins Herz gerammt – ein Schmerz, den ich nur zu gut kenne. An unserem Hochzeitstag war sie so glücklich. Wir waren beide so glücklich. Wie hätten wir ahnen sollen, welche Finsternis uns erwartete?

Ich lege einen Finger auf die Zeitungsseite, als könnte ich Lucys Haar wie im richtigen Leben berühren, wenn ich nur fest genug drücke. Aber sie ist nur eine Ansammlung von schwarzen Punkten auf billigem grauem Papier.

Mist!

Mein Finger wandert zu Gemmas Gesicht und verweilt dort knapp unter ihrem Kinn. Das große Foto nimmt fast die halbe Seite ein. Die Art, wie sie mich anschaut … Mein Magen flattert, und meine Kehle wird trocken.

Mist!

Und wie *ich* sie anschaue! Wie konnte ich es bloß so weit kommen lassen? Bin ich verrückt geworden?

Ich knülle die Zeitungen zusammen und werfe sie in den Abfalleimer.

Ich wünschte, ich könnte das Chaos in meinem Kopf ebenso leicht loswerden.

Ich muss diese Sache unbedingt beenden.

Gemma hat etwas Besseres verdient, als von einem Mann hingehalten zu werden, der ihr niemals geben kann, was sie sich wünscht. Sie wünscht sich mein Herz. Aber ich habe es nicht mehr, denn ich habe es Lucy geschenkt, und sie hat es mit sich genommen, als sie gestorben ist.

Die Sterne sind jetzt unerwünscht, löscht jeden aus davon,
Verhüllt den Mond und nieder reißt die Sonn',
Fegt weg den Wald und auch des Meeres Flut.

Als ich am nächsten Morgen ins Büro komme, steht er vor meinem Schreibtisch. In seinem blauen Hemd sieht er so fantastisch aus, dass in mir sofort wieder die Begierde erwacht. Am liebsten würde ich meinem Bedürfnis nach ihm einfach nachgeben. Aber ich bin zu wütend, zu traurig, zu verletzt.

Grandma hat mich vorhin angerufen, um sich nach meinem »Freund« zu erkundigen. Ich habe es nicht übers Herz gebracht, ihr zu gestehen, dass der erste Freund, den ich seit Jahren habe, kurz davorsteht, Schluss zu machen. Oder dass ich Schluss machen will. Dass die Dinge eben schiefgelaufen sind.

»Kaffee?« Mit einer Kopfbewegung deutet er auf den Becher vor sich.

Ich schüttele den Kopf. Ich bin mir ziemlich sicher, dass mir schlecht wird, wenn ich auch nur einen Schluck oder einen Bissen zu mir nehme.

»Wie war denn gestern das Frühstück?«, frage ich, bemüht, nicht boshaft zu klingen.

»Nett.«

Ich bin sicher, dass es *nicht* nett war, aber Jack möchte nicht darüber reden. Und wenn er nicht darüber reden möchte, dann bekomme ich ihn auch nicht dazu.

Ich stelle meine Handtasche mit mehr Schwung als unbedingt nötig auf den Boden und bücke mich, um mein MacBook herauszuholen.

»Die Presse hat mich überrumpelt.«

»Uns beide.« Ich gehe zur Tür und schließe sie.

»Ich war unvorsichtig. Ich hätte es nicht so weit kommen lassen dürfen.«

»Unsinn«, blaffe ich ihn verärgert an. »Keiner von uns hätte es verhindern können. Es ist, wie es ist. Wir arbeiten seit zwei Jahren zusammen – ich kenne dich. Ich gehöre nicht zu den Frauen, die du für einen Quickie mit nach Hause nimmst.«

»Das stimmt«, pflichtet er mir bei und schaut mir so durchdringend in die Augen, dass mein Herzschlag sich beschleunigt. »Aber für uns gibt es keine gemeinsame Zukunft.«

Seine Worte klingen wie auswendig gelernt.

»Warum nicht?« Ich werde mich nicht von meinem gebrochenen Herzen leiten lassen. Ich werde nicht zulassen, dass er diese Sache so einfach beendet. Nur weil er Angst hat.

»Das sollte nie etwas Ernstes sein«, erklärt er kurz angebunden.

»Ach ja? Das ändert nichts daran, dass es ernst geworden ist.«

»Lucy …«

Doch ich unterbreche ihn sofort. »Lucy und du …« Ich schüttele den Kopf. »Ich will mich nicht zwischen euch drängen. Ich verlange nicht von dir, dass du deine Liebe zu ihr aufgibst. Aber ich glaube, du kannst auch mich lieben. Ich glaube, du kannst ihr treu bleiben und hast trotzdem Platz für mich.«

Ein Muskel an seiner Schläfe beginnt zu zucken. »Ich werde mein Leben lang mit Lucy verheiratet sein.«

Ich nicke langsam. Mein Herz wird schwer wie Blei. »Obwohl sie tot ist?«

»Ja.«

Er ist sich seiner Sache so sicher. Verdammter Dickkopf.

Ich versuche es mit einer anderen Methode. »Was hätte Lucy sich gewünscht?«

Er räuspert sich und wendet mir den Rücken zu. »Das spielt keine Rolle.«

»Ich glaube doch«, widerspreche ich entschieden. »Wenn du diese Frau zum Vorwand nimmst, um das hier zu beenden, dann solltest du zumindest so tun, als würdest du darüber nachdenken, was sie gewollt hätte.«

»Lucy blieben nur wenige Monate, um mit ihrer Situation klarzukommen«, erwidert er. »Sie hat sich keine Gedanken darüber gemacht, wie ich nach ihrem Tod weiterleben würde.«

»Blödsinn«, antworte ich wütend.

Er hat aufgegeben. Er ist frustriert und müde. »Du hast sie nicht gekannt, Gemma.«

Ich trete näher zu ihm. »Ich weiß, dass jeder, der verliebt ist, sich wünscht, dass sein Partner glücklich ist.« Meine Stimme ist nur noch ein Flüstern. »Und ganz bestimmt nicht, dass der andere den Rest seines Lebens in einer leeren, trostlosen Wüste verbringt – als eine Art krankhafte Selbstkasteiung.«

Er strafft die Schultern, während ich auf ihn einrede, als ob er die Worte damit abwehren könnte. »Das spielt keine Rolle.«

Er bleibt so stur und arrogant bei seinem Pessimismus, dass ich beinahe lachen muss. Aber auf einmal bin ich erschöpft. So unendlich erschöpft. Ich habe meinen letzten Funken Energie verloren.

»Was sollen wir jetzt also tun, Jack?«

Langsam dreht er sich zu mir um. »Diese Frage habe ich mir auch schon gestellt.«

»Was bedeute ich dir?«

Ich schaue ihn an, und er schließt die Augen. Vermutlich hat er Angst davor, mir die Wahrheit ins Gesicht zu sagen.

»Du bist meine Rechtsberaterin«, antwortet er schließlich so sanft, dass mir die Tränen in die Augen steigen. Dass er meine Berufsbezeichnung erwähnt, macht alles irgendwie nur noch schlimmer. »Und meine Geliebte.«

Schweigend lasse ich die Worte auf mich wirken. »Du kannst mich nicht in verschiedene Funktionen aufteilen. Ich kann nicht bei der Arbeit deine Kollegin sein, nach Dienstschluss deine Geliebte und dazwischen gar nichts. So funktioniert das nicht.«

»Warum nicht?« Seine Stimme klingt rau, gierig. »Das ist doch gut. Das ist doch ein gutes Arrangement.«

»Aber ich will mehr.«

»Mehr habe ich nicht«, gesteht er aufrichtig. »Das ist alles, was ich dir geben kann.«

Wieder zuckt es an seiner Schläfe, und ich berühre die Stelle mit der Fingerspitze. »Du hast mir doch schon so viel mehr gegeben. Merkst du das nicht?«, frage ich leise.

»Es ist unmöglich.«

Seine Augen schauen blicklos; die Lippen sind zusammengepresst. Ich kenne Jack Grant – ich verstehe ihn. Ich weiß, wann er sich entschieden hat und wann es nutzlos ist, weiter zu diskutieren. Ich sehe seine Entschlossenheit, und darin liegt auch die Antwort, auf die ich gewartet habe.

Es ist das Ende.

Und dennoch: Es zu wissen und es auch zu akzeptieren, sind zwei unterschiedliche Dinge.

»Wieso bist du dir so sicher, dass es nur Sex ist?«

Er schüttelt den Kopf. »Ich hätte vorsichtiger sein müssen. Ich werde nie der Mann sein, den du haben willst.«

»Und was für ein Mann wäre das?«, hake ich nach und mache damit ein paar weitere Schritte auf den Abgrund zu, der sich vor uns erstreckt.

Er schaut mir in die Augen. In seinem Blick liegt die nackte Wahrheit. Es bricht mir das Herz.

Er nimmt meine Hand und drückt sie. »Ich bin nicht

dein Freund. Ich will es nicht sein. Und ich möchte nicht, dass es zwischen uns noch ernster wird. Ich will nur Sex mit dir.«

Oh Gott! Der Schmerz ist so heftig, als hätte er mir zehntausend Messer in den Rücken gestochen. Er ist unerträglich, und dennoch genieße ich ihn, denn irgendwie habe ich das Gefühl, ihn verdient zu haben. Es macht es mir einfacher, die Wahrheit zu akzeptieren.

Ich hebe den Kopf. Mein Blick ist vor Kummer verschleiert. »Dann war es das also?«

Seine Miene verrät, dass auch er begreift, was uns unvermeidlich bevorsteht. »Ja.«

Seine Stimme klingt rau. Es lässt ihn also auch nicht kalt.

Ich wage nicht zu sprechen. Nicht in diesem Moment. Ich warte, zähle bis zwanzig auf Englisch, Französisch und Russisch. Anschließend greife ich in meine Aktentasche und hole die blütenweißen Blätter heraus, die ich noch heute Morgen ausgedruckt habe.

»Das ist Carrie Johnsons Lebenslauf. Du hast eine Verabredung zum Mittagessen mit ihr.«

Er runzelt die Stirn, als sei er von dem abrupten Themenwechsel überrascht. Als hätte er erwartet, dass ich mit ihm eine Diskussion anfange und um uns kämpfe.

»Warum?« Den Lebenslauf würdigt er keines Blickes.

»Sie könnte meine Nachfolgerin sein.«

Ein Moment verstreicht, in dem uns beiden klar wird, was das bedeutet.

»Sie ist ausgezeichnet. Hochqualifiziert. Sie wird dir gefallen.«

Sein Gesicht wird kreideweiß. »Wovon, zum Teufel, redest du?«

»Es ist doch ganz offensichtlich, dass ich nicht weiter für dich arbeiten kann«, erwidere ich ebenso ruhig wie entschlossen, während ich den Reißverschluss meiner Laptophülle schließe. Meine zitternden Finger strafen meine zur Schau getragene Gelassenheit Lügen.

»Hör auf. Das ist doch Unsinn, Gemma. Absoluter Scheiß!«

»Dass du das denkst, zeigt mir, dass meine Entscheidung richtig ist.«

Mist! Jetzt rollen mir tatsächlich Tränen über die Wangen, aber ich mache mir nicht die Mühe, sie wegzuwischen. Was spielt das jetzt noch für eine Rolle?

Geradezu erleichtert verstaue ich den Laptop in meiner Handtasche.

»Du arbeitest jetzt schon zwei Jahre für mich. Da kannst du doch nicht einfach … nur weil wir … du *kannst* diesen Job nicht einfach so aufgeben. Du kannst mich nicht einfach so im Stich lassen!«

Ihn im Stich lassen? Der hat Nerven! *Er* ist doch derjenige, der aufgibt, jetzt, wo es mit uns etwas schwieriger wird. Ich beiße mir auf die Zunge. Die Tränen schnüren mir die Kehle zu, aber ich unterdrücke sie hartnäckig.

»Ich kann nicht mehr für dich arbeiten, Jack. Nicht eine Minute länger.«

Seine Panik ist echt. »Warum nicht, zum Teufel? Wir sind ein Team, oder?«

»Ja. Im Bett. Im Konferenzzimmer. Aber nicht im wirklichen Leben. Nein, vielen Dank.«

Er wedelt mit dem Lebenslauf durch die Luft. »Ich will diese Carrie … wie auch immer … nicht.«

»Du wirst aber jemanden brauchen, und sie ist in der Lage, es mit dir aufzunehmen. Sie hat fantastische Beine und wahnsinnig tolle Brüste. Nach einer Woche wirst du sie wahrscheinlich schon in dein Bett kriegen.«

In meinen Worten schwingt Eifersucht mit. Doch auch das ist mir in diesem Moment egal.

»Verdammt noch mal, Gemma!« Er fährt sich mit der Hand durchs Haar, und die strubbelige Frisur sieht so sexy aus, dass mir ganz anders wird. »Sag so etwas nicht. Das klingt ja so, als wäre das alles, was wir getan haben …«

»Nein«, unterbreche ich ihn zornig. »*Du* hast das gerade gesagt. Wir sind Kollegen. Wir vögeln miteinander.«

Er legt den Kopf nach hinten und grollt etwas Unverständliches. »Bleib wenigstens noch diese Woche.

Warte so lange, bis sich die ganze Aufregung wieder gelegt hat ...«

»Das kann ich nicht.«

Ich bleibe standhaft. Mein Leben hängt davon ab, dass er meine Entscheidung jetzt akzeptiert.

»Warum nicht? Es ist doch nur eine Woche. Sieben Tage.«

»Es ist viel mehr als das. Und es geht um viel mehr. Es geht um mich. Um mein Herz. Verstehst du das nicht? Für dich war es vielleicht nur unverbindlicher Sex, aber für mich ... Für mich ist es *alles*! Ich habe mich in dich verliebt, Jack. Ich liebe dich so sehr ...«

Ich warte. Nicht ohne eine gewisse Hoffnung. Die verzweifelte, vollkommen unbegründete Hoffnung, dass er mir das Gleiche sagt. Dass er es auch so empfindet.

Aber er sagt nichts. Er starrt mich nur an, und ich starre ihn an, und schließlich – nach viel mehr Zeit, als ich ihm hätte zugestehen sollen – werfe ich mir den Riemen meiner Tasche über die Schulter und verlasse mein Büro. Mit gesenktem Kopf gehe ich hinaus und beachte nicht einmal Hughes, als ich an ihm vorbeikomme.

Ich bin fix und fertig.

13. Kapitel

Wir müssen reden.

Um drei Uhr nachts brummt mein Handy und zeigt mir diese Nachricht. Mit klopfendem Herzen starre ich darauf. Tränen laufen mir übers Gesicht. Sie machen mich wütend.

Ich lösche die Nachricht und schalte mein Handy aus.

Als ich wach werde, habe ich die Mitteilung fast vergessen. Ich mache mir einen Kaffee, schalte mein Handy ein, und es summt sofort.

Vier Nachrichten von Jack.

Du kannst mich doch nicht einfach ignorieren.

Gestern war ich überrumpelt. Ich habe keine gute Figur gemacht.

Geh heute mit mir zum Mittagessen.

Bitte!

Ich schalte mein Handy wieder aus und lasse es auf dem Tisch liegen, als ich das Haus verlassen. Nachdem ich zwei Jahre lang an Jack gefesselt war – an mein Handy, meine E-Mails, meinen Laptop –, schaue ich wieder nach vorn. Endlich. Und ich sehe, was los ist.

Von Hampstead laufe ich durch den Regent's Park bis zum Britischen Museum. Ich glaube, ich war zuletzt als Teenager dort, und während ich an den Exponaten entlangschlendere, gewinne ich wieder eine andere Perspektive auf die Welt. Beim Anblick der antiken ägyptischen Gräber, der perfekt erhaltenen Mumien, der glänzenden Sarkophage, die auf morbide Weise schön sind, rufe ich mir ins Gedächtnis, dass ich nur ein Mensch von vielen auf der Welt bin.

Dass Jack nur ein weiterer ist.

Dass das Leben lang ist und viele Abenteuer bereithält.

Ich bin Philosophin genug, dass ich lächle, als ich das Museum wieder verlasse, aber mein Herz wird sofort wieder schwer, als ich an einem Mann vorbeigehe, der dasselbe Aftershave verwendet wie Jack.

Deprimiert steuere ich mein Lieblingsrestaurant in der Dean Street an, bestelle Roastbeef und eine Karaffe Wein dazu und schaue den Menschen zu, die über die Straße laufen.

Danach besuche ich noch eine Nachmittagsvorstellung im Theater und spaziere langsam nach Hause.

Ich bin ziemlich erschöpft, als ich endlich vor meiner Haustür stehe, und überhaupt nicht in Stimmung, den Strauß Ranunkeln anzuschauen, der auf den Treppenstufen auf mich wartet. Ich weiß, dass die Blumen von Jack sein müssen, und strafe sie mit Missachtung. Vorsichtig, um sie nicht einmal mit meiner Schuhspitze zu berühren, steige ich über sie hinweg.

Ich werde mich morgen früh darum kümmern. Wenn ich mehr Kraft habe. Vielleicht habe ich auch Glück: Jemand stiehlt sie und erspart mir die Mühe.

Ich betrachte mein Handy, als könnte es jeden Moment explodieren. Soll ich es einschalten oder in den Mülleimer werfen? Ich kann mich nicht entscheiden.

Es ist feige, ich weiß, aber ich lasse es ausgeschaltet. Rasch schicke ich eine E-Mail an meine Mutter und an Grandma, in denen ich ihnen mitteile, dass ich mein Handy verloren habe und sie mir in dringenden Fällen eine E-Mail schicken können. Dann gehe ich ohne Abendessen ins Bett.

Ich fühle mich fürchterlich.

Am nächsten Morgen werde ich durch sein Klopfen an der Tür geweckt.

Ich weiß, dass er es ist, denn wer sonst schlägt mit der ganzen Handfläche gegen das Holz? Als ob er ein gottverdammtes Recht hätte, mich zu stören, wann immer es ihm passt?

Ich reagiere nicht auf sein Hämmern, aber meine

Kehle ist zugeschnürt von zurückgehaltenen Tränen, und das Herz pocht schmerzhaft in meiner Brust.

Seine Stimme klingt gedämpft, aber sie dringt sofort bis in mein Innerstes vor. Er ruft meinen Namen.

Ich verkrieche mich tiefer unter meine Bettdecke und ziehe mir das Kissen über den Kopf.

Trotzdem kann ich sein lautes Fluchen immer noch hören.

Endlich verschwindet er.

Ich bleibe den ganzen Tag im Bett. Ich döse vor mich hin, starre an die Wand, und dann döse ich weiter. Ich war noch nie verliebt, und mir hat ganz bestimmt noch nie jemand das Herz gebrochen. Ich habe keine Ahnung, ob das, was ich empfinde, normal ist.

Ich fühle mich, als hätte man mich in tausend Stücke zerrissen wie ein Puzzle, und mein Verstand ist zu träge, um mich daran zu erinnern, wie ich wieder zusammengesetzt gehöre. Irgendwann, nachdem die Abenddämmerung eingesetzt hat, knurrt mein Magen. Ich bin hungrig. Das ist doch bestimmt ein gutes Zeichen, oder?

Ich krieche aus dem Bett, greife nach einem Kaschmirschal, der an meiner Garderobe hängt, und werfe ihn mir über die Schultern. Ich schneide eine Grimasse, als ich am Spiegel vorbeikomme.

Blasses Gesicht. Zerzauste Haare. Rotgeränderte Augen. Geschwollene Lippen.

Igitt!

Ich bin seit Tagen nicht einkaufen gewesen, aber in der Vorratskammer liegen noch einige Tütensuppen. Argwöhnisch kontrolliere ich das Mindesthaltbarkeitsdatum. Sie sind erst seit zwei Monaten abgelaufen, und bestimmt enthalten sie so viel Natrium, dass sie auch eine Zombieapokalypse überstehen würden.

Ich kippe das Pulver in einen Becher, den ich geistesabwesend anstarre, während ich darauf warte, dass das Wasser zu kochen beginnt.

Es dauert eine gefühlte Ewigkeit, aber das Wasser will immer noch nicht warm werden. Schließlich stelle ich fest, dass ich den Wasserkocher gar nicht eingeschaltet habe.

Fluchend drücke ich auf den Schalter, und das Gerät erwacht sofort zum Leben. Ungeduldig trommele ich mit den Fingern, und als das Wasser kurz vorm Kochen steht, gieße ich ein wenig davon in den Becher und rühre laut klappernd mit einer Gabel darin herum.

Nachdem ich die Hälfte der Suppe gelöffelt habe, die zu meiner Überraschung gar nicht mal so übel schmeckt, erinnere ich mich daran, dass ich meiner Mutter geschrieben habe, ich sei per E-Mail zu erreichen. Ich bezweifele zwar, dass sie versucht hat, mir zu antworten, aber ich fühle mich trotzdem verpflichtet, wenigstens nachzuschauen. Ich öffne meinen Laptop und warte, bis die eingegangenen E-Mails auftauchen.

Die von Jack lösche ich, ohne sie zu lesen.

Ich bin zwar neugierig, aber ich weiß, dass er mir nichts sagen könnte, was an dem, was geschehen ist, irgendetwas ändern würde. Was immer er auch unternimmt, um sich besser zu fühlen – ich will nichts damit zu tun haben. Er hat mich wirklich verletzt. Es sollte ihm leidtun. Ich denke nicht im Traum daran, ihm seine Schuldgefühle zu nehmen, indem ich mich mit ihm vertrage.

Ich konzentriere mich auf die anderen E-Mails, um nicht länger an Jack denken zu müssen. Eine ist von Grandma, und ich muss schmunzeln, als ich mir vorstelle, wie sie auf dem iPad, das ich ihr zu Weihnachten geschenkt habe, herumgetippt hat. Bestimmt hat sie Stunden dafür gebraucht.

Schatz,
ich mache mir Sorgen. Ich kann es nicht erklären, aber dieses ungute Gefühl lässt mich seit Tagen nicht los.
Ich bin sicher, dass es mit dir zu tun hat.
Kannst du mich morgen anrufen?
Küsschen, Grandma

Vor lauter Liebe zu ihr macht mein Herz einen Sprung. Das Gefühl, dass wir beide irgendwie miteinander verbunden sind, lässt mich nicht mehr los.

Ich kann darauf vertrauen, dass Grandma immer spürt, wenn es in meinem Leben gerade nicht so richtig rundläuft.

Es ist alles in Ordnung. Ich rufe dich morgen an. Ganz liebe Grüße.

Ich schalte meinen Computer aus und esse meine Suppe auf. Ich bin erschöpft, aber nicht schläfrig. Kein Wunder, ich habe ja auch den ganzen Tag gedöst. Ich schalte den Fernseher ein und starre ein paar Stunden auf den Bildschirm, ehe ich mich wieder in mein Bett verkrieche.

Bei Sonnenaufgang werde ich wach, und nur der Gedanke, dass Jack wieder vor meiner Tür stehen könnte, veranlasst mich aufzustehen. Ich glaube kaum, dass er sich länger damit zufriedengibt, nur an meine Tür zu pochen. Und ich möchte ihn nicht wegen Hausfriedensbruch anzeigen müssen.

Ich ziehe mich an und öffne die Tür. Eine kühle Brise weht mir ins Gesicht. Vorsichtig steige ich über die Blumen. Ich werde mich um sie kümmern, wenn ich zurückkomme – dieses Mal ganz bestimmt. Ich schließe die Haustür und gehe durch die schmale Gasse, die zu mehreren Cafés führt.

In Hampstead will ich auf keinen Fall bleiben. Das ist zu nahe bei Jack.

Deshalb nehme ich ein Taxi nach Soho und mische mich unter die Passanten und Geschäftsleute. Doch als ich von der Tottenham Court Road abbiege und von der Menge der Kauflustigen auf der Oxford Street aufgesogen werde, muss ich stehenbleiben und mich an einer Mauer abstützen, um das Gleichgewicht nicht zu verlieren.

Ein scharfer Schmerz explodiert tief in meinen Eingeweiden.

Die Erkenntnis, dass es vorbei ist – was immer es war und was immer wir waren –, bricht wie aus heiterem Himmel über mich herein. Es ist, als würde mich jemand mit Stacheldraht erwürgen.

Auf einmal gehen mir die Menschenmassen ungeheuer auf die Nerven.

Ich stelle mich an den Straßenrand und winke ein Taxi herbei. Es fährt über eine Sperrlinie und blockiert die Busspur. Der Busfahrer verleiht seiner Empörung mit heftigem Hupen Ausdruck. Ich winke ihm entschuldigend zu und setze mich auf die Rückbank, nenne dem Fahrer meine Adresse und lehne mich zurück.

Ich muss eingedöst sein, denn der Taxifahrer redet laut mit mir, als wir vor meinem Haus halten, und ich schrecke hoch wie aus einem tiefen Schlaf.

»Danke.«

Kaum bin ich zehn Minuten zu Hause, da klopft es an der Tür.

Mein Herz pocht laut.

Ich weiß, es ist Jack.

Mein Blick fällt in den Spiegel auf der anderen Seite. Ich bin immer noch blass, aber ich habe mir heute Morgen die Haare gekämmt, und ich trage wenigstens etwas anderes als einen schlabbrigen Schlafanzug.

»Mach die Tür auf, Gemma!«

Ich spüre einen Stich im Herzen. Mein ganzes Leben lang habe ich nicht eine Sekunde daran gezweifelt, dass ich stark bin, aber jetzt … Ich weiß nicht, ob ich das tun kann. Kann ich Jack anschauen, auch wenn ich weiß, dass ich ihn nicht berühren darf? Wenn ich weiß, dass es vorbei ist? Dass zwischen uns nichts mehr sein darf?

»Gemma? Wenn es sein muss, bleibe ich den ganzen verdammten Tag vor deiner Tür stehen.«

Das glaube ich ihm aufs Wort.

Aus Rücksicht auf die Nachbarn öffne ich die Tür.

Sein Anblick lässt mich nach Luft schnappen. Er sieht genauso aus, wie ich ihn in Erinnerung habe – stark und mächtig, selbstbewusst und so ungerührt, dass alle meine heimlichen Hoffnungen, er könnte genauso am Boden zerstört sein wie ich, sofort dahinschmelzen wie Eis in der Sonne.

Er schaut mich durchdringend an. Der Blick seiner dunklen Augen wandert über mein Gesicht, meine Wangenknochen, meine Lippen, hinunter zu meiner

Kehle und wieder nach oben. Er blinzelt, als müsste er sich erst einmal wieder besinnen.

»Du bist ja zu Hause.«

Stirnrunzelnd umklammere ich den Türknauf wie einen Rettungsring in aufgewühlter See. »Ja.«

Er bückt sich und hebt die Blumen hoch. Das Blumenpapier ist auf einer Seite vom Morgentau ganz nass geworden. Die Blumen sehen ziemlich ramponiert aus, und es tut mir leid, dass ich sie mit Missachtung gestraft habe.

Sie können schließlich nichts dafür.

Ich kneife die Augen zusammen; mein gebrochenes Herz hämmert wie wild, als fegte ein gewaltiger Sturm durch meine Brust. »Was willst du, Jack?«

Ich sehe seinen Adamsapfel hüpfen, als er schluckt, und ich widerstehe dem Wunsch, es ihm leichter zu machen.

»Darf ich reinkommen?«

Allein die Frage versetzt mein Blut in Wallung. Sie ist ganz untypisch für Jack, sodass ich mir tatsächlich überlege, klein beizugeben. Aber das kommt nicht infrage.

Ich habe seine dunklen Seiten kennengelernt – jetzt soll er meine kennenlernen.

»Nein.«

Ein Ausdruck der Verzweiflung huscht über sein Gesicht. »Meine Reaktion letztens war ziemlich blöd. Es tut mir leid.«

Sie war es wirklich. Aber das ändert nichts an den Tatsachen. Vielleicht hätte er mich zu einem anderen Zeitpunkt nicht ganz so entsetzlich enttäuscht, aber es ist, wie es ist. Ich liebe ihn wie verrückt, und als ich es ihm gestanden habe, hat er mir deutlich gezeigt, dass er mich einfach nur loswerden wollte.

Die Erinnerungen machen mich stark und bekräftigen mich in meinem Entschluss.

»Schon okay«, entgegne ich und bekomme sogar ein flüchtiges Lächeln hin. »Lass es uns als Lebenserfahrung abhaken und die Sache vergessen.«

Stöhnend schüttelt er den Kopf. »Ich *will* es aber nicht vergessen.«

»Du bist es, der Schluss gemacht hat.« Ich schlucke und hoffe, dass ich nicht zu weinen anfange.

»Ich habe nicht Schluss gemacht.« Ernst schaut er mir in die Augen. »Ich wollte nicht Schluss machen.«

Mein Herz zieht sich schmerzhaft zusammen. »Du bist ausgerastet, als die Zeitungen über uns berichtet haben.«

»Es war Lucys Geburtstag«, antwortet er leise. »Ich glaube, man kann mit Fug und Recht behaupten, dass ich in keiner guten Verfassung war.«

»In dieser Nacht …« Ich schaue über seine Schulter hinweg. Ein saurer Geschmack steigt in meiner Kehle hoch. »Du hast mich benutzt, um sie zu vergessen.« Ich schließe die Augen. Ich ertrage das nicht länger.

»Und ich habe gedacht, du wärst *meinetwegen* gekommen.«

Er nutzt meine momentane Schwäche aus, um die Tür aufzustoßen, mein Gesicht zwischen seine Hände zu nehmen und mich festzuhalten. Dann küsst er mich, als hätte er sein ganzes Leben lang auf diesen einzigen Moment gewartet.

Als wäre es das Wichtigste, das er jemals getan hat.

Er küsst mich mit einer brennenden Leidenschaft, und ich spüre einen Kloß in meiner Kehle, als ich seinen Kuss erwidere – allerdings nur für eine Sekunde. Danach lege ich die Hände auf seine Brust, will ihn fortschieben, doch er drängt mich gegen die Wand und hält mich unerbittlich fest, während mein Atem stoßweise geht. Einen Moment lang sieht er mich unverwandt an. Dann schlägt er die Tür zu. Die Blumen landen erneut auf dem Boden, dieses Mal aber im Haus. Sie fallen auf meine Schuhe.

»Du hast gesagt, du liebst mich.«

Es klingt wie eine Herausforderung. Einmal ausgesprochen, kann ich diese unumstößliche Wahrheit nicht zurücknehmen.

»Ja. Ich erinnere mich. Ich war dabei.«

Als er meinen Zynismus hört, werden seine Augen zu schmalen Schlitzen. »Und? Stimmt es?«

Ich vergrabe mein Gesicht in den Händen. »Du bist ein Scheißkerl, Jack.«

Er packt meine Handgelenke, zieht meine Hände fort, damit er mein Gesicht sehen kann, und er ist so nahe bei mir, dass ich seinen Körper fast als Trost empfinde. Ich sollte ihn lieber auffordern, auf der Stelle mein Haus zu verlassen.

»Ich habe nämlich über die Liebe nachgedacht. Das ist nichts, wovor man davonlaufen kann.« Er wartet – vermutlich, damit ich die Bedeutung seiner Worte richtig verstehe. »Du glaubst, du liebst mich? Dann beweise es.«

Ich hole tief Luft und schaue ihm in die Augen. Er streichelt meine Handgelenke und umklammert mich mit seinen langen Beinen. Ohne ihn vor mir und die Wand hinter mir würde ich vermutlich zu Boden sinken.

»Verlass mich nicht.«

»Warum sollte ich bleiben?«, flüstere ich. Meine Worte klingen unendlich traurig. »Du hast mir klipp und klar gesagt, dass es für uns keine gemeinsame Zukunft gibt. Ich kann nicht bei dir bleiben. Und keinesfalls kann ich noch länger für dich arbeiten.«

Er hebt die Hand und streichelt meine Wange. »Als ich Lucy traf, habe ich mich sofort in sie verliebt.«

Ich drehe den Kopf zur Seite. Seine Worte treffen mich wie ein Hieb in die Magengrube. Der Schmerz ist kaum weniger intensiv. Ich will ihn von mir wegschieben, aber sein Tonfall ist so ernst, dass ich es bleiben lasse. Vielleicht brauche ich diese Demütigung und kann nicht genug davon bekommen: Der Mann, in den ich rettungslos verliebt bin, erzählt mir jetzt von seiner Frau.

»Aber es war teilweise eine egoistische Liebe. Ich habe sie geliebt, weil sie mich gebraucht hat. Sie hat mir das Gefühl gegeben, ihre ganze Welt auszufüllen, und dieses Gefühl war wie eine Sucht für mich.«

Sein Blick ist fest, und er schaut tief in meine Seele. Ich bin ihm vollkommen ausgeliefert und total verunsichert, weil es mir schwerfällt, seiner armen toten Frau gegenüber etwas anderes als Verbitterung zu empfinden.

»Ich wollte sie retten. Sie brauchte mich, und ich habe das für Liebe gehalten. Ich hatte keine Ahnung, dass es so anders sein kann.«

Seine Worte nagen an meiner Willensstärke. »Was willst du damit sagen?«

»Ich habe das Gefühl, jemand hätte tief in mich hineingeschnitten und mir etwas aus der Brust gerissen.« Er nimmt meine Hände und drückt sie gegen seine Brust. »An dieser Stelle bin ich ganz leer. Ich wache morgens auf und kann nicht glauben, dass ich einen weiteren Tag ohne dich überstehen muss.«

Sein Blick wird noch drängender. Erwartungsvoll sieht er mich an.

»Es sind jetzt schon drei Tage. Einen weiteren ohne dich werde ich nicht aushalten. Ich weiß nicht, wann du für mich der Grund geworden bist, weiterzuleben, Gemma. Aber du bist es.«

Tränen steigen mir in die Augen. Ich schlucke, wende den Blick ab. Ich bin tief verletzt und gleichzeitig voller Hoffnung. Aber mein Verstand will nicht, dass ich mich zur Närrin mache. Nicht noch einmal.

»Es war nur guter Sex«, erwidere ich kühl.

»Ich habe viel guten Sex gehabt«, widerspricht er heftig. »Ich kenne den Unterschied zwischen gutem Sex und dem, was *wir* haben. Was wir *sind*.«

Ich werde rot und schüttele den Kopf. »Das glaubst du jetzt, weil du nicht damit gerechnet hast, dass ich dich verlasse. Ich glaube dir tatsächlich, dass du mich vermisst. Ich glaube, du vermisst es, mich jederzeit vögeln zu können. Ich glaube, du vermisst mich bei der Arbeit. Aber das alles hat nichts mit Liebe zu tun.«

Ich zwinge mich, ihm in die Augen zu schauen. An der Lüge, die ich ihm gerade aufgetischt habe, ersticke ich beinahe. Denn die Liebe, die ich für ihn empfinde, reicht für uns beide.

»Wie kannst du das sagen?«

Seine Stimme klingt gequält und ist ein Echo meiner eigenen Frustration.

»Wie *ich* das sagen kann? *Du* bist derjenige, der das gesagt hat. Und ich glaube, du hast die Wahrheit gesagt. Denn das ist genau das, was du empfindest.«

»Ich habe mich geirrt. Ich war ein Idiot. Ich hatte nicht damit gerechnet, jemals wieder eine andere lieben zu können, und zwei Jahre später stellst du meine Welt auf den Kopf. Alles, wovon ich fest überzeugt war, war plötzlich nur noch ein Trümmerhaufen. Ich habe Scheiße gebaut. Ich habe *totale* Scheiße gebaut! Ich hätte dich niemals gehen lassen dürfen. Ich hätte niemals zulassen dürfen, dass du kündigst.«

Ich schlucke. Fieberhaft versuche ich zu verstehen, was er da sagt. Wo ist der Fehler in Jacks Argumentationskette?

»Ich glaube dir nicht. Du hattest so viele Gelegenheiten, zu uns zu stehen. Ich glaube, du erträgst den Gedanken nicht, dass ich es war, die dich verlassen hat, aber das ist nicht das Gleiche wie … zu wollen, dass es funktioniert. *Uns* zu wollen.«

»Ich habe mir eingeredet, dass wir unserer Beziehung Grenzen setzen könnten. Dass wir miteinander schlafen und zusammenarbeiten könnten – ohne große Konsequenzen.«

Ich nicke geistesabwesend. Plötzlich beginne ich zu zittern. Erst jetzt merke ich, dass ich die Heizung nicht eingeschaltet habe. Im Haus ist es eiskalt.

»Ich weiß. Du hast gute Arbeit geleistet. Du warst in der Lage, einen Schalter umzulegen und deine Gefühle auszuknipsen, wann immer es dir in den Kram gepasst hat. Das ist auch keine Liebe.«

»Nein«, stöhnt er. »Das konnte ich nicht. Genau das ist das Problem. Nachdem wir uns zum ersten Mal geküsst hatten, habe ich nur noch an dich gedacht. Als ich in Tokio war, habe ich die Sekunden gezählt, bis ich endlich wieder bei dir sein konnte. Und dann bist du in den Konferenzraum gekommen und warst so verdammt eiskalt – als könntest du dich kaum noch an meinen Namen erinnern, ganz zu schweigen davon, dass ich dich an der Wand meines Büros zum Höhepunkt gebracht habe … Gemma, seit diesem Augenblick bin ich dir verfallen. Ich gehöre dir mit Haut und Haaren.«

Ich unterdrücke ein Schluchzen.

Seine Stimme klingt rau, und ich spüre, dass er es ehrlich meint. Trotzdem will sich mein Kopf nicht darauf einlassen.

»Ich habe es verbockt. Ich weiß es. Was mit Lucy passiert ist, war eine Katastrophe, auf die ich nicht vorbereitet war. Es gibt Tage, die verkrafte ich nicht so gut wie andere. Tage, an denen ich ständig an meine ganz persönliche Tragödie denken muss.«

»Ich weiß«, flüstere ich. »Das ist ganz natürlich.«

»Lucys Geburtstag ist besonders schwer zu ertragen. Es sollte der Tag sein, an dem sie ein weiteres Jahr feiert – stattdessen fehlt sie mir an diesem Tag ganz besonders.«

Er schaut durch mich hindurch in die Ferne.

»Ich habe das Gefühl, sie zu verraten, wenn ich mit dir zusammen bin. Deshalb fällt es mir auch so schwer, zuzugeben, dass ich dich liebe. Und ich muss damit klarkommen, dass ich immer so empfinden werde.«

»Nein.« Ich schüttele den Kopf. Er tut mir unendlich leid. »Das will ich nicht. Du sollst nicht zwischen Lucy und mir wählen müssen. Wir sind unterschiedlich, und du liebst uns auf unterschiedliche Weise. Du brauchst deine Trauer vor mir nicht zu verbergen. Verstehst du das nicht? Ich liebe alles an dir, Jack, und das bedeutet, dass ich auch deinen Kummer und deine Traurigkeit liebe. Ich liebe dich auch, wenn du allein bist und dich einsam fühlst. Ich liebe es auch, dass Lucy nach wie vor zu dir gehört, und respektiere eure Beziehung.«

Aus weit aufgerissenen Augen schaut er mich an, als hätte er es nicht für möglich gehalten, dass ich jemals so etwas sagen könnte.

»Sie wäre stinksauer gewesen, wenn sie mitbekommen hätte, wie ich dich behandelt habe«, murmelt er. »Und sie hätte sich gefreut, dass ich mich in dich verliebt habe. Sie hätte dich gemocht.«

Er streicht mir über die Wange, und sein Mund ist ganz nahe an meinem. So nahe. Ich kann ihn fast schmecken, als ich tief einatme.

»Ich mag dich«, wispert er an meinen Lippen. »Ich mag es, dass du fast genauso viel Kaffee trinkst wie ich.

Ich mag es, dass du keinen Ton triffst, wenn du ein Lied singst. Ich mag es, wie du meine Macken ignorierst. Ich mag es, wie du deinen wunderbaren Verstand einsetzt und ich mich anstrengen muss, um mit dir Schritt zu halten. Ich mag es, dass du mich durchschaust und dass du weißt, dass unter dieser Scheißfassade etwas steckt, was du wirklich magst. Und dass ich es wert bin, geliebt zu werden.«

Das ist er. Er ist es wert, geliebt zu werden, und ich liebe ihn von Kopf bis Fuß. Leider ist alles so furchtbar kompliziert.

Ich beiße mir auf die Unterlippe und schaue ihn an, als sähe ich ihn zum ersten Mal. »Ich weiß nur nicht … Ich hatte mich darauf eingestellt, diese Affäre zu beenden. Aber für mich war es niemals nur Sex.«

»Nein.« Er legt seine Hand auf meine Wange, und sein Lächeln findet den direkten Weg zu meinem Herzen. »Das ist es nie gewesen.«

Er küsst mich auf die Nasenspitze, wie er es nach der Party meiner Eltern getan hat, und wie damals wird mein Herz unendlich leicht.

»Ich weiß, dass es keine Garantien im Leben oder in der Liebe gibt, Gemma. Ich weiß es besser als jeder andere. Aber ich werde keine weitere Sekunde verschwenden, wenn wir zusammen sein können. Du bedeutest mir so viel. Also? Was sagst du?«

»Wozu?« Ich lächle ihn an.

»Lass es uns tun.«

»Was tun?«, hake ich kopfschüttelnd nach, denn ich fühle mich ein bisschen verwirrt.

»Zusammen sein. Du und ich. Solange wir leben. Wir verschwenden keinen einzigen Tag mehr. Wir nehmen keinen einzigen Tag mehr als selbstverständlich hin.« Er schließt mich in die Arme. »Ich will das. Ich will dich – so sehr.«

Ich lasse einen tiefen Seufzer hören, den ich sehr lange zurückgehalten habe – möglicherweise seit drei Tagen, seit ich aus meinem Büro gestürmt bin.

»Also gut. Lass es uns tun«, stimme ich zu, und jetzt strahle ich übers ganze Gesicht.

Ich habe Trauer und Glück kennengelernt, aber noch nie hat sich etwas so hundertprozentig richtig angefühlt. Das Gefühl füllt mich komplett aus, schenkt mir Frieden und bringt mich zum Lächeln.

Ich bin Gemma, er ist Jack, und wir haben einander endlich gefunden.

Epilog

»Gemma? Bist du da drin?«

Schon komisch, dass ich in all den Jahren, die ich für Jack gearbeitet habe, niemals in diesem Teil seines Hauses gewesen bin. Der geheimnisvolle »Privatflügel« seines Herrenhauses. Und jetzt halte ich mich hier fast ständig auf – in seinem Schlafzimmer, in seiner Küche, in seinem Wohnzimmer. Seit jenem Nachmittag vor drei Wochen, als er zu mir nach Hause gekommen ist und mich im Sturm erobert hat, waren wir praktisch keine Minute mehr getrennt.

»Ja?«

Ich stelle meinen Laptop hin und stehe auf. In meinem Magen flattern Tausende von Schmetterlingen, die sich dort mittlerweile häuslich eingerichtet haben.

Er tritt ein, und mir stockt der Atem – wie immer, wenn ich diesen vollkommenen Körper erblicke. In seinen dunklen Jeans und dem weißen T-Shirt sieht er verdammt männlich und unglaublich appetitlich aus. Die Schmetterlinge flattern noch heftiger, und ich laufe ihm entgegen. Mich juckt es in den Fingern, ihn zu berühren, und ich will ihn schmecken.

Er lacht, als er meine Absichten erkennt. »Hör dir erst mal an, was ich dir zu sagen habe.«

Trotzdem zieht er mich an sich und schiebt den Saum meines T-Shirts hoch, um meine nackten Hüften zu berühren. Er seufzt zufrieden, und mein Herz klopft schneller.

Ich verstehe, wie er sich fühlt.

Nackt sein, einander berühren – dafür sind wir geschaffen.

»Erinnerst du dich, was ich dir über Ryan erzählt habe?«

Es dauert ein paar Sekunden, bis mir der Mann aus Australien in den Sinn kommt, der Jack nicht gefiel. »Ja?«

In seinen Augen liegt ein Funkeln, das ich noch nicht ganz begreife. »Nun, ich glaube, dass *du* eine ausgezeichnete Kandidatin für diesen Job wärst.«

Ich blinzle verwirrt. »Hat er gekündigt?«

»Ja. Er war einfach ungeeignet. Das ist kein leichter Job. Ich brauche jemanden, dem ich vertrauen kann.«

Natürlich reizt mich der Gedanke sofort. Die Zweigstelle in Australien aus dem Nichts zu stampfen, wäre eine Herausforderung ganz nach meinem Geschmack. Dennoch …

»Es ist aber weit weg«, gebe ich zu bedenken – als ob mein attraktiver, kluger Liebhaber Nachhilfe in Geografie bräuchte.

»Von London, ja. Aber wir würden jederzeit herkommen können, wenn du möchtest.«

Verdattert starre ich ihn an. *»Wir?«*

Sein Grinsen wird breiter. Ich halte den Atem an.

»Warum nicht?« Er zieht mir das T-Shirt über den Kopf, sodass er mit der Hand meinen nackten Rücken erkunden kann. »Hast du wirklich geglaubt, ich würde dich allein nach Sydney gehen lassen – ohne mich?«

Immer noch verdutzt, schaue ich ihn an, während ich überlege, ob er vielleicht den Verstand verloren hat. »Jack … deine Firma ist *hier.*«

»*Ich* bin meine Firma«, antwortet er achselzuckend. »Ich kann herfliegen, wann immer es nötig ist. Oder ich lasse die Leute zu uns kommen. Aber wie ich aus zuverlässiger Quelle weiß, meine wunderschöne, verwirrende, kluge Gemma, muss man seine Flügel ausbreiten, ehe man sich irgendwo niederlässt.«

»Wie bitte?« Ich blinzle, als mir dämmert, was er meint. »Grandma?«

»Hm …«

Er neigt den Kopf und fährt mit den Lippen über mein Schlüsselbein. Ich kralle mich in sein Hemd und bin auf einmal wahnsinnig glücklich.

»Sie hat mich angerufen, als sie von unserer ›Entwicklung‹ erfahren hat.«

Ich lache. »Das klingt nach Grandma.«

»Sie hat mir eine Liste zusammengestellt von all

dem, was sie braucht, wenn sie zu Besuch kommt.«

»Um Himmels willen!« Ich stöhne und lache gleichzeitig.

»Ich habe ihr gesagt, dass sie so lange bei uns bleiben kann, wie sie möchte. Ich glaube, sie spielt mit dem Gedanken, für ein oder zwei Jahre in unserem Gästezimmer zu wohnen.«

Noch immer lache ich halb ungläubig, doch als ich den Kopf schüttele, kommt Jack noch näher und flüstert: »Im Erdgeschoss gibt es eine weitere Wohnung. Ich denke, wir bringen sie dort unter, damit wir weiterhin unsere … Privatsphäre genießen können.«

Ich bin dankbar für sein Einfühlungsvermögen. »Aber dir ist doch klar, Jack, dass es eine weitreichende Entscheidung ist. Bist du sicher …?«

»Das Leben ist einfach zu kurz, Gem. Möchtest du reisen? Möchtest du die Welt kennenlernen? Dann lass es uns tun. Und wenn es uns überhaupt nicht gefällt, kommen wir einfach zurück.«

Er hebt mich in die Luft, als wäre ich eine Feder, und trägt mich in sein Schlafzimmer.

In sein *richtiges* Schlafzimmer. Oder besser *unser* Schlafzimmer, nehme ich an, denn hier habe ich die ganze Zeit mit ihm verbracht, seit wir uns vertragen haben.

»Wenn du natürlich noch ein bisschen Überzeugungsarbeit brauchst …«

Die brauche ich nicht, aber wenn er meinen Nippel in den Mund nimmt, fehlen mir sowieso die Worte. Ich nicke nur und murmele irgendetwas Unverständliches, und er küsst mich, bis ich am ganzen Körper bebe. Und während mir immer heißer wird, sehe ich plötzlich unsere gemeinsame Zukunft vor mir.

Ich sehe unser Zuhause in Sydney, ich sehe unsere Liebe, und ich zerfließe in seinen Armen, denn ich weiß, dass uns das Glück – egal, wo wir leben – umgeben wird wie eine wärmende Hülle.

Bis ans Ende unserer Tage.

– ENDE –